A Faint Cold Fear Thrills Through My Veins · William Shakespeare

Zu diesem Buch

Viktor Palmgren ist tot.

Der Konzernchef hat in Malmö mit einigen Geschäftsfreunden im Hotel «Savoy» zu Abend gegessen und sich gerade zu einer Tischrede erhoben, als ein Mann in den Speisesaal tritt, auf den Tisch Palmgrens zugeht, einen Revolver zieht, schießt und den Raum ohne sonderliche Hast durch ein offenes Fenster wieder verläßt. Bis sich die Anwesenden endlich aus ihrer Erstarrung gelöst haben, ist der Mörder längst verschwunden.

Die Kriminalpolizei von Malmö und bald auch der hinzugezogene Kommissar Martin Beck von Riksmordkommissionen in Stockholm können zunächst nichts anderes tun, als die Zeugen zu vernehmen – keiner von ihnen hat den Mörder gekannt, keiner kann ihn genau beschreiben – und Material über die Person Palmgrens zusammenzutragen.

Dabei kommt allerdings Überraschendes zutage. Palmgren hatte sich nicht nur mit Heringsfang und -verkauf, Immobilienhandel und dem Bau von Wohnblocks beschäftigt, sondern sehr viel lukrativere Geschäfte im Ausland, vorzugsweise den portugiesischen Kolonien, getätigt: Geschäfte mit Waffen.

Illegale Geschäfte?

Nun, Geschäfte, die offenbar nicht ganz ohne Wissen hoher und höchster Stellen abgewickelt worden sein können, was sich mit der offiziellen schwedischen Außenpolitik schwer in Einklang bringen läßt. Eine peinliche Angelegenheit, wie der Chef der Rikspolis Martin Beck gegenüber betreten zugibt. Eine Angelegenheit, die diskret behandelt werden muß.

Martin Beck, der ohnehin keinen Hinweis auf ein Tatmotiv hat, muß nun auch die Möglichkeit eines politischen Attentats in seine Überlegungen einbeziehen. Aber das hilft ihm auch nicht weiter.

Und dann kommt doch ein Hinweis. Der entscheidende Hinweis. Er kommt ausgerechnet vom Fundbüro.

Per Wahlöö, 1926 in Schweden geboren, machte nach dem Studium der Geschichte als Journalist Karriere, ging in den fünfziger Jahren nach Spanien, wurde 1956 vom Franco-Regime ausgewiesen und ließ sich nach längeren Reisen, die ihn um die halbe Welt führten, in Schweden nieder. In Zusammenarbeit mit seiner Frau Maj Sjöwall entstanden die Kriminalromane *Die Tote im Götakanal* (Nr. 2139), *Der Mann, der sich in Luft auflöste* (Nr. 2159), *Der Mann auf dem Balkon* (Nr. 2186), *Endstation für neun* (Nr. 2214), *Alarm in Sköldgatan* (Nr. 2235), *Das Ekel aus Säffle* (Nr. 2294), *Verschlossen und verriegelt* (Nr. 2345), *Der Polizistenmörder* (Nr. 2390) und *Die Terroristen* (Nr. 2414). Von Per Wahlöö erschienen in dieser Reihe *Mord im 31. Stock* (Nr. 2424), *Das Lastauto* (Nr. 2513), *Libertad!* (Nr. 2521), *Unternehmen Stahlsprung* (Nr. 2539), *Die Generale* (Nr. 2569) und *Foul Play* (Nr. 2588).

Maj Sjöwall / Per Wahlöö

Und die Großen läßt man laufen

Deutsch von
Hans-Joachim Maass

rororo
Rowohlt

rororo thriller
Herausgegeben von Richard K. Flesch

141.–155. Tausend Mai 1982

Deutsche Erstausgabe
Veröffentlicht im Rowohlt Taschenbuch Verlag GmbH,
Reinbek bei Hamburg, Dezember 1972
Die Originalausgabe erschien bei P. A. Norstedt & Söners Förlag,
Stockholm, unter dem Titel «Polis, polis, portatismos!»
Redaktion Brigitte Fock
Umschlagentwurf Katrin Mack

Satz Aldus (Linofilm Super Quick)
Gesamtherstellung Clausen & Bosse, Leck
Printed in Germany
580-ISBN 3 499 42264 6

Die Hauptpersonen

Viktor Palmgren	stirbt unerwartet, jedoch bei näherem Hinsehen nicht überraschend.
Charlotte Palmgren	beerbt ihn und hat ein Alibi.
Mats Linder	ist zu klug, um zu lügen.
Hampus Broberg	hat es plötzlich sehr eilig.
Helena Hansson	ist telefonisch verfügbar.
Ole Hoff-Jensen	verschifft dubiose Waren mit erstklassigen Frachtpapieren.
Åsa Torell	kann ein Callgirl von einer Sekretärin unterscheiden.
Paulsson	betätigt sich als Spion, der im Warmen bleibt.
Bertil Svensson	hat ein Hobby.
Eva Svensson	erzählt eine Geschichte.
Kommissar Martin Beck und seine Kollegen Per Månsson Gunvald Larsson Einar Rönn Benny Skacke Lennart Kollberg	hätten diesen Fall wahrscheinlich nie gelöst, wenn nicht ein kleiner Junge am Wasser gespielt hätte.

1

Der Tag war heiß und stickig gewesen, ohne einen Windhauch und mit zitterndem Sonnenglast in der Luft. Jetzt wölbte sich der Himmel hoch und klar. Seine Farben wechselten von Rosa bis zu dunklem Blau. Bald würde die rote Sonnenscheibe irgendwo hinter der Insel Ven verschwinden, und die Abendbrise, die schon über den Öresund strich und die Wasserfläche kräuselte, fächelte angenehme Kühle durch die Straßen Malmös. Mit dem leichten Wind kamen Düfte von faulendem Tang, Seegras und Müll, der am Strand von Ribersborg an Land gespült worden war, von wo er in die Hafeneinfahrt und in die Kanäle der Stadt getrieben wurde.

Die Stadt hatte nicht sonderlich viel Ähnlichkeit mit dem übrigen Schweden, was hauptsächlich der geographischen Lage zuzuschreiben ist. Rom liegt näher als die Mitternachtssonne; am Horizont sieht man die Lichter des europäischen Festlands, und selbst wenn man zugeben muß, daß die Winter oft voller Schneematsch und sturmdurchtost sind, so ist es andererseits ebenso wahr, daß die Sommer mindestens genauso oft lang und warm sind. Nachtigallen singen, und das üppige Grün der weitläufigen Parks verströmt einen wundervollen Duft.

Und genauso war es an diesem lauen Sommerabend Anfang Juli 1969. Dazu war es ruhig und still und ziemlich menschenleer in der Stadt. Der internationale Tourismus hatte sich noch nicht zu sehr bemerkbar gemacht – davon spürt man in dieser Gegend ohnehin nicht allzuviel –, und von den ungewaschenen, haschrauchenden jugendlichen Landstreichern aus aller Welt waren erst die Vortrupps eingetroffen. In Malmö würde man ohnehin nicht allzuviel von ihnen zu sehen bekommen, denn die Mehrzahl kommt nie weiter als bis Kopenhagen.

Sogar in dem großen Hotel gegenüber dem Hauptbahnhof unten am Hafen war es recht still. Einige ausländische Geschäftsleute diskutierten an der Portierloge über ihre Zimmerbestellungen. Die Garderobiere las in ungestörter Ruhe einen Klassiker, und im Halbdunkel der Bar befanden sich ein paar Stammgäste, die sich halblaut unterhielten, und ein Barkeeper in schneeweißem Jackett.

In dem großen berühmten Speisesaal rechts von der Halle war ebenfalls nichts von übermäßiger Aktivität zu spüren, wenn es hier auch etwas lebhafter zuging. Einige wenige Tische waren besetzt, meist von Einzelpersonen, und der Pianist hatte eine Pause eingelegt. Direkt vor den Schwingtüren zur Küche stand ein Kellner, der die Hände auf dem Rücken gekreuzt hielt, und blickte nachdenklich durch die großen offenen Fenster ins Freie. Vermutlich träumte er von nicht allzu fernen Sandstränden.

Ganz hinten im Saal saß eine Gesellschaft von sieben Personen, gutgekleidete Leute unterschiedlichen Alters und beiderlei Geschlechts. Der Tisch war mit Gläsern, Delikatessen und Sektkühlern vollgestellt. Das Bedienungspersonal zog sich diskret zurück, denn der Gastgeber hatte sich gerade erhoben, um eine Rede zu halten.

Der Gastgeber – in einem Anzug aus dunkelblauer Shantungseide – war ein hochgewachsener Mann in mittleren Jahren (vielleicht etwas darüber), mit eisengrauem Haar und sonnengebräuntem Gesicht. Er sprach mit ruhiger, routinierter und modulationsfähiger Stimme und flocht gelegentlich humorvolle Wendungen in seine Rede ein. Die sechs anderen Tischgäste hörten schweigend zu und betrachteten ihn. Nur einer der Anwesenden rauchte.

Durch die geöffneten Fenster hörte man den Lärm vorbeifahrender Autos. Auf der anderen Seite des Kanals wurden Züge rangiert (dieser Eisenbahnknotenpunkt ist übrigens der größte Rangierbahnhof Nordeuropas), und vom Hafen ertönte kurz und heiser die Sirene eines Kopenhagen-Dampfers. Irgendwo am Kanalufer kicherte ein junges Mädchen.

So also war die Situation an diesem weichen, warmen Mittwoch im Juli, abends gegen halb neun Uhr. Man muß sich des Wortes «gegen» bedienen, denn keiner der Anwesenden war später in der Lage, den exakten Zeitpunkt der nun einsetzenden Geschehnisse anzugeben. *Was* geschah, läßt sich dagegen um so leichter sagen.

Ein Mann betrat das Hotel durch die Eingangstür, warf einen Blick auf die ausländischen Geschäftsleute an der Rezeption und auf den Portier in seiner langen Livree, wandte sich dann sofort nach rechts, ging an der Garderobe vorbei durch die schmale, langgestreckte Halle und betrat den Speisesaal, ruhig und zielbewußt und mit Schritten, die keine auffallende Eile verrieten. An diesem Mann war noch immer nichts Aufsehenerregendes zu bemerken. Niemand sah ihn an, und auch er sah sich nicht um.

Er ging an der Hammondorgel, dem Flügel und dem Anrichtetisch mit seinen spiegelblanken, glitzernden Gerätschaften vorbei und setzte seinen Weg an den beiden Pfeilern vorbei fort, die die Decke trugen. Noch immer genauso zielbewußt, steuerte er direkt auf die Gesellschaft in der Ecke zu. Der Gastgeber stand immer noch vor seinem Platz und redete. Dem näher kommenden Mann wandte er den Rücken zu. Als der Unbekannte noch etwa fünf Schritte vom Tisch entfernt war, steckte er die rechte Hand ins Jackett. Eine der Frauen am Tisch blickte ihn an, und der Redner wandte kurz den Kopf, um zu sehen, was sie abgelenkt hatte. Er streifte den sich nähernden Mann mit einem schnellen, gleichgültigen Blick und wandte sich dann sofort wieder seinen Gästen zu, ohne auch nur eine Sekunde seinen Redefluß zu unterbrechen. In diesem Augenblick zog der Neuankömmling einen stahlblauen Gegenstand mit geriffeltem Kolben und langem Lauf hervor, zielte sorgfältig und schoß den Redner in den Kopf. Der Knall war nicht einmal schokkierend laut, er klang eher wie das friedliche «Paff» eines Gewehrs, wie man es auf den Schießständen von Rummelplätzen hören kann.

Die Kugel drang dicht hinter dem linken Ohr ein, und der Redner stürzte kopfüber auf die Tischplatte. Die linke Wange landete in dem kunstvoll garnierten Kartoffelbrei, der einen vorzüglichen gedünsteten Fisch à la Frans Suell umgab.

Der Schütze steckte die Waffe ein, machte eine scharfe Rechtswendung, war mit wenigen Schritten am nächst liegenden Fenster, setzte den linken Fuß aufs Fensterbrett, schwang sich über die heruntergekurbelte Glasscheibe, trat in den Blumenkasten, der vor dem Fenster hing, sprang auf den Bürgersteig und verschwand.

Ein Gast von etwa fünfzig Jahren, der drei Fenstertische weiter saß und gerade sein Whiskyglas zum Mund führen wollte, hielt verblüfft mitten in der Bewegung inne. Vor sich hatte er ein Buch, in dem er nicht gelesen, sondern nur zum Schein geblättert hatte.

Der Mann mit dem sonnengebräunten Gesicht und dem Anzug aus dunkelblauer Shantungseide war nicht tot. Er bewegte sich und sagte: «Au. Tut weh.»

Tote pflegen sich nicht zu beklagen. Im übrigen schien dieser Mann nicht einmal zu bluten.

2

Per Månsson saß in seiner Junggesellenbude in Regementsgatan und telefonierte mit seiner Frau. Er war Kriminalinspektor bei der Polizei in Malmö, und obwohl er verheiratet war, lebte er an fünf Tagen der Woche als Junggeselle. Jedes freie Wochenende verbrachte er mit seiner Frau. Zu diesem Arrangement hatten sie sich vor mehr als zehn Jahren entschlossen, und bisher waren beide damit zufrieden gewesen.

Månsson klemmte den Hörer mit der linken Schulter fest, während er mit der rechten Hand einen «Greifenberger» mixte. Dies war sein Lieblingsgetränk und bestand ganz einfach aus rund acht Zehntellitern Gin, Eisstückchen und Grape-Tonic in einem großen Tumbler.

Seine Frau hatte sich ‹*Vom Winde verweht*› im Kino angesehen und wiederholte ihm den Inhalt. Das dauerte, aber Månsson hörte geduldig zu. Er beabsichtigte nämlich, ihren bevorstehenden Wochenendbesuch unter dem Vorwand zu verhindern, daß er arbeiten müsse. Was eine Lüge war.

Es war zwanzig nach neun Uhr abends.

Månsson schwitzte trotz seiner leichten Bekleidung – Netzhemd und karierte Unterhose. Zu Beginn des Telefongesprächs hatte er wegen des heraufdringenden Verkehrslärms die Balkontür geschlossen; obwohl die Sonne längst hinter den gegenüberliegenden Dächern untergegangen war, war es sehr warm im Zimmer.

Er rührte seinen Longdrink mit einer Gabel um, die er – wie er sich zu seiner Schande eingestehen mußte – gestohlen beziehungsweise rein zufällig aus einem Restaurant mit Namen *Översten* mitgenommen hatte. War es überhaupt möglich, eine Gabel rein zufällig mitgehen zu lassen? Dachte Månsson und sagte: «Ja, ja, ich verstehe. Es war also Leslie Howard, der ... Aha, der nicht? Clark Gable? Ach so ...»

Fünf Minuten später war seine Frau mit ihrem Bericht fertig, so daß Månsson seine Lüge auftischen konnte, ohne dabei rot zu werden. Dann legte er den Hörer auf.

Sofort darauf klingelte es wieder. Månsson hob nicht gleich den Hörer ab. Er hatte dienstfrei, und das sollte auch so bleiben. Er leerte langsam seinen «Greifenberger» und betrachtete den dunkler werdenden Abendhimmel, bis er sich endlich entschloß, den Hörer von der Gabel zu nehmen. «Ja, Månsson.»

«Hej. Nilsson. Mensch, das war ja ein Dauergespräch. Ich versuche schon seit einer halben Stunde, dich anzurufen.»

Nilsson war Kriminalassistent und hatte an diesem Abend Nachtdienst im Polizeihaus am Davidshallstorg. Månsson seufzte. «Was gibt's?»

«Im Speisesaal des *Savoy* ist ein Gast erschossen worden. Ich fürchte, ich muß dich bitten, mal hinzufahren.»

Månsson hob das leere, aber noch immer kalte Glas und ließ es mit der Handfläche über die Stirn rollen. «Ist er tot?» fragte er.

«Weiß nicht», sagte Nilsson.

«Kannst du nicht Skacke hinschicken?»

«Der hat dienstfrei. Wir wissen nicht, wo er steckt. Ich suche aber weiter nach ihm. Backlund ist zwar schon da, aber du solltest trotzdem ...»

Månsson fuhr zusammen und stellte das Glas ab. «Backlund? In Ordnung, ich fahre gleich los», sagte er. Er rief sofort die Taxizentrale an, legte den Hörer auf den Tisch, und während er sich anzog, lauschte er der knarrenden Stimme, die in gleichmäßigen Abständen mechanisch die Worte wiederholte: *Autoruf, bitte warten Sie*, bis sich endlich die Telefonistin meldete.

Vor dem Hotel *Savoy* standen mehrere eilig und unachtsam geparkte Polizeiwagen, und vor dem Hoteleingang mühten sich zwei Polizeibeamte, eine rasch wachsende Zahl neugieriger Abendspaziergänger zurückzudrängen. Die Menschen scharten sich vor der Treppe.

Månsson beobachtete die Szene, während er den Taxifahrer bezahlte und die Quittung einsteckte. Einer der Polizisten führte sich für seinen

Geschmack reichlich grob auf, und Månsson dachte bedrückt, daß es wohl nicht lange dauern würde, bis die Polizisten Malmös den gleichen schlechten Ruf bekamen wie ihre Kollegen in Stockholm.

Er sagte jedoch nichts, sondern begnügte sich mit einem Nicken, bevor er an den uniformierten Beamten vorbei in die Hotelhalle ging. Dort war inzwischen allerhand los; Personal aus den verschiedenen Abteilungen des Hotels war zusammengeströmt, und alle redeten durcheinander. Gäste, die aus dem Grillroom herübergekommen waren, sowie einige Polizeibeamte vervollständigten das Bild. Diese schienen völlig ratlos zu sein. Die Umgebung war ihnen offensichtlich fremd, und es hatte ihnen wohl niemand gesagt, wie sie auftreten oder was sie tun sollten.

Månsson war ein hochgewachsener Mann in den Fünfzigern. Er war leger gekleidet und trug ein Sporthemd über der Terylenehose und Sandalen. Er holte einen Zahnstocher aus der Brusttasche, befreite ihn aus der Papierhülle und steckte ihn in den Mund. Er kaute ein bißchen auf ihm herum und betrachtete nachdenklich die Szene. Der Zahnstocher war amerikanischer Herkunft und schmeckte nach Menthol. Diese Dinger hatte Månsson sich auf der Eisenbahnfähre *Malmöhus* zugelegt, wo für die Passagiere derlei Zeug bereitgehalten wurde.

An der Tür zum großen Speisesaal stand ein Polizeibeamter, der Elofsson hieß und nach Månssons Ansicht etwas klüger war als die anderen. Månsson ging auf ihn zu. «Was ist eigentlich los?»

«Jemand soll niedergeschossen worden sein.»

«Welche Anweisungen hat man Ihnen gegeben?»

«Gar keine.»

«Was macht Backlund?»

«Er verhört die Augenzeugen.»

«Wo befindet sich der Niedergeschossene?»

«Im Krankenhaus, glaube ich.» Elofsson errötete leicht. Dann sagte er: «Der Krankenwagen ist offenbar schneller hiergewesen als die Polizei.»

Månsson seufzte und ging in den Speisesaal. Backlund stand am Tisch mit den silbern glänzenden Terrinen und vernahm einen Kellner. Er war ein älterer Mann mit Brille und von alltäglichem Äußeren. Es war ihm irgendwie gelungen, Erster Kriminalassistent zu werden. Jetzt hielt er sein Notizbuch aufgeschlagen in der Hand und schrieb fleißig mit, während der Kellner seine Aussage machte. Månsson blieb in Hörweite stehen, mischte sich aber nicht ein.

«Um welche Zeit etwa geschah das alles?»

«Tja, so gegen halb neun.»

«Gegen?»

«Ja, ich weiß es nicht so genau.»

«Mit anderen Worten: Sie wissen also nicht, wie spät es war?»

«Nein, genau das wollte ich sagen.»

«Merkwürdig», sagte Backlund.

«Wie bitte?»

«Ich sagte, daß ich das merkwürdig finde. Sie tragen doch sicher eine Armbanduhr, nicht wahr?»

«Aber ja doch.»

«Und dort hinten hängt eine Wanduhr, wenn ich nicht irre?»

«Ja, aber . . .»

«Aber was?»

«Beide gehen falsch. Und außerdem habe ich nicht daran gedacht, auf die Uhr zu sehen.»

Backlund schien von dieser Antwort überwältigt zu sein. Er legte Block und Bleistift aus der Hand und fing an, seine Brille zu putzen. Dann holte er tief Luft, griff von neuem nach dem Notizblock und nahm einen weiteren Anlauf. «Obwohl Ihnen zwei Uhren zur Verfügung standen, wissen Sie also nicht, wie spät es war?»

«Ja, so ist es.»

«Derart vage Antworten helfen uns nicht viel.»

«Übrigens gehen die Uhren nicht gleich. Meine geht vor, und die da hinten geht nach.»

Backlund konsultierte seinen Chronometer. «Eigentümlich», sagte er und schrieb etwas auf.

Månsson hätte gern gewußt, was es war.

«Sie standen also hier, als der Täter vorbeiging?»

«Ja.»

«Können Sie mir von diesem Mann eine möglichst genaue Beschreibung geben?»

«Ich muß gestehen, daß ich ihn mir gar nicht angesehen habe.»

«Sie haben den Täter nicht angesehen?» sagte Backlund verblüfft.

«Das schon, aber erst, als er aus dem Fenster kletterte.»

«Na also. Wie sah er denn aus?»

«Ich weiß nicht. Die Entfernung dorthin ist ziemlich groß, und der Tisch wird von der Säule verdeckt.»

«Sie wollen also sagen, daß Sie nicht wissen, wie der Mann ausgesehen hat?»

«Ja.»

«Vielleicht wissen Sie aber, wie er gekleidet war?»

«Er trug ein braunes Jackett, glaube ich.»

«Glauben Sie.»

«Ja, ich habe ihn ja schließlich nur einen kurzen Moment gesehen.»

«Aber was hatte er denn sonst noch an? Was für eine Hose, zum Beispiel.»

«Doch, eine Hose hatte er an.»

«Ach, sind Sie ganz sicher?»

«Nun ja, es wäre ja ein bißchen komisch gewesen, wenn er keine angehabt hätte. Keine Hose, meine ich.»

Backlund schrieb aus Leibeskräften mit. Månsson drehte den Zahnstocher im Mund um und sagte leise: «Hör mal, Backlund.»

Dieser fuhr herum und starrte Månsson irritiert an. «Ich bin gerade dabei, einen wichtigen Zeugen zu vernehmen . . .» Er brach unvermittelt ab und sagte sauertöpfisch: «Ach so, du bist es.»

«Was ist eigentlich passiert?»

«Ein Mann ist hier im Saal niedergeschossen worden», sagte Backlund mit tiefem Ernst. «Und weißt du wer?»

«Nein.»

«Direktor Palmgren», sagte Backlund beinahe ehrfürchtig.

«Ach so, der», sagte Månsson. Und dachte: Das wird noch heiter werden. Laut sagte er: «Es ist also vor mehr als einer Stunde passiert, und der Schütze ist seelenruhig aus dem Fenster geklettert und verschwunden.»

«So kann es sich abgespielt haben, ja.» Backlund nahm nie etwas als gegeben hin.

«Warum stehen draußen sechs Polizeiwagen?»

«Ich habe absperren lassen.»

«Was denn? Das ganze Viertel?»

«Den Tatort», sagte Backlund.

«Jetzt sieh mal zu, daß du all die Uniformierten wegschaffst», sagte Månsson müde. «Es scheint den Hotelleuten nicht sehr anggenehm zu sein, daß es sowohl in der Halle wie draußen auf der Straße von Polizisten wimmelt. Außerdem glaube ich, daß die Beamten woanders dringender benötigt werden. Dann solltest du versuchen, eine brauchbare Täterbeschreibung zu bekommen. Es gibt bestimmt bessere Zeugen als diesen Mann.»

«Wir müssen alle vernehmen, die als Zeugen in Betracht kommen», sagte Backlund.

«Ja, wenn es an der Zeit ist», sagte Månsson. «Aber halte bitte niemanden fest, der nichts wirklich Entscheidendes vorzubringen hat. Laß dir Adressen und Telefonnummern geben, das genügt.»

Backlund sah ihn mißtrauisch an. «Was hast du denn vor? Was willst du tun?»

«Ein paar Telefongespräche führen», sagte Månsson.

«Mit wem denn?»

«Mit den Zeitungen zum Beispiel, um herauszufinden, was geschehen ist.»

«Soll das etwa ein Witz sein?» fragte Backlund argwöhnisch.

«Genau das», erwiderte Månsson geistesabwesend und sah sich um.

Mehrere Journalisten und Fotografen strichen im Speisesaal umher. Einige von ihnen waren sicher lange vor der Polizei eingetroffen, und vermutlich hatte der eine oder andere sich im Grillroom oder in der Bar aufgehalten, als der ominöse Schuß fiel. Wenn er die Brüder richtig kannte ...

«Aber die Sorgfalt erfordert ...» begann Backlund.

Genau in diesem Augenblick kam Benny Skacke in den Speisesaal gestürmt. Er war Kriminalassistent und erst dreißig Jahre alt. Er hatte früher bei Riksmordkommissionen in Stockholm gearbeitet, war aber um eine Versetzung eingekommen, nachdem sein etwas zweifelhaftes Vorgehen bei einem dienstlichen Auftrag einen seiner Vorgesetzten um ein Haar das Leben gekostet hätte. Skacke war pflichtbewußt und gewissenhaft, wenn auch etwas naiv. «Nimm dir Skacke zur Unterstützung», sagte er.

«Diesen Burschen aus Stockholm», sagte Backlund zweifelnd.

«Genau den. Und vergiß bitte nicht, was ich dir über die Täterbeschreibung sagte. Das ist das einzige, was im Augenblick wichtig ist.» Er warf seinen zerkauten Zahnstocher in einen Aschenbecher und ging in die Halle hinaus. Gegenüber der Portierloge befand sich eine Telefonzelle.

Månsson führte fünf rasch aufeinanderfolgende Gespräche. Dann schüttelte er den Kopf und ging in die Bar.

«Sieh einer an. Das ist aber eine Überraschung. Guten Tag», sagte der Barmann.

«Hej», sagte Månsson und setzte sich.

«Was darf's sein? Das übliche?»

«Nein. Nur einen Grapefruit Tonic. Ich muß nachdenken.»

Manchmal geht alles schief, dachte Månsson. Und diese Geschichte hatte weiß Gott auf die denkbar schlechteste Weise angefangen. Erstens war Viktor Palmgren eine sehr bekannte und einflußreiche Persönlichkeit. Zwar würde man nur schwer genau erklären können warum, aber eines war sicher: der Mann hatte Geld und war für einige Millionen gut. Der Umstand, daß er in einem der bekanntesten Restaurants Europas niedergeschossen worden war, machte die Sache nicht besser. Dies war ein Fall, der großes Aufsehen erregen würde und nicht voraussagbare Folgen haben konnte. Unmittelbar nach dem Schuß hatte das Hotelpersonal den Verwundeten in ein Fernsehzimmer getragen und eine provisorische Liege hergerichtet. Gleichzeitig waren Polizei und Krankenwagen alarmiert worden. Der Krankenwagen war sofort zur Stelle gewesen, hatte den Verwundeten abgeholt und ins Allgemeine Krankenhaus gebracht. Die Polizei dagegen hatte sich reichlich viel Zeit gelassen. Und dies, obwohl ein Streifenwagen sich zur Tatzeit am Hauptbahnhof befunden hatte, also weniger als zweihundert Meter vom Tatort entfernt. Wie sollte man sich das erklären? Er hatte zwar jetzt die Erklärung bekommen, aber sie war für die Polizei wenig schmeichelhaft. Der Alarm war zunächst falsch gedeutet worden, und man hatte den Fall als weniger eilig beurteilt. Die beiden Polizeibeamten am Bahnhof hatten es darum vorgezogen, ihre Kräfte an einen vollkommen harmlosen Trunkenbold zu verschwenden. Erst nachdem die Polizei einen zweiten Notruf erhalten hatte, war ein Aufgebot aus Streifenwagen und uniformierten Beamten mit Backlund an der Spitze Hals über Kopf zum Hotel beordert worden. Was anschließend an Ermittlungsarbeit und Spurensicherung in Angriff genommen worden war, erschien vollkommen ziel- und planlos. Månsson selbst hatte mehr als vierzig Minuten damit vertrödelt, sich das Geschwätz seiner Frau über den Film anzuhören. Außerdem hatte er sich zwei steife Drinks genehmigt und auf ein Taxi warten müssen. Und als der erste Polizist am Tatort eintraf, waren bereits dreißig Minuten verstrichen – dreißig Minuten nachdem der Schuß abgefeuert worden war. Was Viktor Palmgren betraf, war die Lage gleichermaßen unklar. Man hatte ihn in der Unfallpoliklinik in Malmö untersucht und dann an die Neurochirurgie in Lund überwiesen. Die Entfernung dorthin betrug etwa zwanzig Kilometer, und in diesem Augenblick war der Krankenwagen immer noch unterwegs. Im Krankenwagen befand sich auch einer der wichtigsten Zeugen, nämlich Palmgrens Frau. Sie hatte ihm bei Tisch vermutlich gegenübergesessen und war wohl diejenige Person, die am ehesten die Möglichkeit gehabt hätte, den Schützen aus nächster Entfernung zu sehen.

Und jetzt war schon fast eine Stunde vergangen. Eine vergeudete Stunde, und jede Sekunde wäre kostbar gewesen.

Månsson schüttelte wieder den Kopf und warf einen Blick auf die Uhr an der Bar. Halb zehn.

Backlund marschierte in die Bar, dicht gefolgt von Skacke. «Hier hockst du also», sagte Backlund höchst erstaunt. Er starrte Månsson mit kurzsichtigen Augen an.

«Wie steht's mit der Täterbeschreibung?» fragte Månsson. «Es eilt.»

Backlund fummelte mit seinem Notizbuch herum, legte es dann auf die Bartheke, nahm die Brille ab und fing an, sie zu putzen. «Hier», sagte Skacke, «dies ist das Beste, was wir bis jetzt zusammenkratzen konnten. Mittlere Größe, mageres Gesicht, dünnes dunkelbraunes Haar, nach hinten gekämmt. Braunes Jackett, pastellfarbenes Hemd – gelb oder grün –, dunkle Krawatte, dunkelgraue Hosen, schwarze oder braune Halbschuhe. Alter etwa vierzig.»

«Gut», sagte Månsson. «Schickt das raus. Sofort. Sperrt alle Hauptstraßen ab, kontrolliert Züge, Flughäfen und Schiffe.»

«Wird gemacht», sagte Skacke.

«Ich möchte ihn hier in der Stadt behalten», sagte Månsson.

Skacke ging. Backlund setzte die Brille auf, starrte Månsson an und wiederholte die bedeutungsschwere Frage: «Hier sitzt du also?» Dann sah er das Glas an und sagte, als ob er es nicht glauben könne: «Und trinkst?»

Darauf gab Månsson keine Antwort.

Backlund wandte seine Aufmerksamkeit jetzt der Wanduhr in der Bar zu, verglich die Zeit mit seiner Armbanduhr und stellte fest: «Diese Uhr geht auch falsch.»

«Stimmt», sagte der Barmann. «Sie geht vor. Eine kleine Aufmerksamkeit für eilige Gäste, die Züge und Schiffe erreichen müssen.»

«Ei, ei, ei», sagte Backlund. «Wir werden mit dieser Geschichte nie zurande kommen. Wie soll man den genauen Zeitpunkt einer Tat feststellen, wenn man sich nicht einmal auf die Uhr verlassen kann?»

«Das wird schwierig, das gebe ich zu», sagte Månsson geistesabwesend.

Skacke kam zurück. «So, das wäre erledigt», sagte er.

«Wahrscheinlich zu spät», sagte Månsson.

«Wovon in aller Welt redet ihr eigentlich», sagte Backlund und griff nach seinem Notizbuch. «Was diesen Kellner betrifft ...»

Månsson machte eine abwehrende Handbewegung. «Warte. Darum kümmern wir uns später. Benny, geh bitte mal raus und ruf die Polizei in Lund an. Bitte sie, einen Mann in die Neurochirurgie zu schicken. Mit einem Tonbandgerät, damit er aufnehmen kann, was Palmgren sagt. Falls er aufwacht und überhaupt was sagt. Und dann soll sich der Beamte mal mit Frau Palmgren unterhalten.»

Skacke entfernte sich wieder.

«Was diesen einen Kellner angeht ... also der hätte nicht mal mitgekriegt, wenn Dracula höchstpersönlich in den Speisesaal geflattert wäre», sagte der Barmann.

Backlund wahrte irritiertes Schweigen. Månsson wartete mit einer Äußerung, bis Skacke wieder da war. Weil Backlund offiziell immerhin ein Vorgesetzter Skackes war, gebrauchte er vorsichtshalber den Plural bei der Anrede. «Wen haltet ihr für den zuverlässigsten Zeugen?»

«Einen Burschen namens Edvardsson», erwiderte Skacke. «Er saß nur drei Tische weiter entfernt. Nur ...»

«Nur was?»

«Er ist nicht nüchtern.»

«Der Alkohol ist ein Fluch», stellte Backlund fest.

«Na schön, dann warten wir mit ihm bis morgen», sagte Månsson. «Wer von euch kann mich zum Polizeihaus fahren?»

«Ich», erbot sich Skacke.

«Ich bleibe hier», sagte Backlund hartnäckig. «Offiziell ist dies mein Fall.»

«Aber gewiß doch», sagte Månsson. «Tschüs.»

Im Auto murmelte er: «Züge und Schiffe . . .»

«Glaubst du, daß er abgehauen ist?» fragte Skacke zweifelnd.

«Möglich wär's», sagte Månsson. «Wie dem auch sei: Wir müssen eine Menge Leute anrufen. Und wenn wir sie aus dem Bett holen.»

Skacke sah Månsson von der Seite an, der sich gerade einen neuen Zahnstocher in den Mund steckte. Der Wagen kurvte auf den Hof des Polizeihauses. «Flugzeug», sagte Månsson wie zu sich selbst. «Dies kann eine ekelhafte Nacht werden.»

Um diese Zeit machte das Polizeihaus einen düsteren und sehr leeren Eindruck. Es war ein imposantes Bauwerk. Die Schritte der beiden Männer hallten auf den Stufen der breiten Steintreppen wider.

Månsson war von Natur ebenso schwerfällig wie hochgewachsen. Er verabscheute es, sich Nächte um die Ohren hauen zu müssen, und außerdem hatte er seine Karriere schon weitgehend hinter sich.

Bei Skacke war es genau umgekehrt: er war zwanzig Jahre jünger, dachte an sein Fortkommen und war eifrig und ehrgeizig. Seine bisherigen Erfahrungen als Polizeibeamter hatten aber auch ihn vorsichtig gemacht und ließen ihn auf die Einhaltung aller nur erdenklichen Vorschriften achten.

Eigentlich ergänzten sich die beiden also ganz gut.

Nachdem sie Månssons Zimmer betreten hatten, öffnete dieser sofort die Fenster zum asphaltierten Hof des Polizeihauses. Dann sank er in seinen Schreibtischsessel und blieb einige Minuten schweigend sitzen, während er nachdenklich die Walze seiner alten Underwood herumdrehte. Schließlich sagte er: «Sieh zu, daß wir alle Funkmeldungen und eventuell auch Telefongespräche herbekommen. Nimm die Gespräche auf deinem Apparat entgegen.»

Skacke hatte sein Zimmer direkt gegenüber auf der anderen Seite des Flurs.

«Du kannst die Türen offen lassen», sagte Månsson. Nach einigen Sekunden setzte er mit leichter Ironie hinzu: «Dann haben wir so etwas wie eine Fahndungszentrale.»

Skacke ging hinüber in sein Zimmer und fing an zu telefonieren. Nach kurzer Zeit folgte ihm Månsson. Er blieb in der Türöffnung stehen, lehnte sich gegen die Füllung und kaute an dem Zahnstocher herum, der ihm im Mundwinkel baumelte. «Hast du nachgedacht, Benny?» fragte er.

«Nicht so sehr viel», erwiderte Skacke vorsichtig. «Diese Geschichte scheint mir irgendwie unbegreiflich zu sein.»

«Unbegreiflich ist das richtige Wort», sagte Månsson.

«Was für ein Motiv könnte es beispielsweise geben?»

«Ich glaube, wir sollten uns bis auf weiteres einen Dreck um das Motiv scheren und uns lieber auf den Tathergang konzentrieren.» Das Telefon klingelte. Skacke machte eine Notiz.

«Der Mann, der Palmgren erschoß, hatte nur eine äußerst geringe Chance, sich nach der Tat unbemerkt aus dem Restaurant zu entfernen. Sein Verhalten bis zu dem Augenblick, in dem der Schuß fiel, deutet auf Fanatismus hin.»

«Etwa wie bei einem politischen Attentat?»

«Genau. Aber danach? Was geschieht? Wunderbarerweise entkommt der Kerl und handelt jetzt nicht mehr wie ein Fanatiker, sondern wie ein Mensch, der von Panik ergriffen ist.»

«Ist das der Grund für deine Annahme, daß er versuchen wird, die Stadt zu verlassen?»

«Unter anderem. Er betritt den Speisesaal und schießt und denkt nicht daran, wie es hinterher weitergehen soll. Aber dann, wie bei den meisten Gewaltverbrechern, überfällt ihn die Panik. Er kriegt es mit der Angst zu tun und will nichts wie weg, so schnell und so weit wie möglich.»

Das ist eine Theorie, dachte Skacke. Noch dazu eine, die ziemlich auf Sand baut. Er sagte aber nichts.

«Dies ist natürlich nur eine Theorie», ließ Månsson sich vernehmen. «Ein guter Kriminaler sollte möglichst nicht mit Theorien arbeiten. Im Augenblick sehe ich aber nicht, wonach wir sonst vorgehen könnten.» Das Telefon klingelte. Was für ein Job, dachte Månsson. Scheißjob. Und dabei habe ich dienstfrei.

Die Nacht wurde insofern ärgerlich, als sich eigentlich nichts ereignete. Ein paar Menschen, die in etwa der Täterbeschreibung entsprachen, wurden auf den Ausfallstraßen angehalten, einige am Hauptbahnhof aufgegriffen. Keiner schien etwas mit dem Fall zu tun zu haben, aber ihre Personalien wurden vorsichtshalber aufgenommen.

Zwanzig Minuten vor eins verließ der letzte Zug den Hauptbahnhof. Viertel vor zwei teilte die Polizei in Lund mit, daß Palmgren noch am Leben sei.

Um drei kam eine neue Nachricht aus der gleichen Quelle. Frau Palmgren habe einen Schock erlitten, und es sei äußerst schwierig, sie zu vernehmen. Sie habe aber den Schützen deutlich gesehen, sei aber sicher, ihn vorher nie gesehen zu haben.

«Scheint auf Draht zu sein, dieser Knabe in Lund», bemerkte Månsson und gähnte.

Kurz nach vier meldete sich wieder die Polizei in Lund. Das Ärzteteam, das Palmgren behandelte, habe sich entschlossen, bis auf weiteres nicht zu operieren. Die Kugel sei hinterm linken Ohr in den Schädel gedrungen, und man könne unmöglich sagen, welche Verletzungen sie verursacht habe. Der Allgemeinzustand des Patienten, hieß es weiter, sei den Umständen entsprechend.

Månssons Allgemeinzustand entsprach ebenfalls den Umständen. Er war müde und hatte eine sehr trockene Kehle. Immer wieder ging er auf die Toilette, um Wasser in sich hineinzuschlürfen.

«Kann man eigentlich mit einer Kugel im Kopf leben?» fragte Skacke.

«Ja», erwiderte Månsson. «Dafür gibt es Beispiele. In einigen Fällen wird die Kugel vom Gewebe eingekapselt, und der Patient wird gesund. Hätten die Ärzte in diesen Fällen versucht, die Kugeln operativ zu entfernen, wären die Patienten vermutlich gestorben.»

Backlund schien sich im *Savoy* offensichtlich festgebissen zu haben, denn um halb fünf rief er an und sagte, er habe einige Räumlichkeiten abgesperrt und versiegelt, damit das kriminaltechnische Dezernat den Tatort untersuchen könne, was allerdings erst in einigen Stunden möglich sei.

«Er fragt, ob er hier gebraucht wird», sagte Skacke und hielt die Hand vors Mikrofon.

«Der einzige Ort, an dem er hoffentlich überhaupt gebraucht wird, ist der Platz neben seiner Frau im Bett», sagte Månsson.

Skacke gab das in etwas abgewandeltem Wortlaut weiter. Kurz darauf meinte er: «Ich glaube, Bulltofta können wir streichen. Die letzte Maschine ist fünf nach elf gestartet. Sie hatte keinen Fluggast an Bord, der der Beschreibung entsprochen hätte. Die nächste startet um halb sieben, und die ist schon seit vorgestern ausgebucht. Auf der Warteliste ist niemand.»

Månsson brütete kurz über dieser Nachricht. «Hm», meinte er schließlich. «Ich glaube, ich werde jetzt eine Person anrufen, von der ich definitiv weiß, daß sie es nicht schätzt, nachts geweckt zu werden.»

«Wer ist denn das? Der Polizeidirektor?»

«Nein, der hat bestimmt nicht viel mehr Schlaf bekommen als wir. Übrigens, wo hast du denn gestern abend gesteckt?»

«Im Kino», erwiderte Skacke. «Man kann ja nicht dauernd auf der Bude hocken und büffeln.»

«Ich habe nie auf der Bude gehockt und gebüffelt», sagte Månsson. «Um neun ging übrigens so ein Tragflächenboot von Malmö nach Kopenhagen. Versuch mal rauszukriegen, welches.»

Dies war ein unerwartet schwieriger Auftrag, und es dauerte eine halbe Stunde, ehe Skacke melden konnte: «Das Boot heißt *Springeren* und liegt jetzt in Kopenhagen. Einfach unglaublich, wie sauer manche Menschen werden, wenn man sie nachts anruft und aus dem Schlaf reißt.»

«Du kannst dich damit trösten, daß es mir jetzt noch schlimmer ergehen wird», sagte Månsson. Er ging in sein Zimmer hinüber, hob den Hörer ab, wählte Null-null-neun-vier-fünf und danach die Privatnummer eines Inspektors Mogensen von der Kriminalpolizei Kopenhagen. Månsson hörte es siebzehnmal klingeln, bis sich eine verschlafene Stimme meldete.

«Mogensen.»

«Hej, hier Per Månsson in Malmö.»

«Du kannst mich mal am Arsch lecken», sagte Mogensen. «Weißt du eigentlich, wieviel Uhr es ist?»

«Ja», sagte Månsson. «Mein Anruf könnte sich aber als sehr wichtig erweisen.»

«Das ist mir scheißegal», sagte der Däne drohend.

«Wir hatten gestern abend ein Attentat hier in Malmö», sagte Månsson. «Es ist denkbar, daß der Täter nach Kopenhagen geflüchtet ist. Wir haben eine Beschreibung von ihm.» Er berichtete, was er wußte.

«Zum Teufel, glaubst du, ich kann zaubern?» war Mogensens mürrische Antwort.

«Genau das», sagte Månsson. «Laß von dir hören, wenn du was für uns hast.»

«Scher dich zum Teufel», sagte Mogensen in ungewöhnlich akzentfreiem Schwedisch und warf den Hörer auf die Gabel.

Månsson schüttelte sich und gähnte.

«Was war denn das für eine Sprache?» fragte Skacke neugierig.

«Skandinavisch», sagte Månsson.

Dann geschah gar nichts. Danach geschah doch etwas: Backlund rief an und sagte, die Untersuchung des Tatorts habe begonnen. Da war es acht Uhr.

«Mensch, der ist vielleicht emsig», sagte Månsson.

«Was machen wir jetzt?» fragte Skacke.

«Nichts. Warten.»

Um zwanzig vor neun läutete es auf Månssons privater Leitung. Er nahm den Hörer und lauschte etwa eine Minute, brach das Gespräch ab, ohne auch nur soviel wie «Danke» oder «Tschüs» zu sagen, und rief Skacke zu: «Ruf Stockholm an. Sofort.»

«Was soll ich sagen?»

«Månsson sah auf die Uhr. «Es war Mogensen, der eben anrief. Er sagte, daß ein Schwede, der sich Bengt Stensson nannte, heute nacht ein Ticket von Kopenhagen nach Stockholm gekauft und dann mehrere Stunden auf irgendeinen freien Platz gewartet hat. Er ist schließlich mit einer SAS-Maschine mitgekommen, die fünf vor halb acht gestartet ist. Diese Maschine dürfte vor höchstens zehn Minuten in Arlanda angekommen sein. Die Täterbeschreibung scheint auf diesen Burschen zu passen. Ich wünsche, daß man den Bus vom Flughafen zum Flugterminal in der Stadt anhält und diesen Mann festnimmt.»

Skacke hatte bereits den Hörer in der Hand. «In Ordnung», sagte er nach einer halben Minute atemlos. «Stockholm will das erledigen.»

«Mit wem hast du gesprochen?»

«Mit Gunvald Larsson.»

«Aha, mit dem.»

Sie warteten.

Nach einer halben Stunde läutete Skackes Telefon. Er riß den Hörer an sich, lauschte und blieb mit dem Hörer in der Hand reglos sitzen. «Es ist schiefgegangen», sagte er.

«Aha», sagte Månsson lakonisch. Und dabei haben sie zwanzig Minuten Zeit gehabt, dachte er.

3

Ähnliche Äußerungen waren im Polizeihaus in Kungsholmsgatan in Stockholm zu hören. «Es ist schiefgegangen», sagte Einar Rönn und zeigte sein rotes verschwitztes Gesicht im Türspalt zu Gunvald Larssons Zimmer.

«Was ist schiefgegangen?» fragte dieser abwesend. Er dachte an etwas ganz anderes, nämlich an drei ungewöhnlich brutale Raubüberfälle, die in der vergangenen Nacht in der U-Bahn verübt worden waren. Und an zwei Vergewaltigungen. Und an sechzehn Schlägereien. Das war Stockholm von heute, unter anderem. Heute nacht hatte es immerhin keinen Mord gegeben, nicht einmal einen Totschlag. Gott sei Dank. Wie viele Diebstähle und Einbrüche begangen worden waren, wußte er nicht. Oder wie viele Rauschgiftsüchtige, Sittlichkeitsverbrecher, Dealer oder Säufer von der Polizei in Gewahrsam genommen worden waren. Oder wie viele Polizisten mehr oder wenige unschuldige Menschen in Streifenwagen und Polizeiwachen verprügelt hatten. Vermutlich unzählige. Na, er hielt sich an seine Arbeit.

Gunvald Larsson war Erster Kriminalassistent im Dezernat für Gewaltverbrechen. Außerdem war er einen Meter zweiundneunzig groß, stark wie ein Bulle, blond, blauäugig und, was für einen Polizisten ungewöhnlich ist, ein ziemlicher Snob. Diesen Morgen trug er beispielsweise einen leichten, hellgrauen Anzug, dazu Krawatte, Schuhe und Strümpfe von genau der gleichen Farbe. Er war anders als die meisten Polizisten, und es gab nicht viele Kollegen, die ihn mochten.

«Dieser Auftrag draußen beim Haga-Terminal», erwiderte Rönn.

«Ja? Was ist damit? Ist die Sache schiefgegangen?»

«Die Streifenwagenbesatzung, die die Passagiere überprüfen sollte, ist nicht rechtzeitig hingekommen. Als die Polizisten hinkamen, waren die Fahrgäste alle schon ausgestiegen und weitergefahren. Auch der Bus war wieder weg.»

Gunvald Larsson schaffte es endlich, seine Gedanken dem neuen

Gegenstand zuzuwenden und glotzte Rönn starr und blauäugig an. «Was? Aber das ist doch unmöglich.»

«Leider nicht», erwiderte Rönn. «Die beiden sind ganz einfach nicht rechtzeitig hingekommen.»

«Bist du verrückt geworden?»

«Hör mal, ich hab die Sache schließlich nicht aufgehängt bekommen», sagte Rönn vorwurfsvoll. «Wirklich nicht.»

Er war ein ruhiger, gutmütiger Typ aus Norrland, in Arjeplog geboren, und obwohl er schon lange in Stockholm wohnte, hörte man ihm seinen Heimatdialekt noch deutlich an. Gunvald Larsson hatte den Anruf Skackes rein zufällig entgegengenommen und die verlangte Kontrolle des Busses als die einfachste aller Routineangelegenheiten angesehen. Jetzt zog er wütend die Augenbrauen hoch. «Aber ich habe doch, verflucht noch mal, sofort in Solna angerufen, und der Wachhabende dort sagte mir, sie hätten einen Streifenwagen auf Karolinska vägen. Von dort aus braucht man nicht mehr als höchstens drei Minuten bis zum Flugterminal. Und der Wagen hatte mindestens zwanzig Minuten Zeit. Was ist denn passiert?«

«Die Burschen im Wagen scheinen unterwegs angepöbelt worden zu sein.»

«Angepöbelt?»

«Ja, sie waren gezwungen einzuschreiten. Und als sie in Haga ankamen, war der Bus wieder weg.»

«Einzuschreiten?»

Rönn setzte seine Brille auf und blickte auf einen Zettel, den er in der Hand hielt. «Ja, genau das. Der Bus hieß ‹Beata›. Normalerweise fährt er von Bromma.»

Beata? Welcher Vollidiot hat damit angefangen, Bussen einen Namen zu geben?»

«Ich bin es nicht gewesen», sagte Rönn friedlich.

«Hatten die Schlaumeier im Streifenwagen irgendwelche Namen?»

«Wahrscheinlich, aber mir sind sie nicht bekannt.»

«Dann erkundige dich bitte. Wenn es möglich ist, daß Busse Namen haben, sollten wohl auch Polizeibeamte einen haben. Obwohl sie eigentlich nur Nummern haben sollten.»

«Oder Symbole.»

«Symbole?»

«Ja, wie die Gören in den Kindertagesstätten, weißt du? Boot, Auto, Vogel, Pilz, Fliege, Hund und so weiter.»

«Ich bin noch nie in einer Kindertagesstätte gewesen», sagte Gunvald Larsson steif. «Bitte, besorge dir jetzt die Namen dieser Brüder. Dieser Månsson in Malmö wird sich totlachen, wenn wir ihm keine vernünftige Erklärung geben können.»

Rönn verließ das Zimmer.

«Hund und so weiter», murmelte Gunvald Larsson vor sich hin. Und kurz darauf: «Hier scheinen alle verrückt geworden zu sein.» Dann kehrte er wieder zu den Überfällen in der U-Bahn zurück, während er ein Papiermesser als Zahnstocher benutzte. Nach zehn Minuten kam Rönn zurück. Auf seiner roten Nase saß eine Brille, und in der Hand hielt er einen Zettel. «Ich hab's rausgekriegt», sagte er. «Wagen drei von der Polizeiwache in Solna. Besatzung Karl Kristiansson und Kurt Kvant.»

Gunvald Larsson zuckte zusammen, so daß er sich mit dem Papiermesser um ein Haar entleibt hätte. «Die beiden? Das hätte ich mir eigentlich denken können. Diese beiden Idioten verfolgen mich überallhin. Aus Schonen kommen sie auch noch. Sieh zu, daß du sie mir auf der Stelle herschaffst. Dieser Sache muß nachgegangen werden.»

Kristiansson und Kvant hatten eine Menge zu erklären. Die Geschichte war überaus kompliziert und in wenigen Worten nicht so leicht wiederzugeben. Außerdem hatten sie eine Mordsangst vor Gunvald Larsson, und es gelang ihnen, den Besuch im Polizeihaus in Kungsholmsgatan fast zwei Stunden hinauszuschieben. Dies war ein Fehler, denn in dieser Zeit hatte Gunvald Larsson Gelegenheit, auf eigene Faust und mit Erfolg Nachforschungen anzustellen.

Schließlich standen die beiden Unglücksraben vor ihm, uniformiert, adrett und mit ihren Mützen in der Hand. Sie waren blond, breitschultrig, einssechsundachtzig lang und sahen Gunnar Larsson hölzern und mit flackernden Blicken an. Sie fragten sich, warum ausgerechnet er eine Ausnahme von der ungeschriebenen, aber goldenen Regel sein mußte, derzufolge kein Polizist einem anderen ein Bein stellt oder ihn kritisiert.

«Guten Tag», sagte Gunvald Larsson freundlich. «Schön, daß es Ihnen möglich ist, zu kommen.»

«Guten Tag», sagte Kristiansson zögernd.

«Hej», sagte Kvant aufmüpfig.

Gunvald Larsson starrte ihn mit einem vernichtenden Blick an, seufzte und sagte: «Sie hatten doch den Auftrag, die Personalien der Fahrgäste dieses Busses in Haga zu prüfen, nicht wahr?»

«Ja», erwiderte Kristiansson. Und dachte nach. Dann fügte er hinzu: «Wir kamen aber leider zu spät.»

«Wir haben es einfach nicht geschafft», verbesserte Kvant.

«Das habe ich bereits festgestellt», sagte Gunvald Larsson. «Ich habe mich auch davon überzeugt, daß Ihr Wagen an Karolinska vägen stand, als die Funkmeldung kam. Von dort bis zum Terminal braucht man etwa zwei Minuten, allerhöchstens drei. Was für einen Wagen fahren Sie?»

«Einen Plymouth», antwortete Kristiansson und wand sich.

«Ein Barsch macht zwei Stundenkilometer», sagte Gunvald Larsson. «Das ist der langsamste Fisch, den es gibt. Nichtsdestoweniger wäre es einem Barsch mühelos gelungen, diese Strecke in kürzerer Zeit zurückzulegen als Sie.» Er machte eine Pause. Dann brüllte er: «Warum, zum Teufel, sind Sie nicht rechtzeitig hingekommen?»

«Wir mußten unterwegs in einer anderen Sache einschreiten», sagte Kvant steif.

«Einem Barsch wäre vermutlich auch eine bessere Ausrede eingefallen», meinte Gunvald Larsson resigniert. «Nun, warum mußten Sie einschreiten und gegen wen, wenn ich fragen darf?»

«Wir... wir wurden beleidigt», sagte Kristiansson lahm.

«Es war ein Fall von Beamtenbeleidigung», sagte Kvant kategorisch.

«Und wie kam das?»

«Ein Mann, der mit dem Fahrrad an uns vorbeifuhr, rief uns Unverschämtheiten zu.» Kvant hielt sich immer noch an den einmal angeschlagenen Ton, während Kristiansson stumm dastand und immer ängstlicher zu werden schien.

«Und das hat Sie also daran gehindert, den Auftrag durchzuführen, den man Ihnen kurz zuvor gegeben hatte?»

Kvant blieb ihm nicht die Antwort schuldig. «Der Rikspolis-Chef hat neulich vor der Öffentlichkeit gesagt, daß jede Form der Beamtenbeleidigung, besonders wenn sie sich gegen Beamte in Uniform richte, unbedingt verfolgt werden müsse. Es dürfe nicht sein, daß man sich ungestraft über Polizeibeamte lustig mache.»

«Tatsächlich?» war alles, was Gunvald Larsson sagte.

Die beiden Streifenpolizisten glotzten ihn verständnislos an.

Larsson zuckte die Achseln und fuhr fort: «Die hochgestellte Person, die Sie da erwähnen, ist zwar für ihre öffentlichen Aussprüche bekannt, aber ich bezweifle, daß selbst der Polizeichef etwas dermaßen Dämliches gesagt haben kann. Na, und wie lautete die Beleidigung?»

«Bi-ba-Bullenpack», sagte Kvant.

«Und das halten Sie für eine Beamtenbeleidigung?»

«Unbedingt», sagte Kvant.

Gunvald Larsson sah Kristiansson inquisitorisch an, der von einem Fuß auf den anderen wechselte und murmelte: «Nun, der Meinung bin ich auch.»

«Ja», fiel Kvant ein, «das würde sogar Siv sagen...»

«Was ist Siv?» fragte Gunvald Larsson. «Etwa auch der Name eines Busses?»

«Siv ist meine Frau», sagte Kvant.

Gunvald Larsson spreizte die Finger und legte die Handflächen seiner gewaltig behaarten Hände auf die Tischplatte. «Es ist also so vor sich gegangen», sagte er. «Sie parkten mit Ihrem Wagen am Karolinska vägen, als die Funkmeldung kam. In diesem Augenblick fuhr ein Mann auf einem Fahrrad an Ihnen vorbei und rief: ‹Bi-ba-Bullenpack!› Sie waren gezwungen, gegen diesen Mann einzuschreiten, und darum kamen Sie nicht rechtzietig zum Terminal.»

«Genau so war's», sagte Kvant.

«Jaa», sagte Kristiansson.

Gunvald Larsson sah beide lange an. Schließlich sagte er mit leiser Stimme: «Und das ist die Wahrheit?»

Niemand antwortete. Kvant fing an, mißtrauisch dreinzublicken. Kristiansson fingerte nervös an seinem Pistolenhalfter herum und wischte sich mit seiner Mütze den Schweiß von der Stirn. Gunvald Larsson ließ das Schweigen auf die beiden Männer einwirken. Dann hob er plötzlich die Arme und ließ die Handflächen mit einem Knall auf die Tischplatte sausen, der das Zimmer erzittern ließ. «Schwindel!» brüllte er. «Jedes Wort ist gelogen, und das wissen Sie ganz genau. Sie hielten an einer Würstchenbude an. Einer von Ihnen stand neben dem Wagen und aß ein Würstchen. In diesem Augenblick radelte sehr richtig ein Mann an Ihnen vorbei, und jemand rief Ihnen etwas zu. Es war aber nicht der Mann, der Ihnen ‹Bi-ba-Bullenpack› zurief, sondern sein Sohn, der auf dem Gepäckhalter in einem Kindersitz saß. Und dieser Sohn ist ganze drei Jahre alt!» Gunvald Larsson verstummte urplötzlich.

Kristiansson und Kvant waren rot wie Tomaten. Schließlich faßte Kristiansson sich ein Herz und murmelte zögernd: «Wie um alles in der Welt können Sie das wissen?»

Gunvald Larsson sah einen nach dem anderen mit vernichtenden Blicken an. «Nun, wer hat das Würstchen gegessen?» fragte er.

«Ich nicht», sagte Kristiansson.

«Du feiges, mieses Arschloch», zischte Kvant aus dem Mundwinkel.

«Und jetzt werde ich Ihre Frage beantworten», sagte Gunvald Larsson müde. «Ich weiß das alles, weil dieser Mann mit dem Fahrrad es sich nicht einfach gefallen ließ, von zwei uniformierten Grobianen fünfzehn Minuten lang auf offener Straße angebrüllt zu werden, nur weil sein dreijähriger Sohn etwas gesagt hatte. Dieser Mann rief bei der Polizei an und beschwerte sich, und damit hatte er verdammt recht. Nicht zuletzt, weil er sogar Zeugen hatte. Gab es übrigens auch Kartoffelbrei zum Würstchen?»

Kristiansson nickte düster. Kvant versuchte, eine letzte Verteidigungsposition einzunehmen: «Man verhört sich leicht, wenn man den Mund voll . . .»

Gunvald Larsson unterbrach ihn, indem er die rechte Hand hob. Er nahm seinen Notizblock, holte einen Bleistift aus der Jackentasche und schrieb mit großen Buchstaben: SCHERT EUCH ZUM TEUFEL!!

Er riß das Blatt ab und schob es über den Tisch. Kristiansson nahm den Zettel in die Hand, sah ihn an und wurde noch roter. Dann gab er ihn Kvant.

Kristiansson und Kvant sahen sich stumm an und gingen aus dem Zimmer.

4

Von alldem wußte Martin Beck nichts.

Er befand sich in seinem Dienstzimmer im südlichen Polizeihaus an der Västberga-Allee und beschäftigte sich mit ganz anderen Problemen. Er hatte seinen Stuhl zurückgeschoben, die Beine ausgestreckt und die Füße auf eine herausgezogene Schublade seines Aktenschranks gelegt. Er kaute auf dem Pappmundstück einer frisch angezündeten Florida herum, hatte die Hände in den Hosentaschen und blinzelte aus dem Fenster. Er dachte nach.

Weil er Kommissar bei Riksmordkommissionen war, hätte man vermuten können, er beschäftige sich etwa mit dem im Süden Stockholms mit einer Axt begangenen Mord, der nach einer Woche noch immer nicht aufgeklärt war. Oder mit der unidentifizierten Frauenleiche, die man aus Riddarfjärden gefischt hatte. Dem war jedoch nicht so. Er grübelte darüber nach, was er für die Einladung zum Essen heute abend noch einkaufen mußte.

Ende Mai hatte Martin Beck eine Zweizimmerwohnung in Köpmangatan bekommen und war von zu Hause weggezogen. Er und Inga waren achtzehn Jahre verheiratet, aber ihre Ehe war schon seit langem keine Ehe mehr, und als ihre Tochter Ingrid im Januar mit Sack und Pack auszog, um mit ihrer Freundin zusammenzuziehen, hatte er zum erstenmal mit seiner Frau über eine Trennung gesprochen. Anfänglich hatte sie noch heftig protestiert, aber als er seinen Mietvertrag unter Dach und Fach hatte und sie vor vollendete Tatsachen stellte, akzeptierte sie seinen Entschluß. Martin Beck ahnte, daß sie im Grunde sehr zufrieden damit war, künftig mit ihrem Lieblinskind Rolf allein zu sein. Der Sohn war erst vierzehn.

Die neue Wohnung war gemütlich und hatte die richtige Größe, und nachdem Beck erst einmal Ordnung in die Dinge gebracht hatte, die er aus Ingas und seiner Wohnung in dem trostlosen Vorort Bagarmossen mitgenommen und einige Neuanschaffungen gemacht hatte, war ihm in einem Anfall von Übermut die Idee gekommen, seine drei besten Freunde zum Essen einzuladen. Angesichts der Tatsache, daß seine Kochkünste sich auf das Kochen von Eiern und Tee beschränkten, erschien ihm jetzt die Einladung als reichlich leichtsinnig. Er versuchte, sich zu erinnern, was Inga bei solchen Anlässen auf den Tisch brachte, aber es tauchten nur verschwommene Bilder von üppigen Tafeln auf, deren Zubereitung und Bestandteile ihm böhmische Dörfer waren.

Martin Beck steckte sich eine neue Zigarette an und dachte verwirrt an Seezunge Walewska und Kalbsfilet Oscar. Von Cœur de Filet Provençale gar nicht zu reden. Es gab noch etwas zu bedenken, was er bei seiner unüberlegten Einladung bedauerlicherweise nicht bedacht hatte. Er hatte noch nie drei Menschen mit einem derart ungeheuren Appetit gesehen wie seine heutigen Gäste.

Lennart Kollberg, sein Freund und engster Mitarbeiter, war sowohl Gourmet wie Gourmand. Das hatte Beck feststellen können, als er sich einige Male in die Kantine gewagt hatte. Schon Kollbergs Leibesfülle deutete auf ein starkes Interesse für Tafelfreuden hin. Von dieser Neigung hatte ihn nicht einmal ein häßlicher Messerstich in den Bauch heilen können, den er etwa ein Jahr zuvor erhalten hatte. Gun Kollberg besaß zwar nicht die Leibesfülle ihres Mannes, aber ihr Appetit war genauso groß. Und Åsa Torell, die neuerdings seine Kollegin war, seitdem sie nach Absolvierung der Polizeischule dem Sittlichkeitsdezernat zugeteilt worden war, konnte man nur als weiblichen Gargantua bezeichnen.

Beck erinnerte sich noch sehr gut an die kleine, magere und spillerige Person vor eineinhalb Jahren, die damals ihren Mann verlor, Martin Becks jüngsten Kriminalassistenten, der in einem Stockholmer Bus von einem Massenmörder erschossen worden war. Jetzt war sie über das Schlimmste hinweg, hatte ihren Appetit wieder und war sogar etwas runder geworden. Sie mußte einen fabelhaften Stoffwechsel haben.

Martin Beck erwog, Åsa zu bitten, etwas früher zu kommen, damit sie ihm helfen konnte, verwarf den Gedanken aber gleich wieder. Eine fleischige Faust donnerte an die Tür, die sich unmittelbar darauf öffnete, und Kollberg betrat das Zimmer. «Worüber denkst du denn nach?» fragte er und ließ sich in den Besuchersessel fallen, der unter seinem Gewicht bedenklich knackte. Niemand konnte ahnen, daß Kollberg mehr Tricks kannte und in der Kriminaltechnik besser Bescheid wußte als irgend jemand sonst im Polizeikorps.

Martin Beck nahm die Füße aus der Schublade und schob seinen Stuhl näher an den Schreibtisch. Er drückte sorgfältig die Zigarette aus, bevor er antwortete. «An diesen Mord in Hjorthagen», log er. «Ist etwas Neues herausgekommen?»

«Hast du den Obduktionsbefund gesehen? Da steht, daß der Bursche schon nach dem ersten Axthieb tot war. Er hatte eine ungewöhnlich dünne Schädeldecke.»

«Ja, ich habe ihn gelesen», sagte Martin Beck.

«Wir müssen mal sehen, wann wir mit seiner Frau reden können», sagte Kollberg. «Den Nachrichten aus dem Krankenhaus zufolge soll sie noch immer unter schwerer Schockeinwirkung stehen. Vielleicht hat sie ihn sogar selbst umgebracht, wer weiß.» Er stand auf und ging ans Fenster, um es zu öffnen.

«Mach das Fenster wieder zu», sagte Martin Beck.

Kollberg schloß das Fenster. «Wie hältst du das nur aus?» sagte er klagend. «Hier ist es ja heiß wie in einem Backofen.»

«Ich laß mich lieber braten als vergiften», sagte Martin Beck philosophisch. Das südliche Polizeihaus lag direkt an der neuen Essingen-Schnellstraße, und wenn der Verkehr, wie jetzt zu Beginn der Ferienzeit, besonders stark war, konnte man deutlich riechen, wie abgasgeschwängert die Luft war.

«Wie du willst», sagte Kollberg und schlurfte zur Tür. «Versuche jedenfalls, bis heute abend zu überleben. Du sagtest doch sieben?»

«Sieben Uhr, ja», sagte Martin Beck.

«Ich habe schon jetzt Hunger», sagte Kollberg herausfordernd.

«Wird mir eine Freude sein», meinte Martin Beck, aber da hatte die Tür sich schon hinter Kollberg geschlossen. Kurz darauf begann das Telefon zu klingeln; es kamen Leute, die Papiere unterschrieben haben wollten, die Bericht erstatteten oder Fragen beantwortet haben wollten, und Beck mußte alle Gedanken an den abendlichen Speisezettel vorerst zurückstellen.

Viertel vor vier verließ er das Polizeihaus und nahm die U-Bahn nach Hötorgshallen. Dort kaufte er so ausgiebig ein, daß er schließlich ein Taxi nach Gamla Stan nehmen mußte, um mit seinen Vorbereitungen noch rechtzeitig fertig zu werden.

Um fünf vor sieben hatte er den Tisch gedeckt und blickte auf sein Werk: Matjeshering auf Dill mit saurer Sahne und Schnittlauch. Eine Schale Maränenrogen mit einem Kranz aus feingehackten Zwiebeln, Dill und Zitronenscheiben. Geräucherter Lachs in dünnen Scheiben auf zarten Salatblättern. Hartgekochte Eier in Scheiben. Bückling. Geräucherte Scholle. Ungarische Salami, polnische Wurst, finnische Wurst und Leberwurst aus Schonen. Eine große Schale Salat mit Massen frischer Krabben. Auf diesen Salat war er besonders stolz, weil er ihn selbst zubereitet hatte und weil er zu seinem großen Erstaunen ausgezeichnet schmeckte. Sechs verschiedene Sorten Käse auf einem Holzbrett. Radieschen und Oliven. Pumpernickel, ungarisches Landbrot und ein knuspriges, leicht angewärmtes Baguette. Landbutter in einem hölzernen Butterfäßchen. Die jungen Kartoffeln kochten auf dem Herd still vor sich hin, und aus dem Topf stieg Dillduft auf. Im Kühlschrank lagen vier Flaschen Piesporter Falkenberg, Dosen mit Carlsberg Hof, und im Gefrierfach eine Flasche Løjtens-Akvavit.

Martin Beck fühlte sich sehr zufrieden mit dem Ergebnis seiner Mühen. Jetzt fehlten nur noch die Gäste.

Åsa Torell kam als erste. Martin Beck mixte zwei Campari mit Soda, und mit dem Drink in der Hand machte Åsa einen Rundgang durch die Wohnung. Sie bestand aus Schlafzimmer, Wohnzimmer, Küche, Bad und Flur. Die Zimmer waren klein, dafür aber leicht zu pflegen und gemütlich. «Ich brauche dich wohl kaum noch zu fragen, ob du dich hier wohl fühlst», sagte Åsa Torell.

«Wie die meisten gebürtigen Stockholmer habe ich schon immer davon geträumt, eine Wohnung in Gamla Stan zu haben», sagte Martin Beck. «Außerdem ist es schön, sein eigener Herr zu sein.»

Åsa nickte. Sie lehnte mit gekreuzten Beinen am Fensterbrett und hielt ihr Glas mit beiden Händen. Sie war klein, zart gebaut, hatte große braune Augen, dunkles, kurzgeschnittenes Haar. Ihr Teint war sonnengebräunt, und sie sah gesund, ruhig und entspannt aus. Es machte Martin Beck froh, sie so zu sehen, denn sie hatte lange gebraucht, um über Åke Stenströms Tod hinwegzukommen.

«Und wie geht es dir selbst?» fragte er. «Du bist ja auch erst vor kurzer Zeit umgezogen.»

«Besuch mich doch mal, dann kannst du sehen, wie ich hause», sagte Åsa. Nach Stenströms Tod hatte sie eine Zeitlang bei Gun und Lennart Kollberg gewohnt, und weil sie nicht mehr in die Wohnung zurückkehren wollte, in der sie mit ihrem Mann gewohnt hatte, hatte sie sich eine Einzimmerwohnung am Kungsholmsstrand besorgt. Sie hatte auch ihre Arbeit in einem Reisebüro aufgegeben und auf der Polizeischule angefangen.

Das Essen war sehr gelungen. Obwohl Martin Beck selbst nicht viel aß, was er selten, um nicht sogar zu sagen nie tat, fanden die Leckereien dankbare Abnehmer. Beck fragte sich schon ängstlich, ob er zu knapp eingekauft hatte, aber als seine Gäste aufstanden, schienen sie satt und zufrieden zu sein. Kollberg knöpfte diskret den obersten Hosenknopf auf. Åsa und Gun wollten lieber Bier und Schnaps als Wein trinken, und als die Mahlzeit beendet war, war auch die Løjtens-Flasche leer.

Martin Beck servierte Cognac zum Kaffee, hob sein Glas und sagte: «Jetzt wollen wir zusehen, daß wir morgen alle einen ordentlichen Kater kriegen, wo wir morgen ausnahmsweise alle einmal einen freien Tag haben.»

«Ich habe keinen freien Tag», sagte Gun. «Um fünf kommt Bodil an, hopst mir auf dem Bauch herum und will Frühstück haben.» Bodil war ihre und Lennarts fast zwei Jahre alte Tochter.

«Denk nicht dran», sagte Kollberg. «Morgen früh kümmere ich mich um sie, ob ich nun einen Kater habe oder nicht. Und rede ja nicht vom Dienst. Wenn es mir gelungen wäre, einen anständigen Job zu kriegen, hätte ich schon im letzten Jahr nach dieser bösen Geschichte bei der Polizei aufgehört.»

«Wir wollen aber jetzt nicht davon reden», sagte Martin Beck.

«Das sagt sich so leicht», sagte Kollberg. «Früher oder später wird der gesamte Polizeiapparat zusammenbrechen. Denk nur an diese armen Tölpel vom Lande, die in ihren Uniformen herumlaufen und gar nicht wissen, was sie mit sich anfangen sollen. Und dann diese Führung.»

«Ja, ja», sagte Martin Beck ablenkend und griff nach dem Cognac. Auch er war sehr beunruhigt, vor allem wegen der Politisierung und Zentralisierung, die nach der jüngsten Reorganisation eingetreten waren. Daß die Qualität der Streifenbeamten immer mehr nachließ, machte die Sache nicht besser. Aber dies war sicher nicht der richtige Anlaß, diese Dinge zu erörtern. «Ja, ja», wiederholte er melancholisch und hob sein Glas.

Nach dem Kaffee wollten Åsa und Gun abwaschen, und als Martin Beck protestierte, erklärten sie, daß sie es liebten, abzuwaschen, nur nicht zu Hause bei sich selbst. Er ließ sie gewähren und holte Whisky und Wasser.

Das Telefon klingelte. Kollberg sah auf die Uhr. «Viertel nach zehn», sagte er. «Ich fresse einen Besen, wenn das nicht Malm ist, der dir sagt, daß wir morgen arbeiten müssen. Ich bin aber nicht da.»

Malm war der neue Polizeiintendent, der Nachfolger Hammars, ihres früheren Chefs, der vor kurzem in Pension gegangen war. Malm war von nirgendwoher, das heißt von der Reichspolizeiführung gekommen, und seine Verdienste schienen rein politischer Natur zu sein. Seine Berufung war nicht sehr einleuchtend.

Martin Beck hob den Hörer ab. Dann schnitt er eine vielsagende Grimasse. Es war nicht Malm, sondern der Rikspolis-Chef, der mit schnarrender Stimme sagte: «Es ist etwas geschehen, was mich leider veranlaßt, dich zu bitten, morgen früh nach Malmö zu reisen.» Dann fügte er etwas zu spät hinzu: «Entschuldige bitte die Störung.»

Martin Beck gab darauf keine Antwort, sondern sagte: «Nach Malmö? Was ist denn passiert?»

Kollberg, der sich gerade einen Whisky einschenkte, hob den Blick und schüttelte den Kopf. Martin Beck nickte ihm gottergeben zu und zeigte auf sein Glas.

«Ist dir Viktor Palmgren ein Begriff?» fragte der Rikspolis-Chef.

«Der Direktor? Der Bonze?»

«Genau der.»

«Ja, natürlich kenne ich den, aber ich weiß von ihm eigentlich nur, daß er eine Menge Unternehmen besitzt und steinreich ist. Noch etwas: ich glaube, er hat eine junge schöne Frau, die mal Mannequin war oder so etwas. Was ist mit ihm?»

«Er ist tot. Er ist heute abend in der Neurochirurgie in Lund gestorben, nachdem ihm ein noch unbekannter Mann im Restaurant des *Savoy* in Malmö eine Kugel in den Kopf geschossen hat. Das ist gestern abend passiert. Habt ihr keine Zeitung draußen in Västberga?»

Martin Beck enthielt sich wiederum einer Antwort. Statt dessen sagte er: «Können die in Malmö nicht selbst damit fertig werden?» Er nahm das Whiskyglas, das Kollberg ihm hinhielt, und trank einen Schluck. «Ist denn Per Månsson nicht im Dienst?» fuhr er fort. «Er sollte doch wirklich in der Lage sein, selbst . . .»

Der Rikspolis-Chef unterbrach ihn ungeduldig. «Ja, ja, Månsson ist schon im Dienst, aber ich möchte, daß du nach Malmö fährst und ihm hilfst oder vielmehr die Sache in die Hand nimmst. Und ich möchte auch, daß du so schnell wie möglich hinfährst.»

Na, prost Mahlzeit, dachte Martin Beck. Es ging zwar noch eine Maschine um Viertel vor eins in der Nacht, aber er hatte nicht die Absicht, sich an Bord dieser Maschine zu befinden.

«Ich möchte, daß du gleich morgen früh losfährst», sagte der Rikspolis-Chef. Er hatte offensichtlich nicht den Flugplan im Kopf. «Diese Angelegenheit ist äußerst delikat und wird auch nicht leicht aufzuklären sein, aber wir müssen es so schnell wie möglich schaffen.»

Es wurde eine Weile still in der Leitung. Martin Beck nippte an seinem Glas und wartete. Schließlich fuhr der andere fort: «Es besteht auch höheren Orts der Wunsch, daß du die Sache verantwortlich übernimmst.»

Martin Beck hob die Augenbrauen und begegnete Kollbergs fragenden Blick. «War dieser Palmgren denn wirklich ein so wichtiges Tier?» fragte Beck.

«Es hat ganz den Anschein. Es liegen große Interessen in einigen Bereichen seiner Tätigkeit.»

Kannst du nicht das Drumherumreden lassen und endlich im Klartext reden, dachte Martin Beck. Welche Interessen und welche Bereiche welcher Tätigkeit? Hier galt es offenbar, sich kryptisch auszudrücken. «Ich habe leider keine klare Vorstellung davon, welcher Tätigkeit Palmgren sich widmete», sagte er.

«Das wirst du nach und nach erfahren», sagte der Rikspolis-Chef. «Jetzt ist erst einmal wichtig, daß du so schnell wie möglich nach Malmö kommst. Ich habe schon mit Malm gesprochen, und er ist bereit, dich freizugeben. Wir müssen alles daransetzen, den Täter zu bekommen. Und sei vorsichtig, wenn du mit der Presse sprichst. Es wird noch viel über diese Sache geschrieben werden, wie du dir denken kannst. Nun, wann kannst du fahren?»

«Ich glaube, es geht eine Maschine um neun Uhr fünfzig morgen früh.»

«Schön. Nimm die», sagte der Rikspolis-Chef und legte auf.

5

Viktor Palmgren starb drei Minuten nach halb acht am Donnerstagabend. Noch eine halbe Stunde, bevor sein Tod offiziell festgestellt wurde, hatten die Ärzte, die sich um seine Wiederherstellung bemühten, gesagt, daß er eine kräftige Konstitution habe und der berühmte «Allgemeinzustand» gar nicht schlecht sei.

Das einzige, was mit ihm nicht in Ordnung war, war die Tatsache, daß er eine Kugel im Kopf hatte.

Im Augenblick seines Todes waren außer seiner Frau zwei Gehirnchirurgen, zwei Krankenschwestern und ein Erster Kriminalassistent von der Polizei in Lund anwesend.

Man war sich einig geworden, daß eine Operation zu riskant sein würde, und das schien sogar einem Laien recht einleuchtend zu sein. Denn als Tatsache stand immerhin fest, daß Palmgren zwischenzeitlich bei Bewußtsein und einmal sogar so klar gewesen war, daß man sich mit ihm hatte verständigen können. Der in die Klinik beorderte Kriminalbeamte, der sich zu dieser Zeit mehr tot als lebendig gefühlt hatte, hatte ein paar Fragen an ihn gerichtet: «Haben Sie den Mann gesehen, der auf Sie geschossen hat?» Und: «Haben Sie ihn erkannt?»

Die Antworten waren eindeutig gewesen, ein Ja auf die erste und ein Nein auf die zweite Frage. Palmgren hatte seinen Attentäter zwar gesehen, aber zum ersten- und letztenmal in seinem Leben.

Dies machte den Fall nicht verständlicher, und in Malmö legte Månsson das Gesicht in schwere, bedeutsame Falten und sehnte sich intensiv nach einem Bett oder zumindest nach einem sauberen Hemd.

Der Tag war unerträglich heiß, und das Polizeihaus besaß nichts, was einer Klimaanlage auch nur entfernt ähnelte.

Die einzige klitzekleine Spur, die er gehabt hatte, war durch schiere Dummheit verspielt worden. Oh, diese Stockholmer, dachte Månsson. Er sagte es aber nicht – aus Rücksicht auf Skacke, der eine empfindliche Natur war.

Wieviel mochte diese Spur übrigens wert gewesen sein? Er wußte es nicht. Vielleicht gar nichts.

Aber dennoch. Die dänische Polizei hatte die Besatzung des Tragflächenbootes *Springeren* verhört, und einer der Stewardessen an Bord war während der Neun-Uhr-Fahrt von Malmö nach Kopenhagen ein Mann aufgefallen, hauptsächlich deshalb, weil dieser darauf bestanden hatte, während des ersten Teils der fünfunddreißig Minuten währenden Überfahrt oben auf dem Achterdeck zu bleiben. Sein Aussehen, das heißt vor allem seine Kleidung, stimmte einigermaßen mit der mageren Personenbeschreibung überein.

Hier schien es tatsächlich etwas zu geben, was wirklich stimmte.

Man bleibt nämlich auf diesen sogenannten Flugbooten nicht oben an Deck stehen, die in mancherlei Hinsicht eher an Flugzeuge denn an Schiffe erinnern. Es ist sogar fraglich, ob es überhaupt erlaubt ist, während der Überfahrt oben an der frischen Luft zu bleiben. Allmählich hatte aber auch dieser Mann sich bequemt, hinunterzukommen, und sich dann in einen Sessel gesetzt. Er hatte weder zollfreie Schokolade, Schnaps noch Zigaretten gekauft und folglich auch nichts Geschriebenes hinterlassen. Wenn man etwas kaufen will, muß man nämlich eine gedruckte Bestelliste ausfüllen.

Warum hatte dieser Mann versucht, sich so lange wie möglich an Deck aufzuhalten? Vielleicht, um Gelegenheit zu haben, etwas ins Wasser zu werfen. Sollte diese Annahme zutreffen: was?

Die Waffe.

Wenn es sich überhaupt um den Täter gehandelt und dieser den Wunsch gehabt hatte, die Tatwaffe loszuwerden. Genausogut war aber denkbar, daß dieser Mann nur nicht hatte seekrank werden wollen und aus diesem Grund vorgezogen hatte, an der frischen Luft zu bleiben.

«Wenn, wenn, aber, aber», murmelte Månsson vor sich hin und zerbiß seinen letzten Zahnstocher.

Es war ein abscheulicher Tag. Erstens die Hitze, die fast unerträglich war, wenn man sich gezwungen sah, so einen Tag drinnen zu verbringen, hinter Fenstern, die einen der glühenden Nachmittagssonne nahezu schutzlos aussetzten. Zweitens dieses untätige Warten. Das Warten auf Bescheid, das Warten auf Zeugen, die es geben mußte, die aber nichts von sich hören ließen.

Die Untersuchung des Tatorts kam nur schleppend voran. Man fand Hunderte von Fingerabdrücken, aber es gab nicht den geringsten Anlaß, anzunehmen, daß irgendeiner von dem Mann stammte, der Viktor Palmgren erschossen hatte. Die größten Hoffnungen wurden noch in das Fenster gesetzt, aber die wenigen Abdrücke auf dem Glas waren zu verwischt, um sichergestellt werden zu können.

Backlund irritierte am meisten, daß es nicht gelang, die Patronenhülse zu finden. Er rief deshalb mehrmals an. «Ich begreife einfach nicht, wohin das Ding verschwunden sein kann», sagte er gereizt.

Månsson fand die Antwort auf diese Frage so einfach, daß sogar Backlund sie finden sollte. Darum sagte er mit milder Ironie: «Laß von dir hören, wenn du irgendeine Theorie hast.»

Fußabdrücke waren ebenfalls nicht zu finden, was nicht weiter verwunderlich war, weil so viele Menschen im Restaurant herumgetrampelt waren, und überdies ist es auf dickem Teppichboden fast unmöglich, brauchbare Abdrücke zu finden. Vor dem Fenster war der Täter in einen Blumenkasten gesprungen – zum großen Schaden der Blumen, aber leider auch nicht zum Nutzen der Kriminaltechniker –, bevor er auf dem Bürgersteig weggelaufen war.

«Dieses Essen», sagte Skacke.

«Ja, was ist damit?»

«Es scheint eher ein Geschäftsessen als eine private Zusammenkunft gewesen zu sein.»

«Möglich», sagte Månsson. «Hast du die Liste der Teilnehmer?»

«Natürlich.»

Sie gingen die Liste gemeinsam durch.

Viktor Palmgren, Direktor, Malmö, 56
Charlotte Palmgren, Hausfrau, Malmö, 32
Hampus Broberg, Abteilungsleiter, Stockholm, 43
Helena Hansson, Chefsekretärin, Stockholm, 26
Ole Hoff-Jensen, Abteilungsleiter, Kopenhagen, 48
Birthe Hoff-Jensen, Hausfrau, Kopenhagen, 43
Mats Linder, Direktionsassistent, Malmö, 30

«Die arbeiten natürlich alle für den Palmgren-Konzern», sagte Månsson.

«Es scheint so», meinte Skacke. «Wir müssen sie aber noch einmal gründlich vernehmen.»

Månsson seufzte und dachte an die geographische Verteilung dieser Menschen. Das Ehepaar Jensen war schon am vorhergehenden Abend nach Kopenhagen zurückgekehrt. Hampus Broberg und Helena Hansson hatten die Morgenmaschine nach Stockholm genommen, und Charlotte Palmgren befand sich am Krankenbett ihres Mannes in Lund. In Malmö war nur noch Mats Linder. Und dessen konnte man auch nicht einmal sicher sein. Er war der engste Mitarbeiter Palmgrens und viel auf Reisen.

So schienen die traurigen Ereignisse des Tages in der Nachricht vom Tode Palmgrens zu gipfeln, die sie um Viertel vor acht erreichte.

Es sollte aber schlimmer kommen. Um halb elf saßen sie noch im Polizeihaus und tranken hohläugig und todmüde Kaffee, als das Telefon klingelte. Månsson nahm den Hörer ab. «Ja, hier Kriminalinspektor Månsson.» Und kurz darauf: «Ja, ich verstehe.» Er wiederholte das dreimal, bevor er «Auf Wiederhören» sagte und auflegte. Er sah Skacke an und sagte: «Dieser Fall ist nicht mehr unser Fall. Sie schicken einen Mann von Riksmordkommissionen her.»

«Doch nicht Kollberg?» fragte Skacke unruhig.

«Nein, es ist Beck höchstpersönlich. Er kommt morgen vormittag her.»

«Und was machen wir jetzt?»

«Jetzt gehen wir nach Hause und legen uns schlafen», entschied Månsson und erhob sich.

6

Martin Beck fühlte sich alles andere als wohl, als die Maschine aus Stockholm in Bulltofta landete.

Er hatte schon immer eine heftige Abneigung gegen das Fliegen gehabt, aber dieser Flug war besonders unangenehm gewesen, da er an diesem Freitagvormittag noch unter den Folgen des Festessens vom Vortag zu leiden hatte.

Als er aus der relativen Kühle der Kabine ins Freie trat, schlug ihm die heiße, stehende Luft entgegen, und er fing schon auf der Gangway an zu schwitzen. Als er auf die Ankunftshalle zuging, fühlte sich der Asphalt unter den Schuhsohlen weich an.

Die Luft im Taxi war wie in einer Sauna, trotz der heruntergekurbelten Fenster, und der Kunststoffbezug der Rücklehne brannte glühendheiß durch den dünnen Hemdenstoff. Beck wußte, daß Månsson im Polizeihaus auf ihn wartete, entschloß sich aber, zuerst ins Hotel zu fahren, um zu duschen und sich umzuziehen. Diesmal hatte er nicht wie sonst immer im *St. Jörgen* ein Zimmer bestellt, sondern im *Savoy*.

Der Portier begrüßte ihn so überschwenglich und herzlich, daß Martin Beck einen Augenblick den Verdacht hegte, er verwechsle ihn mit irgendeinem lange vermißten Hotelgast von Bedeutung.

Das Zimmer war luftig und kühl und ging nach Norden. Von den Fenstern aus konnte Beck den Kanal und den Hauptbahnhof sehen; hinter den Hafenbecken und der Kockums-Werft entdeckte er einen weißen Hovercraft, der gerade in dem taubenblauen Dunst in Richtung Kopenhagen verschwand.

Martin Beck zog sich aus und spazierte nackt durchs Zimmer, während er seine Reisetasche auspackte. Dann ging er ins Bad und stellte sich unter die Dusche.

Anschließend zog er frische Unterwäsche und ein neues Hemd an, und als er mit dem Ankleiden fertig war, sah er, daß die Bahnhofsuhr genau zwölf zeigte. Er nahm ein Taxi zum Polizeihaus und begab sich sofort zu Månssons Zimmer.

Dieser hatte die Fenster zum Hof weit geöffnet. Der Hof lag um diese Tageszeit tief im Schatten. Månsson saß in Hemdsärmeln am Schreibtisch und trank Bier, während er in einem Stapel von Papieren blätterte.

Nachdem sie sich begrüßt hatten und Martin Beck sein Jackett über eine Stuhllehne gehängt, es sich im Besuchersessel bequem gemacht und eine Florida angesteckt hatte, reichte Månsson ihm die Papiere.

«Zunächst kannst du dir ja mal diesen Bericht ansehen. Du wirst sehen, daß die Geschichte von Anfang an miserabel gehandhabt worden ist.»

Martin Beck las die Papiere sorgfältig durch und richtete von Zeit zu

Zeit eine Frage an Månsson, der den Bericht um Details ergänzte, die nicht vermerkt waren. Månsson gab auch eine von Rönn etwas frisierte Version des Einsatzes von Kristiansson und Kvant am Karolinska vägen wieder. Gunvald Larsson hatte sich geweigert, sich mit dieser Affäre weiter zu befassen.

Als Martin Beck zu Ende gelesen hatte, legte er die Kopien des Berichts vor sich auf den Tisch und sagte: «Wir müssen uns zunächst offensichtlich darauf konzentrieren, die Zeugen eingehend zu vernehmen. Dieser Bericht sieht nicht gerade vielversprechend aus. Was soll übrigens diese merkwürdige Aufstellung?» Er zog ein Blatt aus dem Stapel heraus und las vor: «‹Die Abweichung verschiedener am Tatort befindlicher Uhren von der genauen Zeit . . .› Hat das irgend etwas zu bedeuten?»

Månsson zuckte die Achseln. «Das stammt von Backlund», sagte er. «Du kennst doch Backlund?»

«Ach so, der. Ich verstehe», sagte Martin Beck. Er hatte Backlund kennengelernt. Einmal. Vor mehreren Jahren. Das genügte.

Ein Wagen fuhr auf den Hof und hielt unterhalb des Fensters. Man hörte, wie Wagentüren zugeschlagen wurden, laufende Schritte und laute Stimmen, die irgend etwas auf deutsch riefen.

Månsson stand behäbig auf und sah hinaus.

«Die haben offenbar wieder eine kleine Razzia auf Gustav Adolfs torg gemacht», sagte er. «Oder unten bei den Schiffen. Da unten haben wir die Überwachung verschärft, aber meistens erwischen wir nur Jugendliche, die etwas Hasch für den Eigenbedarf bei sich haben. Die großen Mengen und die wirklich gefährlichen Dealer erwischen wir nur selten.»

«Bei uns ist das genauso.»

Månsson schloß das Fenster und setzte sich wieder.

«Wie geht es Skacke?» fragte Martin Beck.

«Gut», erwiderte Månsson. «Er ist ein ehrgeiziger Knabe. Sitzt abends zu Hause und büffelt. Bei der Arbeit ist er auch recht tüchtig, sehr sorgfältig. Er macht nichts Übereiltes. Er hat damals eine Lektion bekommen und paßt heute besser auf. Er war übrigens sehr erleichtert, daß du gekommen bist und nicht Kollberg.»

Vor weniger als einem Jahr war Benny Skacke die mehr oder weniger direkte Ursache dafür gewesen, daß Kollberg einen Messerstich in den Bauch bekam, und zwar von einem Mann, den sie beide auf dem Flughafen von Arlanda verhaften sollten.

«Wie ich höre, ist er auch eine willkommene Verstärkung für die Fußballmannschaft», fuhr Månsson fort.

«Aha», sagte Martin Beck ohne Begeisterung. «Womit beschäftigt er sich denn im Augenblick?»

«Er versucht, diesen Mann aufzutreiben, der einige Tische von der

Palmgrenschen Gesellschaft entfernt allein zu Abend gegessen hat. Er heißt Edvardsson und ist Korrektor bei *Arbetet*. Am Mittwoch war er zu blau, um verhört werden zu können, und gestern konnten wir ihn nicht erreichen. Er lag sicher mit einem Kater im Bett und zog es vor, nicht zu öffnen.»

«Wenn er betrunken war, als Palmgren erschossen wurde, dürfte er kein sonderlich brauchbarer Zeuge sein», bemerkte Martin Beck. «Wann können wir übrigens Palmgrens Frau hören?»

Månsson nahm einen Schluck Bier und wischte sich den Mund mit dem Handrücken ab. «Heute nachmittag, hoffe ich. Oder morgen. Willst du sie übernehmen?»

«Das machst du vielleicht besser selbst. Du wirst auch Palmgren besser gekannt haben als ich.»

«Das glaube ich zwar nicht», sagte Månsson, «aber okay, du bist derjenige, der jetzt zu sagen hat. Du kannst ja mit Edvardsson sprechen, falls Skacke ihn zu fassen kriegt. Ich habe nämlich das dunkle Gefühl, daß er bislang trotz allem der wichtigste Zeuge ist. Übrigens, willst du ein Bier? Es ist leider nur lauwarm.»

Martin Beck schüttelte den Kopf. Er hatte zwar unglaublichen Durst, aber lauwarmes Bier war nicht das, wovon er jetzt träumte. «Komm lieber mit in die Kantine und trink ein Mineralwasser», schlug er vor.

Sie tranken ihr Ramlösa-Wasser im Stehen am Tresen und kehrten anschließend in Månssons Zimmer zurück. Im Besuchersessel saß Benny Skacke und las in einem Notizblock. Er erhob sich schnell, als Beck und Månsson eintraten. Er und Martin Beck gaben sich die Hand.

«Na, hast du Edvardsson angetroffen?» fragte Månsson.

«Ja, endlich. Er ist im Augenblick in der Zeitung, will aber um drei bei sich zu Hause sein», sagte Skacke. Er blickte auf seinen Notizblock. «Kamrergatan 2.»

«Ruf ihn an und sag ihm, daß ich um drei bei ihm bin», sagte Martin Beck.

Das Haus Kamrergatan 2 schien das erste fertige Gebäude einer Reihe von Neubauten zu sein. Auf der anderen Straßenseite waren die alten, niedrigen Häuser schon geräumt; sie würden wohl bald den Schaufelbaggern zum Opfer fallen, um neuen und größeren Mietskasernen Platz zu machen.

Edvardsson wohnte im obersten Stockwerk und öffnete sofort, als Martin Beck klingelte. Er war ein Mann in den Fünfzigern, hatte ein intelligentes Gesicht mit einer markanten Nase und tiefen Falten um den Mund. Er blinzelte Martin Beck prüfend an. «Kommissar Beck? Bitte treten Sie ein.»

Er ging ins Wohnzimmer voraus, das spärlich möbliert war. Die

Wände waren voller Bücherregale, und auf dem Arbeitstisch am Fenster stand eine Schreibmaschine, in die ein halb beschriebenes Blatt eingespannt war.

Edvardsson nahm einen Haufen Zeitungen aus dem einzigen Sessel. «Setzen Sie sich doch. Ich hole Ihnen was zu trinken. Ich habe kaltes Bier im Kühlschrank.»

«Ein Bier kann nicht schaden», meinte Martin Beck.

Der Mann ging hinaus in die Kochnische und kehrte mit Gläsern und zwei Flaschen Bier zurück. «Becks Bier», sagte er. «Das paßt ja ganz gut.» Nachdem er Beck und sich eingeschenkt hatte, setzte er sich aufs Sofa und legte einen Arm über die Rückenlehne.

Martin Beck nahm einen tiefen Schluck. Das Bier war schön kalt und tat gut bei der drückenden Hitze. Dann begann er: «Nun, Sie wissen ja, worum es geht.»

Edvardsson nickte und zündete sich eine Zigarette an. «Palmgren, ja. Ich kann nicht direkt behaupten, daß ich um ihn weine.»

«Haben Sie ihn gekannt?» erkundigte sich Martin Beck.

«Persönlich? Nein, das nicht. Aber man konnte ja nicht umhin, in allen möglichen Zusammenhängen auf seinen Namen zu stoßen. Auf mich machte er immer einen recht unsympathischen Eindruck. Menschen seines Schlages habe ich noch nie leiden können.»

«Was soll das heißen? Seines Schlages?»

«Menschen, für die Geld alles bedeutet und die keine Mittel scheuen, um es sich zu verschaffen.»

«Ich würde später gern noch mehr über Palmgren hören, falls Sie Lust haben, mir mehr über ihn zu erzählen, aber zunächst möchte ich etwas anderes wissen. Haben Sie den Mann gesehen, der ihn erschossen hat?»

Edvardsson strich sich übers Haar, das schon graue Strähnen zeigte und sich über der Stirn wellte. «Ich fürchte, ich bin da keine große Hilfe. Ich saß an meinem Tisch und las und reagierte eigentlich erst, als der Kerl schon halb aus dem Fenster war. Meine Aufmerksamkeit richtete sich in erster Linie auf Palmgren; den Mann, der gerade geschossen hatte; habe ich mehr aus den Augenwinkeln gesehen. Er verschwand schnell, und als ich endlich zum Fenster sah, war er nicht mehr zu sehen.»

Martin Beck holte eine zerknüllte Packung Florida aus der Tasche und steckte sich eine Zigarette an. «Haben Sie denn gar keinen Eindruck von diesem Mann?» fragte er.

«Ich glaube mich zu erinnern, daß er dunkel gekleidet war. Vermutlich trug er einen Sakko und eine passende Hose. Ich glaube, er war nicht mehr ganz jung. Aber das ist nicht mehr als ein Eindruck. Er kann dreißig, vierzig oder fünfzig sein, aber nicht jünger oder älter.»

«Hatte diese Palmgrensche Gesellschaft schon Platz genommen, als Sie ins Restaurant kamen?»

«Nein», sagte Edvardsson. «Ich hatte schon gegessen und einen Whisky serviert bekommen, als sie hereinkamen. Ich wohne allein hier und gehe ganz gern mal aus, um gut zu essen und ein Buch zu lesen, und dabei passiert es, daß ich ziemlich lange in einem Lokal sitzen bleibe.» Nach einer kleinen Pause fügte er hinzu: «Obwohl das natürlich verdammt teuer wird.»

«Haben Sie außer Palmgren sonst noch jemanden erkannt?»

«Ja, seine Frau und diesen jungen Mann, der Palmgrens rechte Hand sein ... gewesen sein soll. Die anderen kannte ich nicht, aber ich hatte den Eindruck, daß sie alle zum Konzern gehörten. Ein Ehepaar sprach dänisch.» Edvardsson holte ein Taschentuch aus der Hosentasche und wischte sich den Schweiß von der Stirn. Er trug ein weißes Hemd und Krawatte, helle Terylene-Hosen und schwarze Schuhe. Sein Hemd war schweißnaß. Martin Beck fühlte, daß auch sein eigenes Hemd feucht wurde und am Körper zu kleben begann. «Haben Sie zufällig gehört, worum sich das Gespräch drehte?» fragte er.

«Um die Wahrheit zu sagen: ich habe tatsächlich eine ganze Menge gehört. Ich bin ein neugieriger Mensch, und es macht mir Spaß, Menschen zu beobachten. Ich habe also gelauscht. Palmgren und der Däne sprachen über Geschäfte. Ich weiß nicht, worum es ging, aber sie erwähnten mehrmals Rhodesien. Er hatte viele Eisen im Feuer, dieser Palmgren, das sagte er sogar selbst mehr als einmal, und wie ich gehört habe, waren seine Geschäfte nicht immer ganz sauber. Die Damen redeten über die Dinge, die Damen dieser Art miteinander zu beklönen pflegen: Kleider, Reisen, gemeinsame Bekannte, Parties und so etwas. Frau Palmgren und die Jüngere der beiden anderen sprachen über eine Frau, die sich ihre Hängebrüste hat wegoperieren lassen, die jetzt wie Tennisbälle aussehen und direkt unterm Kinn hängen sollen. Charlotte Palmgren erzählte von einer Party im *Twentyone* in New York, die Frank Sinatra mit seiner Gegenwart beehrt haben soll und bei der ein Mann namens Bully die ganze Nacht Champagner schmiß. Und derlei Zeugs mehr. Ein todschicker BH von Twilfit für 75 Kronen. Daß es im Sommer für Perücken zu warm sei, so daß man das Haar jeden Tag neu legen müsse und so weiter und so weiter.»

Martin Beck dachte im stillen, daß Edvardsson an jenem Abend nicht allzuviel in seinem Buch gelesen haben konnte. «Und die anderen Herren? Redeten die auch über Geschäfte?»

«Nicht sehr viel. Es schien, als hätten sie vor dem Essen eine Konferenz gehabt, denn der vierte Mann, also nicht der Däne und nicht der junge Mann, erwähnte etwas darüber. Nein, auch die Gespräche der Männer bewegten sich nicht auf einem höheren Niveau als die Unterhaltung der Damen. Sie sprachen zum Beispiel lange über die Krawatte Palmgrens, die ich leider nicht sehen konnte, weil er mir den Rücken zuwandte. Diese Krawatte muß etwas ganz Besonderes gewesen sein, denn sie wurde von allen bewundert, und Palmgren sagte, er habe sie für 95 Francs auf den Champs-Élysées in Paris gekauft. Und dieser vierte Mann erzählte von einem Problem, das ihn nicht schlafen lasse. Seine Tochter sei nämlich mit einem Neger liiert. Palmgren schlug vor, er solle sie in die Schweiz schicken, denn dort gebe es kaum Neger.»

Edvardsson stand auf, trug die leeren Flaschen in die Küche und kam mit zwei neuen Bieren zurück. Die Flaschen waren beschlagen und sahen äußerst verlockend aus.

«Ja», sagte Edvardsson, «das wär's, was ich Ihnen von den Tischgesprächen erzählen kann. Nicht besonders ergiebig, nicht wahr?»

«Nein», sagte Martin Beck wahrheitsgemäß. «Was wissen Sie eigentlich über Palmgren?»

«Nicht viel. Er wohnte in einer der größten dieser alten Luxusvillen draußen in der Limhamn-Gegend. Er hat Geld in rauhen Mengen verdient, das er mit beiden Händen wieder ausgab, besonders für seine Frau und dieses alte Haus.» Edvardsson schwieg eine Weile. Dann stellte er eine Gegenfrage: «Was wissen *Sie* über Palmgren?»

«Nicht viel mehr als Sie.»

«Gott sei uns gnädig, wenn die Polizei über Figuren vom Schlage Viktor Palmgrens genausowenig weiß wie ich», sagte Edvardsson und nahm einen tiefen Schluck aus seinem Bierglas.

«In dem Augenblick, in dem Palmgren erschossen wurde, hielt er doch gerade eine kleine Ansprache, nicht wahr?»

«Ja, ich erinnere mich daran. Er stand auf und fing an, wie üblich eine Menge Scheiß zu quatschen. Hieß seine Gäste willkommen, dankte für die hervorragenden Arbeitsleistungen und schmierte den Damen Honig ums Maul. In diesen Dingen schien er Routine zu haben, denn er klang überwältigend herzlich. Die gesamte Bedienung zog sich zurück, um nicht zu stören, und sogar die Musik verstummte. Die Kellner waren plötzlich wie vom Erdboden verschluckt, und ich saß da und mußte mich an einem Whisky festhalten. Wissen Sie wirklich nicht, was für Geschäfte dieser Palmgren tätigte, oder ist das nur Geheimnistuerei der Polizei, um die Ermittlungen nicht zu stören?»

Martin Beck schielte auf sein Bierglas. Nahm es in die Hand. Trank vorsichtig einen Schluck. «Ich weiß tatsächlich nicht sehr viel», gestand er. «Aber es gibt sicher genügend andere, die mehr über Palmgren wissen. Ich bin nur über zahlreiche Auslandsgeschäfte und eine Immobiliengesellschaft in Stockholm informiert.»

«Aha», sagte Edvardsson, der sich in eigenen Überlegungen zu verlieren schien. Nach einer Weile sagte er: «Das Wenige, was ich vom Mörder Palmgrens gesehen habe, ist der Polizei seit vorgestern abend bekannt. Es waren übrigens zwei Mann von der Polizei, die ich am Hals hatte. Einer fragte ständig, wann genau der Schuß gefallen sei, aber der andere schien ein bißchen mehr Grips zu haben. Der war auch jünger.»

«Sie waren sicher nicht mehr ganz nüchtern, als es geschah», bemerkte Martin Beck.

«Nein, bestimmt nicht, das walte dieser und jener. Und dann habe ich gestern noch wieder aufgefüllt. Der Kater ist also noch immer ganz munter. Das liegt sicher an dieser beschissenen Hitze.»

Großartig, dachte Martin Beck. Verkaterter Detektiv verhört verkaterten Zeugen. Sehr konstruktiv.

«Sie wissen vielleicht, wie das ist», sagte Edvardsson.

«Allerdings. Ich weiß es», sagte Martin Beck. Dann nahm er das Bierglas in die Hand und leerte es bedenkenlos in einem Zug. Stand auf und sagte: «Vielen Dank. Ich lasse vielleicht wieder von mir hören.» Beck überlegte es sich und stellte eine weitere Frage: «Übrigens, Sie haben nicht zufällig die Waffe gesehen, die der Mörder benutzte?»

Edvardsson zögerte mit der Antwort. «Na ja, jetzt, wo alles vorbei ist, glaube ich, daß ich wenigstens etwas davon mitbekommen habe, aus dem Augenwinkel sozusagen, als der Mann die Waffe wieder einsteckte. Ich verstehe natürlich nicht viel von Schußwaffen, aber es war eine lange, ziemlich schmale Kanone. Mit so einer Rolle, oder wie das Ding heißt.»

«Mit einer rotierenden Kammer», korrigierte Martin Beck. «Auf Wiedersehen und vielen Dank für das Bier.»

«Sie sind jederzeit herzlich willkommen», sagte Edvardsson. «Jetzt werde ich mir erst mal ordentlich einen zur Brust nehmen, damit alles wieder ins Lot kommt.»

Als Beck ins Polizeihaus zurückkehrte, saß Månsson immer noch in der gleichen Stellung wie vorher am Schreibtisch. «Welche Frage erwartest du jetzt von mir?» sagte er, als Beck ins Zimmer trat. «Zum Beispiel – na, wie ist es gegangen?»

«Das ist eine gute Frage. Ziemlich schlecht. Glaube ich. Und wie sieht es hier aus?»

«Gar nicht gut.»

«Und die Witwe?»

«Die knöpfe ich mir morgen vor. Sie hat ja immerhin Trauer, da ist Vorsicht angebracht.»

7

Per Månsson war in Malmö im Arbeiterviertel bei Möllevångstorget geboren und aufgewachsen. Er war seit mehr als fünfundzwanzig Jahren Polizist und kannte seine Stadt besser als die meisten. Er war mit ihr zusammen aufgewachsen, hatte mit ihr zusammen gelebt und mochte sie dazu noch gern.

Es gab einen Stadtteil, den er nie richtig kennengelernt hatte und der ihm seit jeher ein Gefühl der Ohnmacht und der Unlust eingab. Das war die westliche Vorstadt mit Bezirken wie Fridhem, Västervång und Bellevue, die von jeher von den Reichen der Stadt bewohnt wurden. Månsson konnte sich erinnern, wie er selbst als kleiner Junge in den Notzeiten der zwanziger und dreißiger Jahre gezwungen gewesen war, in Holzschuhen nach Limhamn zu marschieren, wo man, wenn man es geschickt anstellte, ein paar Heringe fürs Mittagessen organisieren konnte. Er erinnerte sich an die Luxusautos und an die livrierten Privatchauffeure, an die Dienstmädchen in schwarzen Kleidern mit weißen Schürzen und gestärkten Häubchen, an die Kinder der reichen Oberschicht mit ihren Tüllkleidern und Matrosenanzügen. Er hatte sich so unsagbar fern von allem gefühlt; die gesamte Umgebung war ihm als märchenhaft und unfaßbar erschienen. Daran hatte sich bis heute kaum etwas geändert, obwohl die meisten Privatchauffeure und Dienstmädchen verschwunden waren und die Kinder der Reichen, jedenfalls bei oberflächlicher Betrachtung, sich kaum von anderen Kindern unterschieden.

Außerdem mußten Heringe und Kartoffeln recht nahrhaft sein, wenn man bedachte, daß er, arm und vaterlos, schließlich ein großer, kräftiger Mann geworden war. Er hatte die sogenannte Ochsentour hinter sich gebracht und es nach und nach zu bescheidenem Wohlstand gebracht. Jedenfalls war er selbst dieser Meinung.

In genau dieser Gegend hatte Viktor Palmgren gewohnt, und folglich mußte auch seine Witwe in dieser Gegend wohnen.

Månsson hatte bislang die Teilnehmer an dem fatalen Essen nur auf Fotos gesehen und wußte nicht sonderlich viel von ihnen.

Von Charlotte Palmgren wußte er jedoch immerhin so viel, daß sie als auffallende Schönheit galt und einmal irgendeine Miss-Wahl gewonnen hatte. Miss Schweden oder vielleicht sogar Universum? Danach hatte sie sich einen Namen als Mannequin gemacht, und danach war sie Frau Palmgren geworden, im Alter von siebenundzwanzig Jahren, auf dem Höhepunkt ihrer Schönheit. Heute war sie zweiunddreißig und äußerlich ziemlich unverändert, wie es nur Frauen sein können, die keine Kinder geboren haben und es sich leisten können, für ihr Äußeres viel Zeit und unbegrenzte Mengen Geld aufzuwenden. Viktor Palmgren war vierundzwanzig Jahre älter gewesen als sie, was über beider Motive für die Eheschließung einigen Aufschluß gab. Er hatte seinen Geschäftspartnern eine Luxusfrau vorzeigen wollen, und sie hatte das Geld geheiratet, um ein für allemal allem zu entgehen, was auch nur entfernt nach Arbeit aussah. Dem Anschein nach hatten beide bekommen, was sie hatten haben wollen.

Aber jetzt war Charlotte Palmgren Witwe, und Månsson hielt zumindest in einigen Dingen streng auf Konvention. Darum zog er, wenn auch mit leichtem Widerwillen, einen dunklen Anzug an, bevor er hinunterging und sich hinters Lenkrad des Wagens setzte, um die relativ kurze Strecke von Regementsgatan nach Bellevue zu fahren.

Die Palmgrensche Residenz schien den Kindheitserinnerungen Månssons genau zu entsprechen, obwohl sie im Lauf der Zeit eine Patina aus leichter Übertreibung angesetzt hatten. Vom Haus selbst konnte man von der Straße aus nur ein Stück des Dachs und einen Windfang sehen, denn die Hecke war nicht nur sorgfältig gestutzt und von üppigem Grün, sondern auch sehr hoch und vollkommen undurchsichtig. Wenn er sich nicht irrte, mußte sich dahinter noch ein schmiedeeisernes Gitter verbergen. Das Grundstück schien unendlich groß zu sein, und der Garten glich mehr einem Park mit seinen hohen alten Bäumen. Das Tor zur Auffahrt gestattete wie die Hecke keinen Durchblick. Kupfer, grün vor Alter, hoch und breit, und oben mit kunstvollen Verzierungen geschmückt. Auf der einen Torhälfte waren einige überdimensionierte Messingbuchstaben angebracht, die den heute nicht mehr ganz unbekannten Namen Palmgren bildeten, auf der anderen entdeckte Månsson einen Briefschlitz, einen elektrischen Klingelknopf und darüber eine quadratische Luke, durch die eventuelle Besucher in Augenschein genommen werden konnten, bevor man ihnen Einlaß gewährte. Hier konnte man also nicht ohne weiteres hereinplatzen, und als Månsson vorsichtig den Türgriff herunterdrückte, erwartete er beinahe, irgendwo da drinnen würde jetzt eine Alarmglocke läuten. Das Tor war natürlich verschlossen. Die Luke ebenfalls. Durch den Briefschlitz war nichts zu erkennen, weil dahinter offensichtlich eine geschlossene Metallbox angebracht war.

Månsson hob die Hand, um auf den Klingelknopf zu drücken, besann sich aber und ließ die Hand wieder sinken. Zögernd sah er sich um. Außer seinem eigenen alten Wartburg standen zwei weitere Wagen am Bordsteinrand, ein roter Jaguar und ein gelber MG. War es anzunehmen, daß Charlotte Palmgren zwei Sportwagen auf der Straße stehen hatte. Månsson lauschte. Einen Augenblick meinte er, im Park Stimmen zu hören. Dann erstarben die Geräusche wieder; vielleicht wurden sie durch die Hitze und die stehende, sonnendurchglühte Luft erstickt.

Was für ein Sommer, dachte Månsson. So einen Sommer haben wir höchstens alle zehn Jahre einmal. Und hier stehe ich wie ein Blödian mit Schlips und Kragen statt in Falsterbo am Strand zu liegen oder zu Hause in der Unterhose mit einem gekühlten Drink in der Faust.

Dann schoß ihm ein neuer Gedanke durch den Kopf. Das Haus war eine alte, sogenannte hochherrschaftliche Villa aus der Zeit der Jahrhundertwende, die für die eine oder andere Million umgebaut worden war. Häuser dieser Art pflegten auf der Rückseite des Grundstücks einen zweiten Eingang zu haben, durch den Gärtner, Köchinnen, Hausgehilfinnen, Boten und Kindermädchen hineinschlüpfen konnten, ohne die Herrschaft mit ihrem Anblick zu belästigen. Månsson ging an der Hecke entlang und bog in die nächste Seitenstraße ein. Das Grundstück schien einen ganzen Block einzunehmen, denn die Hecke war noch immer dicht und genauso undurchsichtig. Månsson ging an der nächsten Straßenkreuzung wieder nach rechts, und hier fand er, was er gesucht hatte. Ein schmiedeeisernes Gartentor. Von hier war das Haus überhaupt nicht zu sehen, denn es war von hohen Bäumen mit üppigem Laub umschlossen, aber dagegen entdeckte Månsson eine große, recht neue Garage und ein älteres, kleineres Gebäude, sicherlich ein Werkzeugschuppen. Am Hintereingang befand sich kein Namensschild.

Månsson setzte seine Hände auf die beiden Torhälften und drückte, so daß sich das Tor nach innen öffnete. Auf diese Weise brauchte er sich nicht mehr zu überzeugen, ob das Tor verschlossen war oder nicht. Jetzt, im Schatten der Bäume, spürte er, wie heiß es wirklich war. Der Schweiß lief ihm vom Nacken auf den Rücken und kitzelte zwischen den Schulterblättern. Nachdem er eingetreten war, schloß Månsson das Gartentor hinter sich. Auf der Kiesauffahrt zur Garage waren Reifenspuren zu sehen, aber die Fußwege, die sich in den Garten wanden, waren mit Schieferplatten belegt.

Månsson ging unter den Bäumen durchs Gras in Richtung auf das Haus. Ging vorsichtig weiter durch Reihen blühenden Goldregens und von Jasminbüschen, bis er, wie berechnet, an der Rückfront des Hauses angelangt war, die still und verlassen dalag mit ihren geschlossenen Fensterluken, Küchen- und Kellertreppen und einigen mysteriösen Anbauten. Månsson ließ den Blick übers Haus wandern, konnte aber nicht viel von ihm sehen, weil er zu nahe stand. Er folgte dem Weg nach rechts, stieg vorsichtig durch ein Blumenbeet, blickte um die Ecke und blieb wie angewurzelt inmitten der prachtvollen Pfingstrosen stehen.

Die vor ihm liegende Szenerie war in mehrfacher Hinsicht bemerkenswert. Der Rasen war weitläufig und sehr grün und gepflegt wie das Grün eines englischen Golfplatzes. In seiner Mitte befand sich ein nierenförmiger Swimmingpool mit türkisfarbenen Kacheln und klarem, grünlich schimmerndem Wasser. Dahinter standen eine Sauna und eine Sammlung von Turngerät, unter anderem Barren und Ringe. Neben der Sauna entdeckte Månsson einen Heim-Trainer. Hier also hatte Viktor Palmgren seinen anerkannt guten körperlichen Allgemeinzustand erstrampelt. In einer Korbliege, die am Beckenrand stand, saß oder vielmehr lag Charlotte Palmgren, nackt und mit geschlossenen Augen. Sie war tief sonnengebräunt, und die Sonnenbräune war gleichmäßig über den ganzen Körper verteilt. Wenn jemand angesichts ihres blonden Haars den Verdacht haben sollte, sie sei keine echte Blondine, würde er hier eines Besseren belehrt: das spärliche Haardreieck zwischen den Schenkeln war so hell, daß es fast weiß gegen die sonnenverbrannte Haut abstach. Das zarte Gesicht mit dem klargeschnittenen Profil und dem schmalen Mund hatte einen gleichgültigen Ausdruck. Sie war sehr mager mit ihren fast unnatürlich schmalen Hüften, der schmalen Taille und den mädchenhaften Brüsten. Die Brustwarzen waren klein und blaßbraun, und ihre Warzenhöfe waren heller als die übrige Haut. Es gab an dieser Frau nichts, was Månsson hätte reizen können. Sie hätte ebensogut eine Schaufensterpuppe sein können.

Sieh mal einer an, eine nackte Witwe.

Warum nicht, übrigens. Auch Witwen müssen manchmal nackt sein.

Månsson stand zwischen den Pfingstrosen und fühlte sich wie ein Voyeur, der er ja auch war.

Was ihn zum Stehenbleiben bewog, war jedoch nicht das, was er sah, sondern das, was er hörte. Irgendwo ganz in der Nähe hörte er, wie jemand sich bewegte und mit klirrenden Gläsern hantierte.

Dann hörte er Schritte, und ein Mann trat aus dem Schatten des Hauses. Auch er war sonnengebräunt, aber bei weitem nicht so gründlich wie Charlotte Palmgren. Er trug geblümte Bermudashorts und hatte zwei hohe Gläser mit einer hellroten Flüssigkeit in der Hand. Strohhalme und Eisstücke. Das sah gar nicht übel aus.

Månsson erkannte den Mann nach den Fotografien, die er gesehen hatte, sofort wieder. Es war Mats Linder, Direktionsassistent Viktor Palmgrens, sein ehemals engster Mitarbeiter und besonderer Günstling. Linder ging über den Rasen zum Swimmingpool. Die Frau im Liegestuhl zog das linke Bein hoch und kratzte sich am Knöchel. Dann streckte sie, noch immer, ohne die Augen aufzuschlagen, den rechten Arm aus und nahm dem Mann eines der Gläser aus der Hand.

Månsson retirierte hinter die Hausecke. Lauschte. Es war Linder, der zuerst sprach: «Ist er etwas zu sauer geworden?»

«Nein, er ist okay», antwortete die Frau.

Månsson hörte, wie sie das Glas auf die Kacheln setzte. «Sind wir nicht schrecklich?» fragte Charlotte Palmgren schlaff.

«Jedenfalls ist es verdammt schön.»

«Ja, das kann man sagen.» Die Stimme klang noch immer gleichgültig. Es wurde eine Weile still. Dann sagte die Witwe affektiert und lüstern: «Sag mal, willst du nicht diese alberne Hose ausziehen?»

Was Linder auf diese Frage antwortete, sollte Månsson nie erfahren, da er in diesem Augenblick seinen Platz im Pfingstrosenbeet räumte. Schnell und leise ging er den gleichen Weg zurück, auf dem er gekommen war, zog das Gartentor hinter sich zu und setzte seinen Weg an der Hecke entlang fort, bis er zwei Straßenecken weiter wieder vor dem grünen Kupfertor stand. Ohne einen Augenblick zu zögern, drückte er auf den Klingelknopf.

Irgendwo in der Ferne ertönte eine Art Glockenspiel. Es dauerte nicht länger als höchstens eine Minute, bis leichte Schritte sich näherten. Das Guckloch wurde geöffnet, und ein helles grünblaues Auge starrte ihn an. Månsson sah auch eine blonde Haarlocke und eine Reihe übertrieben langer, technisch vollendeter Augenwimpern.

Månsson hatte seine Kennkarte aus der Tasche gezogen und hielt sie vor die Öffnung. «Ich bedaure, Sie stören zu müssen», sagte er. «Mein Name ist Månsson, Kriminalinspektor.»

«Ach», sagte sie kindisch. «Natürlich. Die Polizei. Können Sie ein paar Minuten warten?»

«Aber sicher. Komme ich ungelegen?»

«Wie? Nein, durchaus nicht. Ich brauche nur ein paar Minuten, um ...»

Eine geeignete Fortsetzung fiel ihr offensichtlich nicht ein, denn die Luke wurde zugeknallt, und dann entfernten sich die leichten Schritte schneller, als sie gekommen waren.

Månsson sah auf seine Armbanduhr. Es dauerte tatsächlich nicht mehr als dreieinhalb Minuten, bis Charlotte Palmgren zurückkam und das Tor aufmachte. Sie trug silberfarbene Sandaletten und ein hochgeschlossenes graues Kleid aus einem leichten Material.

Sie hat bestimmt keine Zeit gehabt, sich etwas darunter anzuziehen, dachte Månsson, aber das ist auch gar nicht nötig. Sie hat weder etwas zu zeigen noch etwas zu verbergen.

«Bitte, treten Sie ein», sagte Charlotte Palmgren. «Es tut mir leid, daß Sie warten mußten.» Sie schloß das Tor ab und ging vor ihm auf das Haus zu. Die Witwe war offensichtlich nicht die einzige, die sich schnell anziehen konnte: Draußen auf der Straße wurde ein Wagen angelassen.

Månsson hatte jetzt zum erstenmal Gelegenheit, die Villa insgesamt zu sehen, und starrte sie verblüfft an. Es war eigentlich keine Villa, sondern eher ein kleines Schloß mit Türmchen und Zinnen und eigenartigen Vorsprüngen. Alles deutete auf schweren Größenwahn des ursprünglichen Erbauers hin. Der Architekt schien nach Postkartenvorlagen gearbeitet zu haben. Spätere Modernisierungsarbeiten mit angebauten Glasveranden und Terrassen machten den Gesamteindruck nicht besser. Der Kasten sah einfach beschissen aus, und Månsson wußte nicht, ob er lachen oder weinen oder ein Abbruchunternehmen benachrichtigen sollte, um die ganze Herrlichkeit in die Luft sprengen zu lassen. Das Bauwerk schien ungeheuer solide zu sein, und Dynamit wäre vermutlich das einzige, was der Scheußlichkeit ein Ende bereiten könnte. Links und rechts von der Auffahrt standen einige abscheuliche Skulpturen des Typs, die im kaiserlichen Deutschland beliebt gewesen war.

«Ja, es ist ein schöner Besitz», sagte Charlotte Palmgren. «Es war auch gar nicht billig, ihn modernisieren zu lassen. Jetzt ist alles tipptopp.»

Månsson gelang es, den Blick von dem schauderhaften Kasten loszureißen. Er machte sich daran, die Umgebung in Augenschein zu nehmen. Der Park war, wie er schon vorhin hatte feststellen können, erstklassig gepflegt. Die Frau folgte seinen Blicken und sagte: «Unser Gärtner kommt dreimal in der Woche.»

«Aha», sagte Månsson.

«Wollen Sie reinkommen oder lieber draußen sitzen?»

«Spielt keine Rolle», sagte Månsson. Von Mats Linder war keine Spur zurückgeblieben, sogar die Gläser waren weggeräumt, aber auf einem Sideboard im Wintergarten standen noch ein Syphon, einige Flaschen und ein Eisbehälter.

«Mein Schwiegervater hat dieses Haus gekauft», berichtete Charlotte Palmgren. «Er starb aber schon vor vielen Jahren, lange bevor Viktor und ich uns kennenlernten.»

«Wo haben Sie sich kennengelernt?» fragte Månsson ganz unmotiviert.

«In Nizza, vor sechs Jahren», antwortete sie. «Ich war damals mit einer Modefirma unten.» Sie zögerte einen Augenblick, dann sagte sie: «Wir sollten vielleicht lieber hineingehen.»

«Gern», sagte Månsson.

«Etwas Besonderes kann ich Ihnen leider nicht anbieten, aber natürlich einen Drink, wenn Sie mögen.»

«Danke, meinetwegen nicht.»

«Sie müssen verstehen, ich bin nämlich ganz allein hier. Die Dienstboten habe ich nach Hause geschickt.»

Als Månsson nichts darauf entgegnete, setzte sie nach einer Weile hinzu: «Nach allem, was geschehen ist, habe ich es für das Beste gehalten, allein zu sein. Ganz allein.»

«Ich verstehe. Mein Beileid.»

Sie neigte leicht den Kopf, vermochte aber nicht, einem anderen Gefühl als Langeweile und totaler Gleichgültigkeit Ausdruck zu geben. Vermutlich ist sie zu unbegabt, um die trauernde Witwe zu spielen, dachte Månsson.

«Tja», sagte sie. «Dann wollen wir mal reingehen.»

Månsson folgte ihr über eine Steintreppe neben der Veranda und dem Wintergarten. Sie kamen durch eine große düstere Halle und betraten einen riesigen, mit Möbeln überladenen Salon. Die Stilmischung war grotesk: hypermoderne Möbel neben alten Ohrensesseln und halbantiken Tischen. Charlotte Palmgren führte Månsson zu einer Sitzgruppe, die aus vier Sesseln, Sofa und einem sehr großen Tisch mit einer dicken, gläsernen Platte bestand. Sie sah neu und teuer aus.

«Bitte, nehmen Sie Platz», sagte Charlotte Palmgren höflichkühl.

Månsson setzte sich. Der Sessel war der größte, den er je gesehen hatte, und er versank so tief darin, daß er das Gefühl hatte, sich nie wieder daraus erheben zu können.

«Darf ich Ihnen wirklich nichts zu trinken anbieten?»

«Wirklich nicht», sagte Månsson. «Ich werde Sie auch nicht lange aufhalten. Ich hätte nur ein paar Fragen. Wir sind, wie Sie sicher verstehen werden, sehr bemüht, den Mann, der Direktor Palmgren getötet hat, so schnell wie möglich zu fassen.»

«Natürlich, Sie sind ja Polizist. Ja, was soll ich sagen? Dies ist eine schrecklich traurige Geschichte. Tragisch.»

«Sie haben den Schützen gesehen, nicht wahr?»

«Ja, aber es ist alles so schnell gegangen. Ich habe sozusagen erst hinterher reagiert. Dazu kam auch der schreckliche Gedanke, daß er auch mich hätte erschießen können. Uns alle.»

«Hatten Sie den Mann vorher schon einmal gesehen?»

«Nein, das weiß ich genau. Ich habe ein gutes Gedächtnis für Gesichter, nur Namen und so was kann ich mir nicht merken. Die Polizei in Lund hat mir übrigens schon die gleiche Frage gestellt.»

«Ich weiß, aber zu dem Zeitpunkt waren Sie sicher noch zu erschüttert.»

«Ja, genau das, es war einfach entsetzlich», bestätigte sie wenig [illegible]ugend.

«Sie müssen in den letzten Tagen bestimmt oft an diesen furchtbaren Abend gedacht haben.»

«Ja, sicher.»

«Und Sie haben den Mann ja deutlich gesehen. Sie sahen in die Richtung, aus der er kam, und saßen nur wenige Meter von ihm entfernt. Wie sah er eigentlich aus?»

«Tja, was soll ich sagen? Er sah ziemlich gewöhnlich aus. Einfach.»

«Einfach?»

«Na ja, er gehörte nicht zu den Leuten, mit denen man normalerweise Umgang pflegt, sozusagen.»

«Was hatten Sie für ein Gefühl, als Sie ihn sahen?»

«Gar keins, bis er die Pistole hervorzog. Da bekam ich Angst.»

«Sie haben also die Waffe gesehen?»

«Ja. Es war so eine Art Pistole.»

«Sie können nicht sagen, von welchem Typ?»

«Ich verstehe nichts von Schußwaffen. Aber es war irgendeine Art Pistole. Ziemlich lang. So ein Ding, wie man es in Western-Filmen sieht.»

«Und was können Sie über den Gesichtsausdruck des Mannes sagen?»

«Nichts. Er sah völlig normal aus, wie ich schon sagte. An die Kleidung erinnere ich mich besser, aber darüber habe ich schon Angaben gemacht.»

Månsson gab seine Bemühungen um eine Personenbeschreibung auf. Entweder wollte oder konnte sie nicht mehr sagen, als sie schon gesagt hatte. Er sah sich in dem eigenartigen Raum um.

Die Frau folgte seinem Blick. «Diese Sitzgruppe ist ziemlich dufte, was?»

Månsson nickte und fragte sich, was sie wohl gekostet haben mochte.

«Ich habe sie selbst gekauft», berichtete sie mit einem Anflug von Stolz. «Im Finncenter.»

«Wohnen Sie immer hier?» erkundigte sich Månsson.

«Wo sollten wir sonst wohnen, wenn wir in Malmö sind?» fragte sie blöde zurück.

«Aber wenn Sie nicht in Malmö sind?»

«Wir haben ein Haus in Estoril. Da wohnen wir immer im Winter. Viktor hatte oft geschäftlich in Portugal zu tun. Und dann ist da natürlich noch die Repräsentationswohnung in Stockholm. Sie liegt in Gärdet.» Sie dachte nach und fügte hinzu: «Aber da wohnen wir nur, wenn wir in Stockholm sind.»

«Ich verstehe. Haben Sie Ihren Mann auf seinen Geschäftsreisen begleitet?»

«Ja, wenn es um Repräsentation ging, bin ich immer mitgefahren. Aber nicht zu Konferenzen, natürlich.»

«Ich verstehe», sagte Månsson wieder. Was verstand er? Daß sie in erster Linie als lebende Modepuppe fungiert hatte, daß sie etwas Junges war, das man mit kostbaren und für normale Menschen unbrauchbaren Kreationen behängen konnte. Daß für Männer wie Viktor Palmgren eine Frau, die allgemeine Bewunderung erregte, zu den Requisiten gehörte.

«Haben Sie Ihren Mann geliebt?» fragte er plötzlich.

Sie sah nicht erstaunt aus, zögerte aber mit der Antwort. «Lieben, das klingt so blöd», sagte sie schließlich.

Månsson holte einen seiner Zahnstocher hervor und fing an, nachdenklich darauf herumzukauen. Sie sah ihn erstaunt an. Dies war das erste Mal, daß sie etwas zeigte, was einem aufrichtigen Gefühl glich. «Warum machen Sie das?» fragte sie neugierig.

«Eine schlechte Angewohnheit, die ich mir zugelegt habe, als ich mit dem Rauchen aufhörte.»

«Ah, so ist das. Wenn Sie aber rauchen wollen: Zigaretten und Zigarren sind dort hinten in der Schatulle auf dem Rauchtisch.»

Månsson betrachtete sie einen Augenblick. Dann wechselte er zu einem neuen Thema über. «Dieses Essen am Mittwoch war eher etwas wie ein Geschäftsessen, nicht wahr?»

«Ja. Am Nachmittag hat eine Konferenz stattgefunden, bei der ich allerdings nicht dabei war. Ich war zu Hause und zog mich um. Beim Lunch vorher aber war ich dabei.»

«Wissen Sie, worum es in dieser Konferenz ging?»

«Geschäfte, wie gewöhnlich. Ich weiß aber nicht genau, um was für Geschäfte. Viktor hatte ja so viele Eisen im Feuer. Das pflegte er übrigens auch selbst zu sagen: ‹Ich habe viele Eisen im Feuer.›»

«Sie kannten alle Teilnehmer des Essens, nicht wahr?»

«Ich habe sie von Zeit zu Zeit gesehen. Nein, übrigens nicht alle, nicht diese Sekretärin, die Hampus Broberg mitgebracht hatte. Die hatte ich noch nie gesehen.»

«Sind Sie mit einer anderen Person näher bekannt?»

«Eigentlich nicht.»

«Auch nicht mit Direktor Linder? Er wohnt ja hier in Malmö.»

«Wir haben uns mitunter getroffen, bei gesellschaftlichen Anlässen und so.»

«Sie verkehren nicht privat miteinander?»

«Nein. Nur durch meinen Mann.» Sie antwortete einsilbig und wirkte völlig passiv.

«Ihr Mann hielt gerade eine Ansprache, als er erschossen wurde. Worüber sprach er?»

«Ich habe nicht so genau hingehört. Er hieß alle willkommen und dankte für gute Zusammenarbeit und so weiter. Es waren ja nur Angestellte am Tisch. Außerdem wollten wir kurz darauf für einige Zeit verreisen.»

«Verreisen?»

«Ja, wir wollten ein paar Wochen an der Westküste segeln. Wir haben nämlich noch ein Sommerhaus in Bohuslän, das habe ich vergessen zu erwähnen. Und danach wollten wir nach Portugal fahren.»

«Und das hätte bedeutet, daß Ihr Mann seine Mitarbeiter längere Zeit nicht gesehen hätte?»

«Genau das.»

«Und Sie würden sie auch nicht sehen?»

«Was? Nein, ich sollte mit Viktor mitfahren. Wir wollten später in Portugal Golf spielen. In der Algarve.»

Månsson gab die Schlacht weitgehend verloren. Ihre Indolenz machte es unmöglich, zu entscheiden, wann sie log und wann sie die Wahrheit sagte. Ihre Gefühle waren sehr gut verborgen, wenn sie überhaupt welche hatte. Er stellte eine letzte Frage, die er selbst idiotisch fand und die auf alle Fälle sinnlos war. Sie gehörte aber zur sogenannten Routine. «Können Sie sich jemanden vorstellen, der einen Grund gehabt hätte, Ihrem Mann nach dem Leben zu trachten?»

«Nein. Wer sollte das sein?»

Månsson wuchtete sich aus dem finnischen Supersessel. «Haben Sie vielen Dank, jetzt möchte ich Sie wirklich nicht länger aufhalten.»

«Keine Ursache.» Sie folgte ihm zum Eingangstor. Er hütete sich, sich umzudrehen und das Trauerhaus noch einmal anzusehen.

Sie gaben sich die Hand. Er fand, daß sie ihm die Hand auf sehr merkwürdige Art hinhielt, aber erst als er wieder im Wagen saß, wurde ihm klar, daß sie von ihm erwartet hatte, er werde ihr die Hand küssen.

Sie hatte dünne Hände mit langen, schmalen Fingern. Von den beiden Sportwagen war der rote Jaguar verschwunden. Es war unerträglich heiß.

«Pfui Teufel», sagte Månsson zu sich selbst und schaltete die Zündung ein.

8

Martin Beck schlief tief und traumlos und wachte am Sonnabendmorgen erst um fünf nach neun auf. Er hatte am Abend zuvor mit Månsson zusammen im Hotel gegessen, hervorragend, wie man es in Schonen kann. Er fühlte sich noch immer leicht benommen von dem, was die anerkannt beste Restaurantküche Skandinaviens zu bieten gehabt hatte.

Er schlug die Augen mit einem Gefühl allgemeinen Wohlbehagens auf, und während er das Aufstehen noch ein paar Minuten hinauszögerte, grübelte er über die Tatsache nach, daß sein Appetit besser geworden war und sein Magen sich allmählich vernünftig zu verhalten begann, nachdem er sich von seiner Frau getrennt hatte. Also war sein Leiden, mit dem er sich so lange Jahre rumgeschlagen hatte, rein psychosomatisch bedingt gewesen, und genau das hatte er auch immer vermutet.

Der Abend war sehr angenehm und ziemlich lang gewesen. Månsson hatte gleich zu Beginn vorgeschlagen, den Fall Palmgren ein paar Stunden unerwähnt zu lassen, da bislang ohnehin kaum konkrete Anhaltspunkte für irgendwelche Schlußfolgerungen vorlagen. Dies war ohne Zweifel richtig, außerdem hatten beide eine anständige Mahlzeit, die in aller Gemütsruhe eingenommen wurde, unbedingt nötig, und dieses Essen wollten sie dann mit einem reellen Nachtschlaf abrunden. Sie wollten ganz einfach das Gefühl haben, ein paar Stunden nicht im Dienst zu sein, um Kräfte zu sammeln für die weitere Ermittlungsarbeit. Bisher war das vorhandene Material noch sehr dürftig, aber beide hatten das dunkle Gefühl, der Fall könne sich als kompliziert und noch als unangenehm schwer zu lösen erweisen.

Martin Beck warf die Bettdecke zur Seite und stand auf. Er zog die

Sonnenblende hoch und sah mit einem Gefühl des Wohlbehagens durchs offene Fenster. Draußen war es schön warm und strahlender Sonneschein. Hinter Ferdinand Bobergs großartigem Postgebäude von 1906 war der Öresund zu erkennen, blau und verlockend trotz der Wasserverschmutzung, und ein leuchtend weißer Schiffsrumpf. Die Eisenbahnfähre *Malmöhus* drehte gerade weitausholend von der Hafeneinfahrt, um den Bug in die richtige Position zu bringen. Ein feines Schiff, 1945 bei Kockums gebaut und nach altehrwürdigen Richtlinien konstruiert.

Als Schiffe noch wie Schiffe aussahen, dachte Martin Beck. Dann zog er seinen Schlafanzug aus und ging ins Bad. Er stand unter der Dusche, als das Telefon klingelte. Es läutete noch etliche Male, bevor er den Kaltwasserhahn abgestellt, sich ein Badelaken um die Hüften gelegt hatte und zum Telefon getapst war. Er hob den Hörer ab. «Ja, hier Beck.»

«Malm. Wie geht's?»

Wie geht's. Die ewige Frage. Martin Beck zog die Stirn in Falten und sagte: «Schwer zu sagen in diesem Stadium. Die Ermittlungen haben gerade erst begonnen.»

«Ich habe dich im Polizeihaus suchen lassen, bekam aber nur diesen Skacke an den Apparat», beklagte sich der Intendent.

«Aha.»

«Hast du etwa noch im Bett gelegen und geschlafen?» Der Ton war ebenso erstaunt wie insinuant.

«Nein», sagte Beck wahrheitsgemäß. «Das habe ich nicht.»

«Du mußt den Mörder fassen. Und zwar schnellstens.»

«Aha.»

«Ich werde selber bedrängt. Sowohl der Chef wie der Minister sind mir auf die Pelle gerückt. Jetzt hat sich auch noch das Auswärtige Amt eingeschaltet.» Malms Stimme war schrill, aber das war sie immer. «Darum muß es fix gehen. Schnellstens, wie ich schon sagte.»

«Und wie stellst du dir das vor?» fragte Martin Beck zurück.

Der Kriminalintendent unterließ es, auf diese Frage eine Antwort zu geben. Das war nicht überraschend, denn was er über praktische Polizeiarbeit wußte, war gleich Null. Er war außerdem auch kein guter Verwaltungsmann. Statt dessen sagte er: «Dieses Gespräch geht doch über die Hotelvermittlung, nicht wahr?»

«Ich nehme es an.»

«Dann mußt du mich von einem anderen Apparat aus anrufen. Bei mir zu Hause. So schnell wie möglich.»

«Ich glaube, du kannst ohne jedes Risiko sprechen», sagte Martin Beck. «In diesem Land hat nur die Polizei Zeit, die Privatgespräche abzuhören.»

«Nein, nein, das geht auf keinen Fall. Was ich zu sagen habe, ist absolut vertraulich und sehr wichtig. Und dieser Fall hat Vorrang vor allen anderen.»

«Warum?»

«Darüber will ich ja gerade mit dir sprechen. Aber du mußt mich über einen direkten Draht anrufen. Fahr zum Polizeihaus oder sonstwohin. Und zwar schnell. Ich bin in einer kniffligen Lage. Mein Gott, ich wünschte, ich hätte nicht die Verantwortung für diese Geschichte.»

«Arschloch», sagte Martin Beck leise.

«Ich verstehe nicht. Was hast du gesagt?»

«Nichts. Ich ruf dich gleich an.» Martin Beck legte auf, trocknete sich ab und zog sich gemächlich an. Nach einem angemessenen Zeitraum hob er den Hörer ab, verlangte eine Amtsleitung und wählte die Nummer Malms in Stockholm. Der Intendent mußte auf dem Telefon gehockt haben, denn das erste Klingelzeichen war noch nicht vorüber, als er schon den Hörer abhob. «Hallo, hier Kriminalassistent Malm.»

«Beck.»

«Endlich. Jetzt hör mal genau zu. Ich werde dir einige Informationen über Palmgren und seine Tätigkeit geben.»

«Das sagst du mir bestimmt nicht eine Minute zu früh.»

«Das ist nicht meine Schuld. Ich habe die Informationen selbst erst gestern erhalten.» Er verstummte. Jetzt war nur noch ein nervöses Knistern zu hören.

«Nun?» sagte Martin Beck schließlich.

«Dies ist kein normaler Mord», sagte Malm.

«Es gibt keine normalen Morde.»

Die Antwort schien Malm zu verwirren. Nach einigem Nachdenken sagte er: «Das ist natürlich richtig. Ich habe ja nicht die gleiche Erfahrung wie du in der praktischen Arbeit ...»

Das hast du wahrhaftig nicht, dachte Martin Beck.

«... weil ich mich immer den großen administrativen Aufgaben widmen mußte.»

«Womit hat sich dieser Palmgren denn nun beschäftigt?» fragte Martin Beck ungeduldig.

«Er machte Geschäfte. Große Geschäfte. Wie du weißt, gibt es einige Länder, zu denen wir recht delikate Beziehungen haben.»

«Zum Beispiel?»

«Rhodesien, Südafrika, Biafra, Nigeria, Angola und Mozambique, um nur einige zu nennen. Es fällt unserer Regierung schwer, zu diesen Staaten einigermaßen normale Beziehungen aufrechtzuerhalten.»

«Angola und Mozambique sind keine Staaten», sagte Martin Beck.

«Komm, reg dich jetzt nicht über Details auf. Palmgren hat jedenfalls mit diesen Ländern Geschäfte getätigt; daneben natürlich noch mit vielen anderen. Ein Großteil seiner Geschäfte wurde in Portugal abgewickelt. Obwohl er sein Hauptquartier offiziell in Malmö hatte, schien er seine gewinnbringendsten Transaktionen in Lissabon getätigt zu haben.»

«Womit handelte Palmgren denn?»

«Unter anderem mit Waffen.»

«Unter anderem?»

«Ja. Er war sehr vielseitig und handelte praktisch mit allem. Besaß zum Beispiel eine Immobiliengesellschaft. Ihm gehören hier in Stockholm eine ganze Reihe von Häusern. Die Firma in Malmö scheint nur eine Fassade gewesen zu sein, obgleich man zugeben muß, daß sie sehr imposant ist.»

«Er verdiente also schweres Geld?»

«Ja, das ist das mindeste, was man sagen kann. Wieviel er verdiente, kann kein Mensch sagen.»

«Und was sagt das Finanzamt zu dieser Geschichte?»

«Einiges. Sie wissen aber nicht genau Bescheid. Mehrere der Firmen Palmgrens sind in Liechtenstein registriert, und man glaubt, daß der Hauptteil seiner Einkünfte auf Konten bei Schweizer Banken eingezahlt wurde. Obwohl seine Geschäfte hier zu Hause peinlich korrekt abgewickelt wurden, ist man sich der Tatsache bewußt, daß der überwiegende Teil seiner Einkünfte für die schwedischen Steuerbehörden unerreichbar war.»

«Woher hast du diese Informationen?»

«Zum Teil aus dem Außenministerium, zum Teil vom Finanzamt. Jetzt verstehst du vielleicht, warum man hier so beunruhigt über diesen Fall ist. Sogar allerhöchsten Orts macht man sich Sorgen.»

«Nein, das verstehe ich nicht. Warum eigentlich?»

«Verstehst du wirklich nicht die Implikationen?»

«Sagen wir mal, ich begreife nicht ganz, warauf du hinauswillst.»

«Jetzt hör mir mal zu», sagte Malm irritiert. «Es gibt in diesem Land eine kleine, aber sehr militante politische Gruppe, die heftig dagegen opponiert, daß Schweden sich überhaupt mit den Ländern einläßt, die ich eben genannt habe. Und überdies noch eine viel größere Gruppe von Menschen, die den offiziellen Versicherungen glauben, es gebe keine schwedischen Interessen etwa in Rhodesien oder Mozambique. Palmgrens geschäftliche Organisation war und ist recht gut getarnt, aber durch bestimmte Quellen haben wir erfahren, daß die Extremisten in diesem Lande sehr wohl von seinen afrikanischen Interessen wußten und daß er sozusagen auf ihrer schwarzen Liste stand. Wenn man es so banal ausdrücken soll.»

«Besser, sich banal auszudrücken als unklar», sagte Martin Beck

Er verdiente also schweres Geld . . .

ermunternd. «Und wie wissen wir davon? Von der schwarzen Liste?»

«Die Sicherheitsabteilung der Rikspolis-Führung ist der Sache nachgegangen. Es gibt auch zahlreiche einflußreiche Kräfte, die darauf dringen, daß die Ermittlungen von der Sicherheitsabteilung übernommen werden.»

«Moment mal», sagte Martin Beck. Er legte den Hörer auf den Tisch und fing an, nach Zigaretten zu suchen. Schließlich fand er in der rechten Hosentasche eine zerknitterte Schachtel. Unterdessen dachte er fieberhaft nach. Die Sicherheitsabteilung der Rikspolis-Führung war eine Einrichtung besonderer Art, die von vielen verabscheut, zumindest aber für ihr lächerliches Auftreten und ihre eminente Unfähigkeit bekannt war. Nur in den seltensten Fällen gelang es der Sicherheitsabteilung, etwas zu ermitteln oder gar einen Spion zu fassen, und dann war der Betreffende den Behörden jedesmal von der Allgemeinheit wie eine gebratene Taube mit allen dazugehörigen Beweisen und auf einem silbernen Tablett übergeben worden. Sogar die militärische Gegenspionage war noch effektiver als die Sicherheitspolizei. Jedenfalls hörte man nur selten etwas über sie.

Martin Beck zündete sich eine Zigarette an und kehrte ans Telefon zurück.

«Was in aller Welt machst du denn da?» fragte Malm mißtrauisch.

«Ich rauche», sagte Martin Beck.

Der Laut, den der Kriminalintendent von sich gab, klang, als habe er einen Schluckauf oder seufze vor Verwunderung.

«Na, wie war das nun mit der Sicherheitsabteilung?» fragte Martin Beck.

«Mit der Sicherheitsabteilung? Es ist vorgeschlagen worden, sie solle die Ermittlungen übernehmen. Sie ist auch selbst an diesem Fall interessiert.»

«Eines möchte ich gern wissen. Warum sollte die Sicherheitspolizei daran interessiert sein?»

«Hast du schon an den Modus operandi des Mörders gedacht?» fragte Malm bedeutungsvoll.

Modus operandi. Möchte wissen, wo er das gelesen hat, dachte Martin Beck. Laut sagte er: «Ja, ich habe daran gedacht.»

«Soweit ich es beurteilen kann, hat die Tat alle Merkmale eines klassischen Attentats. Wir scheinen es hier mit einem Fanatiker zu tun zu haben, der nur an eines denkt, nämlich daran, das in die Tat umzusetzen, was er sich vorgenommen hat, und dem es ziemlich gleichgültig ist, ob man ihn schnappt oder nicht.»

«Ja, da könnte etwas dran sein», gab Martin Beck zu.

«Hier sind viele der Meinung, daß alles darauf hindeutet. Unter anderem die Sicherheitsabteilung.» Malm machte eine Pause, vermutlich wegen des Effekts. Dann fuhr er fort: «Wie du ja weißt, habe ich keine Befehlsgewalt über die Sicherheitsabteilung, und außerdem ist mir jeder Einblick in ihre Vorhaben unmöglich. Ich habe aber einen Tip bekommen, daß sie einen ihrer besten Leute nach Malmö geschickt haben. Überdies gibt es ja noch Sicherheitsbeamte, die in Malmö stationiert sind.»

Martin Beck drückte die halbgerauchte Zigarette aus purer Langeweile aus.

«Offiziell liegt die Verantwortung für die Ermittlungsarbeit bei uns», sagte Malm. «Wir können aber davon ausgehen, daß die Sicherheitsabteilung sozusagen parallel ermittelt.»

«Aha.»

«Ja. Und es geht natürlich darum, Zusammenstöße zu vermeiden.»

«Selbstverständlich.»

«Aber vor allem gilt es, den Mörder dingfest zu machen, und zwar sofort.»

Bevor die Sicherheitspolizei es tut, dachte Martin Beck. Wenn das deine einzige Sorge ist, brauchen wir uns nicht besonders zu beeilen.

«Sofort», wiederholte Malm bestimmt. Und fuhr fort: «Wenn du das schaffst, soll es nicht dein Schade sein. Du kannst dir dann eine weitere Feder an den Hut heften.»

«Ich habe keinen Hut.»

«Dies ist kein Anlaß, Witze zu reißen.»

«Aber ich könnte mir natürlich einen kaufen.»

«Dies ist kein Anlaß, Witze zu reißen», wiederholte Malm abweisend. «Außerdem ist die Sache brandeilig.»

Martin Beck warf einen resignierten Blick auf das sonnendurchtränkte Panorama vor dem Fenster. Hammar hatte zwar seine Mucken gehabt, besonders in den letzten Jahren, aber er war immerhin Polizeibeamter gewesen. «Hast du irgendeine Vorstellung, wie die Fahndung organisiert werden sollte?» fragte er gottergeben.

Malm dachte intensiv nach. Schließlich fiel ihm folgende Formulierung ein: «Dies ist ein Detail, das ich vertrauensvoll dir und deinen Mitarbeitern überlasse. Ihr habt ja große Erfahrung.»

Das war hübsch gesagt. Und der Kriminalintendent klang auch richtig zufrieden mit sich und der Welt, als er fortfuhr: «Und jetzt setzen wir alle Hebel in Bewegung, nicht wahr?»

«Natürlich», entgegnete Martin Beck automatisch. Er dachte an etwas ganz anderes. Und sagte: «Palmgrens Firma hier in Malmö ist also mehr oder weniger eine Scheinfirma gewesen?»

«Das würde ich nicht sagen. Sie hat sich im Gegenteil ausgezeichnet rentiert.»

«Womit befaßt sie sich?»
«Import und Export.»
«Wovon?»
«Hering.»
«Hering?»
«Ja», sagte Malm verblüfft. «Hast du das etwa nicht gewußt? Die Firma kauft in Norwegen und Island Hering auf und exportiert ihn dann. Wohin, weiß ich nicht. Das ganze Unternehmen scheint aber, soviel ich weiß, völlig legal zu arbeiten.»
«Und die Firma in Stockholm?»
«Ist in erster Linie eine Immobiliengesellschaft, nur . . .»
«Nur was?»
«Die Experten meinen, daß Palmgren sein wirkliches Vermögen anderweitig erwirtschaftet hat, und zwar auf eine Weise, die wir weder kontrollieren noch unterbinden können.»
«Okay, ich verstehe.»
«Ich möchte dir noch ein paar Dinge ans Herz legen.»
«Nämlich?»
«Erstens, daß Palmgren ungeachtet seiner afrikanischen und anderen Auslandsgeschäfte ein Mann mit großem Einfluß in unserer Gesellschaft war, ein Mann, der viele einflußreiche Freunde hatte.»
«Ich habe kapiert.»
«Es gilt also, mit großer Behutsamkeit zu Werke zu gehen.»
«Ich verstehe. Und zweitens?»
«Daß du mit der Möglichkeit rechnest, daß es sich hier um einen politischen Mord handelt.»
«Ja», sagte Martin Beck und wurde mit einemmal ernst. «Ich rechne mit dieser Möglichkeit.»

Damit war das Gespräch beendet. Martin Beck rief im Polizeihaus an. Månsson hatte noch nichts von sich hören lassen. Skacke war besetzt und Backlund aus dem Haus gegangen. Das war eine gute Idee. Aus dem Haus gehen. Das Wetter war einladend, und außerdem war Sonnabend.

Als Martin Beck wenige Minuten später das Foyer betrat, herrschte dort ein Menschen- und Sprachengewirr. Unter denen, die sich am Empfangstresen drängten, befand sich ein Mann, der notwendigerweise sofort alle Blicke auf sich zog.

Es war ein ziemlich korpulenter Mann, in einem Pepitaanzug von modernem, jugendlichem Schnitt, mit gestreiftem Hemd, gelben Schuhen und Strümpfen von der gleichen schreienden Farbe. Er hatte welliges und glänzendes Haar und einen nach oben gezwirbelten Schnurrbart, der sicherlich gewachst und mit einem Schnurrbartformer präpariert war. Der Mann lehnte sich lässig an den Portiertresen. Er trug eine Blume im Knopfloch und ein zusammengerolltes Exemplar von *Esquire* unterm Arm.

Er sah aus wie ein Reklameonkel auf einem Plakat, der für eine Diskothek warb.

Martin Beck kannte diesen Mann. Er hieß Paulsson und war Erster Kriminalassistent in Stockholm.

Als Martin Beck vortrat und seinen Schlüssel abgab, warf Paulsson ihm einen Blick zu, der so ausgesucht leer und indolent war, daß drei Personen sich veranlaßt sahen, sich umzudrehen und zu starren.

Die Sicherheitspolizei war also schon vor Ort.

Martin Beck überkam plötzlich ein fast unbezwinglicher Lachreiz. Ohne seinen geheimen Kollegen anzusehen, machte er auf dem Absatz kehrt und ging hinaus in die Sonne.

Mitten auf der Mälarbron drehte er sich um und betrachtete den Hotelbau. Er war gar nicht übel in seinem typischen Stil mit der imposanten Fassade und dem hohen Jugendstilturm, der einen markanten Blickpunkt im Stadtbild darstellte. Beck wußte sogar, wer das Haus einmal entworfen hatte: Franz Ekelund.

Paulsson stand auf der Hoteltreppe und spähte um sich. Sein ganzer Aufzug sah so nach Verkleidung aus, daß kaum ein Staatsfeind verfehlen würde, ihn zu erkennen. Überdies hatte Paulsson die erstaunliche Gabe, im Zusammenhang mit Demonstrationen und anderen öffentlichen Schlägereien unweigerlich vor jede Fernsehkamera zu geraten.

Martin Beck lächelte in sich hinein und schlenderte zum Hafen hinunter.

9

Das Zimmer, das Benny Skacke als Untermieter bewohnte, lag in Kärleksgatan, nur einen Block vom Polizeihaus entfernt. Es war groß und gemütlich mit praktischen, wenn auch etwas verwohnten Möbeln. Er hatte es von einem Polizeiassistenten übernommen, der nach Landskrona versetzt worden war. Die Wirtin, eine freundliche und mütterliche alte Dame, war die Witwe eines Polizisten. Sie stellte nur eine Forderung an ihre Untermieter: Es mußten Polizeibeamte sein.

Skackes Zimmer grenzte an den Flur. Badezimmer und Küche waren in bequemer Reichweite, und er hatte unbeschränkten Zugang zu beiden.

Benny Skacke war ein Gewohnheitsmensch oder vielmehr gerade im Begriff, sich zu einem zu entwickeln. Es entsprach eigentlich nicht seinem Naturell, das Dasein in einen festen Rahmen zu pressen, aber er war der Meinung, die selbstgesteckten Aufgaben besser erfüllen zu können, wenn er sich an ein bestimmtes Schema hielt. Sein Ziel war,

Polizeichef zu werden.

Er stand jeden Morgen um halb sieben auf, machte Freiübungen und trainierte mit Gewichten, dann nahm er eine eiskalte Dusche und zog sich an. Er pflegte ein nahrhaftes Frühstück zu sich zu nehmen, das meist aus Dickmilch mit Corn-flakes, einem gekochten Ei, Vollkornbrot und Fruchtsaft bestand. Wegen seiner unregelmäßigen Arbeitszeit mußte er seine sportliche Betätigung in die freie Zeit verlegen, die sich im Lauf des Tages bot. Mindestens dreimal in der Woche ging er zum Schwimmtraining, unternahm lange Radtouren, zog gelegentlich seinen Trainingsanzug an, um draußen auf dem Sportplatz von Linhamn seine Übungen zu absolvieren. Außerdem nahm er fleißig am Fußballtraining im Sportverein der Polizei von Malmö teil. Er hatte einen Stammplatz in der Mannschaft und spielte in jeder Begegnung mit. Abends las er juristische Lehrbücher und hatte schon zwei Prüfungen seines Juraexamens erfolgreich hinter sich gebracht. Er hoffte, im Herbst für die dritte Hürde reif zu sein.

Zweimal täglich, morgens um elf und abends um neun, rief er seine Verlobte Monica an. Sie hatten sich eine Woche vor seinem Dienstantritt in Malmö in Stockholm verlobt. Als frisch gebackene Krankengymnastin hatte sie sofort versucht, in Malmö eine Stellung zu finden. Es war ihr aber nicht gelungen, näher als Hälsingborg zu kommen. Das war immerhin eine Verbesserung der Situation, weil sie sich jetzt immerhin an den seltenen Tagen treffen konnten, an denen sie zufällig beide frei hatten.

An diesem warmen und sonnigen Sonnabendmorgen wich Benny Skacke insoweit von seinem Schema ab, als er eine Stunde später als sonst aufstand und sich das Frühstück verkniff. Statt dessen füllte er eine Thermosflasche mit kaltem Kakao und packte diese zusammen mit einer Badehose und einem Frotteehandtuch in einen Campingbeutel. Auf dem Weg zum Polizeihaus ging er in die Bäckerei am Davidshallstorg und kaufte zwei Zimtwecken und ein Vanilleherz. Er ging an dem großen kupfernen Portal des Haupteingangs vorbei, bog in Verkstadsgatan ein und betrat den Hof des Polizeihauses, wo sein Fahrrad stand. Es war schwarz, ein dänisches Fabrikat, und auf den schräggestellten Rahmen hatte er eigenhändig das Wort POLIZEI in weißer Blockschrift angebracht. Er hoffte, dies werde eventuelle Fahrraddiebe abschrekken.

Mit dem Campingbeutel auf dem Gepäckhalter radelte er durch das üppige Grün von Kungsparken zur Badeanstalt in Ribersborg. Trotz der frühen Morgenstunde war es schon brütend heiß. Er schwamm und sonnte sich etwa eine Stunde, dann machte sich daran, sein mitgebrachtes Frühstück zu verzehren.

Als Skacke sein Dienstzimmer betrat, war es halb zehn, und auf seinem Schreibtisch lag eine Mitteilung von Backlund:

Månsson bei der Witwe, Beck bis auf weiteres im Savoy. Paß aufs Telefon auf. Ich komme um zwölf wieder. Backlund.

Skacke setzte sich an dem Schreibtisch und paßte aufs Telefon auf, das keinen Ton von sich gab, während er über den Mord an Viktor Palmgren nachdachte. Was mochte das Motiv gewesen sein? Palmgren war ein reicher Mann gewesen, also lag Geld als Motiv am nächsten. Oder Macht. Wer würde aus Palmgrens Tod Nutzen ziehen? Charlotte Palmgren war die nächste Angehörige und – soviel er wußte – Alleinerbin des Geldes. Mats Linder hingegen stand der Macht am nächsten. Im Hinblick auf die vielgerühmte Schönheit Frau Palmgrens und ihre relative Jugend kam natürlich auch Eifersucht in Frage. Es war nicht undenkbar, daß sie einen Liebhaber hatte, der keine Lust mehr verspürte, die zweite Geige zu spielen. Andererseits wäre es aber ein höchst merkwürdiges Verfahren gewesen, den Ehemann auf diese Weise aus dem Weg zu räumen. Welcher Art das Motiv auch sein mochte, das Vorgehen war bemerkenswert unüberlegt gewesen. Der Täter war zwar davongekommen, aber die Chancen, sich zu retten, mußten als äußerst minimal erschienen sein, wenn er die Tat vorher genau geplant hatte. Überdies war das Opfer erst nach vierundzwanzig Stunden gestorben. Wenn das Unglück – oder Glück – es gewollt hätte, hätte das Opfer den Anschlag überlebt. Der Mann mußte auch gewußt haben, daß Palmgren sich zu diesem Zeitpunkt im Restaurant des *Savoy* aufhalten würde, es sei denn, der Täter war ein Verrückter, der einfach hereinspaziert war, um den ersten besten Gast niederzuschießen.

Das Telefon klingelte. Es war Kriminalintendent Malm aus Stockholm, der Martin Beck sprechen wollte. Skacke erklärte ihm, daß dieser vermutlich noch in seinem Hotel sei, und Malm legte den Hörer auf, ohne sich zu bedanken oder sich zu verabschieden.

Benny Skacke hatte den Faden verloren und gab sich Träumereien hin. Er malte sich aus, wie er die Lösung allein finden und den Mörder aufspüren und fangen würde. Das hieß dann Beförderung, und dann würde es nur noch darum gehen, den Weg nach oben fortzusetzen. Als das Telefon von neuem klingelte, war er kurz davor, zum Polizeichef ernannt zu werden.

Es meldete sich die Stimme einer Frau. Zunächst verstand er nicht, was sie wollte, da sie Schonen-Dialekt sprach, den ein Stockholmer nur schwer verstehen kann. Bevor Skacke nach Malmö versetzt worden war, war er noch nie in Schonen gewesen, und es erstaunte ihn nicht, daß er bestimmte Dialekte dieser Provinz nur sehr schwer verstehen konnte. Was ihn dagegen immer wieder erstaunte, war die Tatsache, daß er selbst sich nicht immer verständlich machen konnte. Dabei sprach er doch ein völlig reines Schwedisch.

«Es geht um diesen Mord, über den die Zeitungen berichtet haben», hörte er die Frau sagen.

«Ja», sagte er und wartete.

«Ich spreche doch mit der Kriminalpolizei?» fragte sie mißtrauisch.

«Ja, hier ist Kriminalassistent Skacke», sagte Skacke.

Zögerndes Schweigen. «Assistent? Ist denn kein Chef da?»

«Der ist im Augenblick nicht im Haus. Sie können aber genausogut mit mir sprechen. Ich arbeite auch an diesem Fall. Was haben Sie denn auf dem Herzen?» Er meinte selbst, einen sehr vertrauenerweckenden Eindruck zu machen, aber die Frau am anderen Ende der Leitung schien nicht ganz davon überzeugt zu sein, daß er befugt war, wichtige Gespräche entgegenzunehmen. «Es ist vielleicht besser, wenn ich selbst hinkomme», sagte sie feierlich. «Ich wohne ganz in der Nähe.»

«Ja, schauen Sie nur herein», sagte Skacke. «Fragen Sie einfach nach Kriminalassi ...»

«Dann ist der Chef vielleicht schon wieder da», fügte die Frau hinzu und legte auf.

Es dauerte zwölf Minuten. Dann klopfte es an der Tür. Hatte die Frau schon am Telefon einen skeptischen Eindruck gemacht, so wirkte sie noch mißtrauischer, als sie Skacke sah.

«Ich habe mir eigentlich einen etwas älteren Herren vorgestellt», sagte sie mit einem Ton, als gälte es, in einem Geschäft eine Ware zu prüfen.

«Bedaure», sagte Skacke steif. «Nun ist es aber so, daß ich im Augenblick der Diensttuende bin. Wollen Sie sich nicht setzen?»

Er rückte den Lehnstuhl etwas näher an die Schreibtischseite heran, und die Frau setzte sich vorsichtig auf die äußerste Stuhlkante. Sie war klein und verhutzelt und trug einen hellgrünen Sommermantel und einen weißen Strohhut.

Skacke kehrte zu seinem Platz hinterm Schreibtisch zurück. «Also, Fru ...»

«Gröngren.»

Namen gibt's, dachte Skacke. Nicht zu fassen. «Also, Fru Gröngren, was haben Sie über dieses Ereignis am Mittwoch zu erzählen?»

«Den Mord», sagte sie. «Wissen Sie, es ist nämlich so, daß ich den Mörder gesehen habe. Ich wußte damals natürlich noch nicht, daß er ein Mörder war; das habe ich erst heute morgen erfahren, als ich die Zeitung las.»

Skacke beugte sich vor und faltete die Hände auf der Schreibunterlage. «Erzählen Sie», sagte er.

«Ja, verstehen Sie, ich war drüben in Kopenhagen gewesen, um Lebensmittel einzukaufen, und später hatte ich mich noch mit einer Freundin getroffen und im Brønnum Kaffee getrunken. Ich kam also ziemlich spät nach Hause. Und als ich dann an der Mälarbron an die

Ampel komme, zeigt sie gerade rot, und da mußte ich also gegenüber vom *Savoy* stehenbleiben. Da sehe ich plötzlich einen Mann, der aus einem der Fenster des Restaurants springt. Ich bin nämlich ein paarmal mit meinem Neffen dagewesen, um zu essen, und daher wußte ich, daß es ein Restaurantfenster war. Zuerst dachte ich: So ein Lümmel, will sich auf diese Weise vorm Bezahlen drücken. Ich konnte aber nichts machen, weil ja rot war, und außer mir war kein Mensch in der Nähe.»

«Haben Sie gesehen, wohin der Mann anschließend ging?» fragte Skacke.

«Aber ja. Er ging zum Fahrradständer links vom Hotel, und dort nahm er ein Fahrrad und sauste los in Richtung Drottningtorg. Dann wurde es grün, aber da konnte ich ihn nicht mehr sehen, und ich dachte mir, die Hotelleitung wird diese Zeche sicher verschmerzen können. Ich dachte also nicht mehr daran und ging nach Hause.» Sie machte eine kurze Pause. «Ja, und als ich dann auf der anderen Straßenseite war, kamen Leute aus dem Hoteleingang gerannt und starrten, aber da war der Mann schon längst weg.»

«Können Sie diesen Mann beschreiben?» fragte Skacke mit schlecht verhehltem Eifer und zog den Notizblock zu sich heran.

«Jaa, er war so etwa dreißig bis vierzig Jahre alt. Vielleicht näher an die Vierzig, würde ich sagen, weil er nämlich ziemlich kahl auf dem Kopf war, das heißt nicht ganz kahl, aber er hatte dünnes Haar. Er hatte dunkles Haar. Und dann trug er einen braunen Anzug und ein gelbliches Hemd und eine Krawatte, ich weiß aber nicht, von welcher Farbe. Die Schuhe waren braun oder schwarz, ich glaube, eher braun, denn der Anzug war ja braun.»

«Wie sah er aus? Körperbau, Gesichtszüge, irgendein besonderes, auffälliges Kennzeichen?»

Sie schien nachzudenken. «Er war mager», sagte sie. «Sowohl am Körper wie im Gesicht. Und ziemlich groß. Kleiner als Sie, natürlich, aber doch ziemlich groß. Tja, das wär's, ich wüßte nicht, was ich sonst noch sagen könnte.»

Skacke saß schweigend da und sah sie eine Weile an. Dann sagte er: «Wann haben Sie ihn aus den Augen verloren? Wo befand er sich in dem Augenblick?»

«Bei der Verkehrsampel, glaube ich. An der Kreuzung Bruksgatan. Da war rot, wenn ich mich recht erinnere. Dann wurde es grün, und ich ging über die Straße, und dann war er weg.»

«Hm», sagte Skacke. «Haben Sie gesehen, wie das Fahrrad aussah?»

«Das Rad? Wie ein normales Fahrrad, nehme ich an.»

«Haben Sie nicht die Farbe gesehen?»

«Nein», sagte Frau Gröngren und schüttelte den Kopf. «Es fuhren ja dauernd Autos vorbei und versperrten mir die Sicht.»

«Ach so», sagte Skacke. «Noch mehr fällt Ihnen im Augenblick zu dem Mann nicht ein?»

«Nein. Ich wüßte nicht, was. Kriege ich jetzt eine Belohnung?»

«Ich glaube nicht», sagte Skacke. «Die Allgemeinheit hat nämlich die moralische Pflicht, der Polizei zu helfen. Wenn ich jetzt ihre Anschrift und Ihre Telefonnummer bekommen könnte, Fru Gröngren? Wenn es nötig ist, lassen wir von uns hören.»

Die Frau nannte ihre Adresse und ihre Telefonnummer. Dann erhob sie sich. «Ja, auf Widersehen dann», sagte sie. «Glauben Sie, daß ich jetzt in die Zeitung komme?»

«Das ist nicht ausgeschlossen», sagte Skacke, um sie aufzumuntern. Er stand auf und begleitete sie zur Tür. «Auf Wiedersehen, und haben Sie vielen Dank für Ihre Hilfe. Und für Ihre Mühe.» Als er die Tür geschlossen hatte und wieder hinterm Schreibtisch saß, ging die Tür wieder auf und die Frau steckte den Kopf zur Tür herein. «Da war doch noch etwas», sagte sie. «Bevor der Mann das Rad bestieg, holte er irgend etwas aus dem Jackett, hier aus der Brusttasche und steckte es in einen Pappkarton oder eine kleine Kiste, die auf dem Gepäckhalter befestigt war. Das hatte ich eben ganz vergessen.»

«Oh», sagte Skacke. «Sie haben nicht zufällig gesehen, was es war? Dieser Gegenstand?»

«Nein, der Mann stand sozusagen abgewandt. Aber der Karton war etwa so groß, fast so groß wie der Gepäckhalter und etwa zehn Zentimeter hoch. Ich sah ihn nämlich hinterher, als der Mann losfuhr.»

Skacke bedankte sich noch einmal, und Frau Gröngren ging, diesmal offensichtlich endgültig. Dann wählte Skacke die Nummer der Flugbootanlegestelle.

Auf den Deckel seines Notizblocks hatte er, als dieser noch neu war, geschrieben: *Kriminalassistent B. Skacke.* Jetzt setzte er, während er auf das Gespräch wartete: *Erster* davor.

10

Am Sonnabendmittag, kurz nach eins, stießen Martin Beck und Per Månsson in der Tür zur Kantine des Polizeihauses zusammen.

Martin Beck hatte sich im Industriehafen herumgetrieben, der an so einem Sommertag zur Ferienzeit still und verlassen dalag. Beck war bis zum Ölhafen gegangen, wo die Auffüllarbeiten vorübergehend eingestellt worden waren. Er hatte die eigentümliche, science-fiction-ähnliche Industrielandschaft mit dem stehenden, milchfarbenen Wasser in den Dämmen betrachtet, die von rechtwinkligen Sandwällen umgeben waren, in denen Lastwagen und Bagger tiefe Spuren hinterlassen hatten, und sich darüber gewundert, wie sehr sich das Hafengebiet in den fünfzehn Jahren, seitdem er das letzte Mal hiergewesen war, verändert hatte. Plötzlich hatte er Hunger verspürt, trotz der ausgiebigen Mahlzeit am Vorabend – ein neues und angenehmes Gefühl. Der Mensch gewöhnt sich schnell, dachte er zufrieden, und während er so rasch, wie die Hitze es zuließ, zur Stadtmitte zurückkehrte, fragte er sich, was heute in der Kantine des Polizeihauses auf dem Speisezettel stehen mochte.

Månsson hatte keinen Hunger, dafür aber um so mehr Durst. Er hatte zwar den Drink abgelehnt, den Charlotte Palmgren ihm angeboten hatte, aber als er in seinem glutheißen Wagen saß, standen die hellroten, eisklirrenden Getränke, die er in Mats Linders Händen gesehen hatte, wie eine Fata Morgana vor seinen Augen. Er erwog einen Augenblick, nach Hause zu fahren und sich einen «Greifenberger» zu mixen, entschied aber, daß der Tag noch zu jung sei, und schraubte seine Ansprüche etwas herunter. Ein kaltes Sodawasser in der Kantine mußte vorerst genügen.

Martin Becks Hunger ließ ein wenig nach, als er den Speiseraum betrat, und weil er sich seines Magens nicht ganz sicher war, bestellte er ein Schinkenomelette, eine Tomate und eine Flasche Ramlösa. Månsson verdoppelte die Bestellung.

Als sie sich mit ihren Tabletts an einem Tisch niedergelassen hatten, entdeckten sie Benny Skacke, der verzweifelte Blicke zu ihnen herüberwarf. Ihm gegenüber und mit dem Rücken zu Beck und Månsson saß Backlund. Er hatte seinen Teller zur Seite geschoben und drohte Skacke mit erhobenem Zeigefinger. Sie konnten nicht hören, was er sagte, aber Skackes Blicken nach zu urteilen, hielt er diesem eine Standpauke.

Martin Beck aß schnell sein Omelette auf und ging dann zu Backlund an den Tisch. Er legte ihm die Hand über die Schulter und sagte freundlich: «Entschuldige, aber ich muß Skacke einen Augenblick entführen. Ich habe etwas mit ihm zu besprechen.»

Backlund schien nicht erfreut über die Unterbrechung zu sein, konnte aber kaum protestieren. Dieser großschnauzige Stockholmer war ja hergeschickt worden, um im Auftrag der Rikspolis-Führung die Ermittlungen zu leiten. Als könnten sie die nicht selbst mit Erfolg durchführen.

Skacke stand sichtlich erleichtert auf und folgte Martin Beck. Als Månsson seine Mahlzeit beendet hatte, verließen sie gemeinsam die Kantine, von den gekränkten Blicken Backlunds verfolgt.

Sie gingen in Månssons Zimmer, das einigermaßen kühl und gut durchgelüftet war. Månsson ließ sich in den Drehsessel fallen, nahm einen Zahnstocher aus dem Bleistiftbehälter und steckte ihn in den Mundwinkel, nachdem er die Papierhülle entfernt hatte. Martin Beck zündete sich eine Zigarette an, und Skacke ging über den Flur, um seinen Notizblock zu holen. Dann setzte er sich auf den Stuhl neben Martin Beck und legte den Block aufs Knie.

Martin Beck entdeckte den Text auf dem Deckel des Blocks und konnte sich ein Lächeln nicht verkneifen. Als Skacke seinen Blick sah, errötete er und schlug rasch den Block auf. Dann berichtete er, was die neue Zeugin mitzuteilen gehabt hatte.

«Bist du ganz sicher, daß sie Gröngren heißt?» fragte Månsson zweifelnd.

Als Skacke fertig war, sagte Martin Beck: «Du mußt das mit der Besatzung des Tragflächenboots besprechen. Wenn dies derselbe Mann war, den sie auf dem Achterdeck stehen sahen, müssen sie auch den Pappkarton gesehen haben. Wenn er ihn überhaupt noch bei sich hatte, natürlich.»

«Ich habe schon angerufen», sagte Skacke. «Diese Stewardess, die ihn gesehen hat, ist heute nicht im Dienst. Aber morgen vormittag kommt sie herüber nach Malmö. Ich werde zum Hafen fahren und mit ihr reden.»

«Gut», sagte Martin Beck.

«Kannst du denn Dänisch überhaupt verstehen?» fragte Månsson zweifelnd.

«Was soll denn dabei so schwierig sein?» fragte Skacke mit großen Augen.

Dann war es Zeit für Martin Beck, über sein Telefongespräch mit Malm und seine Begegnung mit dem soeben angekommenen Kollegen zu berichten.

«Ach so, Paulsson heißt der», sagte Månsson. «Ich frage mich, ob ich den nicht schon mal im Fernsehen gesehen habe. Er erinnert mich übrigens sehr an einen Burschen von der Sicherheitspolizei, der hier in Malmö arbeitet. Man nennt ihn den ‹geheimen Persson›. Der trägt auch so merkwürdige Anzüge und kleidet sich überhaupt sehr komisch. Übrigens, das mit dem Heringsexport habe ich als bekannt vorausgesetzt, aber von Waffengeschäften und dunklen Machenschaften habe ich bisher keine Ahnung gehabt.»

«Nun, das ist an und für sich nicht verwunderlich», sagte Martin Beck. «Das hat er bestimmt nicht an die große Glocke gehängt.»

Månsson zerbrach den Zahnstocher und legte ihn in den Aschenbecher. «Also, ich hatte gleich schon so ein merkwürdiges Gefühl, als mir die nackte Witwe erzählte, Palmgren tätige viele seiner Geschäfte in Portugal.»

«Die *nackte* Witwe?» wiederholten Martin Beck und Skacke wie aus einem Mund.

Månsson nahm einen neuen Zahnstocher aus dem Bleistiftbehälter und sagte: «Ich wollte sagen, die lustige Witwe. Aber nicht einmal das war sie; sie schien weder lustig noch traurig zu sein. Sie war eigentlich völlig gleichgültig.»

«Und *nackt*?» fragte Martin Beck.

Månsson berichtete von seinem Besuch in der Palmgrenschen Villa.

«Sie sah sicher dufte aus, was?» sagte Skacke.

«Der Meinung war ich nicht», sagte Månsson kurz. Dann wandte er sich zu Martin Beck: «Hast du etwas dagegen, wenn ich mir mal diesen Linder vornehme?»

«Nein», sagte Martin Beck. «Ich möchte ihn aber selbst gern mal sprechen. Ich meine übrigens, daß wir ihn uns ruhig zu zweit vorknöpfen sollten.»

Månsson nickte. Nach einer Weile sagte er: «Glaubst du an das Gerede von einem politischen Motiv?»

«Ja, warum eigentlich nicht? Ich wüßte aber gern etwas mehr über Palmgrens Geschäfte im Ausland. Ich weiß allerdings nicht, wie wir uns da Klarheit verschaffen sollen. Mats Linder ist vermutlich nicht in alles eingeweiht; sein Job betrifft wohl nur die Heringsfirma. Was war übrigens die Aufgabe von diesem Dänen?»

«Keine Ahnung», sagte Månsson, «aber wir werden es herausfinden. Und wenn wir es nicht allein schaffen, wird Mogensen weiterhelfen.»

Sie schwiegen eine Zeitlang. Dann sagte Skacke: «Wenn der Schütze derselbe Mann ist, der von Kastrup nach Stockholm geflogen ist, dürfte er auf jeden Fall Schwede sein. Und wenn es sich um einen politischen Mord handelt, ist dieser Mann ein Gegner von Palmgrens Geschäften in Rhodesien und Angola und Mozambique und diesen anderen Ländern, wie sie auch heißen mögen. Und wenn er das ist, muß er ein fanatischer Linksextremist sein.»

«Jetzt redest du ganz wie der ‹geheime Persson›», sagte Månsson. «Der sieht hinter jedem Gebüsch fanatische Linksextremisten. Es ist aber natürlich etwas dran an dem, was du sagst.»

«Wenn ich ehrlich sein soll, hatte ich auch schon etwas in dieser Richtung gedacht, noch vor meiner Unterhaltung mit Malm. Dieser Mord hat frappierende Ähnlichkeit mit einem politischen Attentat. Es ist etwas Eigenartiges am Modus operandi des Mörders...» sagte Martin Beck und brach mitten im Satz ab. Er hatte sich des gleichen Ausdrucks bedient wie Malm, und das ärgerte ihn maßlos.

«Vielleicht, vielleicht auch nicht», meinte Månsson. «Die Extremistengruppen hier im Süden sind hauptsächlich in Lund konzentriert. Ich kenne sie, und sie sind meist verdammt friedlich. Die Sicherheitspolizei ist da natürlich anderer Meinung.»

«Es deutet nichts darauf hin, daß der Täter aus dieser Gegend kommt», bemerkte Skacke.

Månsson schüttelte den Kopf. «Denkt doch nur an die Ortskenntnis», sagte er. «Vorausgesetzt, diese Geschichte mit dem Fahrrad stimmt.»

«Das müßten wir auftreiben», sagte Skacke optimistisch.

Månsson sah ihn lange an. Dann schüttelte er wieder den Kopf und sagte gutmütig: «Mein Kleiner, ein Fahrrad aufspüren ...»

Es klopfte, und Backlund betrat das Zimmer, ohne das «Herein» abgewartet zu haben. Er putzte fleißig an seinen Brillengläsern herum. «Aha, eine kleine Konferenz», sagte er irritiert. «Vielleicht haben die Herren schon herausgefunden, wohin die Partronenhülse verschwunden ist. Wir haben sie überall gesucht. Sogar im Essen. Ich habe eigenhändig im Kartoffelbrei herumgewühlt. Es gibt ganz einfach keine Patronenhülse ...»

«O doch», sagte Månsson müde. «Die gibt es.»

«Aber er hat doch einen Revolver benutzt», sagten Martin Beck und Benny Skacke wie aus einem Mund.

Backlund sah aus, als wäre er vom Blitz getroffen worden.

Als Benny Skacke am Sonntagvormittag am Anlegeplatz der Tragflächenboote vom Fahrrad stieg, war die *Springeren* gerade auf dem Weg ins innere Hafenbecken. Das Boot hatte sich aufs Wasser gelegt und glitt langsam an die Kaimauer.

Trotz des noch immer strahlenden Wetters hatten sich nur wenige entschlossen, an diesem Tag den Sund in einem Transportmittel zu überqueren, dessen Innenraum mehr einer Flugzeugkabine als einem Schiffssalon ähnelte. Etwa zehn Passagiere kletterten aus der Kabine an Deck, eilten über die Gangway, durchquerten das Abfertigungsgebäude, um sich dann um das einzige bereitstehende Taxi zu schlagen.

Skacke wartete an der Gangway. Nach fünf Minuten kam ein blondes Mädchen in der Uniform einer Stewardess an Deck. Skacke ging zu ihr, stellte sich vor und zeigte seine Legitimation.

«Aber ich habe der Polizei doch schon alles über diesen Mann erzählt», sagte das Mädchen. «Der Polizei in Kopenhagen.»

Skacke war angenehm überrascht, daß sie Schwedisch sprach, wenn auch mit unverkennbar dänischem Akzent. «Ja, ich weiß», sagte er. «Es gibt aber etwas, wonach man Sie noch nicht gefragt hat. Haben Sie zufällig gesehen, ob der Mann, der am Mittwochabend oben an Deck stand, etwas in der Hand hatte?»

Die Schiffsstewardess biß sich auf die Lippe und zog die Stirn kraus. Schließlich sagte sie zögernd: «Jaa, jetzt wo Sie es sagen ... Ich glaube, ich kann mich erinnern ... Ja, warten Sie mal, er hatte tatsächlich etwas in der Hand. Einen Karton, einen schwarzen Karton, etwa so groß.» Sie deutete die Maße mit den Händen an.

«Haben Sie bemerkt, ob er den Karton noch bei sich hatte, als er herunterkam und sich hinsetzte?»

Sie überlegte eine Weile. Dann schüttelte sie den Kopf. «Nein, daran kann ich mich nicht erinnern. Ich weiß es wirklich nicht genau. Ich habe nur gesehen, daß er den Karton unterm Arm hatte, als er oben an Deck stand.

«Trotzdem vielen Dank», sagte Skacke. «Sie haben uns einen wertvollen Hinweis gegeben. Ihnen ist seit Ihrem Gespräch mit der Polizei in Kopenhagen nicht zufällig noch etwas zu diesem Mann eingefallen?»

Sie schüttelte noch einmal den Kopf. Dann sagte sie mit einem berufsmäßigen Lächeln: «Nein, leider nichts. Und wenn Sie mich entschuldigen wollen: Ich muß für die nächste Tour alles wieder herrichten.»

Skacke radelte zurück zum Davidshallstorg und ging zu seinem Zimmer im Polizeihaus hinauf. Eigentlich hatte er heute frei, aber es war fast elf Uhr und damit Zeit, Monica anzurufen. Er rief lieber von seinem Dienstzimmer als von zu Hause an. Einmal wagte er von dort nicht wegen der hohen Kosten zu telefonieren, zum anderen war die Wirtin recht neugierig. Und wenn er mit Monica telefonierte, war er lieber ungestört.

Monica war ebenfalls frei und allein in ihrer Wohnung, die sie zusammen mit einer Kollegin bewohnte. Das Gespräch dauerte fast eine Stunde, aber was machte das schon?

Die Polizei zahlte ja, oder vielmehr die Steuerzahler.

Als Skacke auflegte, hatte er ganz andere Dinge im Kopf als den Mord an Viktor Palmgren.

11

Martin Beck und Månsson sahen sich am Montagmorgen um acht im Polizeihaus wieder. Keiner der beiden war sonderlich guter Laune; Månsson wirkte flau, behäbig und wenig unternehmungslustig, und Martin Beck war nachdenklich und in düsterer Stimmung.

Sie blätterten schweigend in ihren Papieren, in denen sich aber nichts fand, was sie hätte aufmuntern können. Am Sonntag hatte sich nichts weiter ereignet, außer daß es in der Stadt noch heißer und menschenleerer geworden war, und als die Nachmittagszeitungen mit offizieller Genehmigung meldeten «die Fahndungssituation sei unverändert», hatte diese leere und abgedroschene Phrase durchaus ihre Berechtigung. Das einzig Positive war der unklare Bescheid Skackes von der Stewardess.

Der Juli ist ein für polizeiliche Ermittlungen höchst ungeeigneter Monat. Wenn dazu noch schönes Wetter herrscht, ist er für fast alles ungeeignet, bis aufs Ferienmachen. Das Königreich Schweden ist mehr oder weniger geschlossen, nichts funktioniert, und es ist unmöglich, Leute zu erwischen, von denen man etwas will, ganz einfach, weil die meisten außer Landes oder zu ihren Sommerhäusern gefahren sind. Dies gilt für die meisten Personengruppen, angefangen bei den einheimischen Berufsverbrechern bis zu den Staatsbeamten und wenigen Polizisten, die sich im Dienst befinden und meist damit beschäftigt sind, den buntscheckigen Strom von Ausländern im Auge zu behalten oder den Verkehr auf den Autostraßen flüssigzuhalten.

Martin Beck hätte zum Beispiel viel darum gegeben, wenn er mit seinem alter Mitarbeiter Frederik Melander hätte sprechen können. Dieser war heute Kriminalinspektor beim Dezernat für Gewaltverbrechen in Stockholm, neunundvierzig Jahre alt und heute mehr denn je zuvor im Besitz des zuverlässigsten Gedächtnisses der gesamten Polizei, wenn es um Namen, Ereignisse, Situationen und all die anderen Fakten ging, die er in dreißig Dienstjahren hatte aufschnappen können. Er war der Mann, der nie etwas vergaß, und einer der wenigen, die in der eigenartigen Affäre Palmgren etwas Konstruktives hätten sagen können. Melander war aber definitiv außer Reichweite. Er hatte Urlaub und sich wie immer, wenn er dienstfrei hatte, in seinem Sommerhaus draußen auf Värmdö vollständig von der Außenwelt isoliert. Das Haus hatte kein Telefon, und von seinen Kollegen wußte niemand, wo das Haus eigentlich lag. Sein Hobby war es, Holz zu hacken, aber ausgerechnet in diesem Sommermonat hatte er sich vorgenommen, ein neues zweisitziges Klo zu bauen. Davon wußten aber nur er und seine verblüffend häßliche und hochgewachsene Frau.

Im übrigen hätten auch Martin Beck und Månsson in dieser Woche ihren Sommerurlaub antreten sollen, und das Wissen darum, daß sie ihn auf unbestimmte Zeit würden verschieben müssen, spiegelte sich in ihren düsteren Mienen wider.

An diesem Montag mußten jedoch die Verhöre über die Bühne gehen, obwohl keiner von ihnen wußte, wie das eigentlich vor sich gehen sollte. Martin Beck rief in Stockholm an, und es gelang ihm, Kollberg nach vielen Wenns und Abers dazu zu bewegen, Hampus Broberg und Helena Hansson zu übernehmen.

«Was soll ich sie denn fragen?» erkundigte sich Kollberg betrübt.

«Keine Ahnung.»

«Wer leitet eigentlich diese Ermittlungen?»

«Ich.»

«Und dann weißt du das nicht einmal? Wie, zum Teufel, soll ich es denn wissen?»

«Ich möchte ein Bild von der allgemeinen Lage haben.»

«Der allgemeinen Lage? Die ist schlecht. Ich sterbe bald an einem Hitzschlag.»

«Was uns fehlt, ist ein Motiv. Oder richtiger gesagt, wir haben zu viele, unter denen wir uns eines aussuchen dürfen. Vielleicht kann die Stimmung im Palmgrenschen Konzern uns auf die richtige Fährte bringen.»

«Möglich», sagte Kollberg zweifelnd. «Diese Hansson, diese Sekretärin, sieht die gut aus?»

«Es wird behauptet.»

«Na, das ist ja immerhin etwas. Tschüs dann.»

Martin Beck wäre beinahe ein «Laß von dir hören» entschlüpft, aber er verbiß es sich im letzten Augenblick. «Tschüs», sagte er lakonisch und legte auf. Er sah Månsson an und sagte: «Kollberg übernimmt die Stockholmer Zeugen.»

Månsson nickte und sagte: «Ja, er ist ein guter Mann.»

Kollberg war mehr als das, aber Månsson kannte ihn nicht so gut wie Martin Beck.

In Wahrheit war Kollberg der einzige, dem Martin Beck uneingeschränkt vertraute, ein Mann mit sicherem Urteil, unbedingt fähig, auf eigene Faust mit allem fertig zu werden, überdies mit Phantasie begabt, systematisch und von unerbittlicher Logik. Sie hatten lange Jahre zusammengearbeitet und verstanden einander auch ohne viele Worte.

Månsson und Martin Beck schwiegen eine Weile und blätterten lustlos in ihren Papieren. Kurz nach neun standen sie auf und gingen zu Månssons Wagen hinunter, der auf dem Hof geparkt war.

Jetzt am Montagvormittag waren die Straßen etwas belebter, trotzdem brauchte Månsson nicht mehr als zehn Minuten, um zu dem Hochhaus im Hafengebiet zu gelangen, in dem Viktor Palmgren sein schwedisches Hauptbüro gehabt hatte und in dem jetzt Mats Linder wohl präsidieren würde.

Månsson parkte höchst gesetzeswidrig und klappte die Sonnenblende herunter, auf der ein rechteckiges Pappschild mit der säuberlich aufgemalten Inschrift POLIZEI angebracht war.

Sie nahmen den Fahrstuhl bis zum siebten Stock und kamen dort in einen großen Vorraum mit einem leuchtend roten Teppichboden und Seidentapeten an den Wänden. Mitten im Raum stand ein niedriger Tisch, der von bequemen Sesseln umgeben war. Auf der Tischplatte lag ein Stapel Zeitschriften, meist ausländische, aber auch *Svensk Tidskrift* und *Veckans affärer* befanden sich darunter. Außerdem standen zwei große Kristallaschenbecher auf dem Tisch, ein Kästchen aus Teakholz mit Zigarren und Zigaretten, ein Tischfeuerzeug aus Ebenholz sowie eine schwere Orrefors-Vase mit roten Rosen. Links in der Ecke, an einem langgestreckten Schreibtisch, saß eine blonde Empfangsdame von etwa zwanzig Jahren, die ihre spiegelblanken Fingernägel prüfend betrachtete. Vor sich hatte sie eine Gegensprechanlage, zwei Telefonapparate und eine Schreibunterlage, auf der ein Notizblock und ein vergoldeter Füller lagen.

Sie hatte die Figur eines Mannequins, die in einem superkurzen weißen Kleid steckte. Die Strümpfe waren schwarz und zeigten ein ausgeklügeltes durchbrochenes Muster. An den Füßen trug sie elegante schwarze Schuhe mit Silberschnallen. Ihr Make-up bestand aus einem fast weißen Lippenstift und hellblauen Lidschatten. Überdies trug sie lange silberne Ohrringe und zeigte blendendweiße, gleichmäßige Zähne. Die Augen waren von klarem Blau und blickten unintelligent unter langen, dunklen und falschen Wimpern hervor. Wenn man es so haben will, ist sie eigentlich tadellos, dachte Martin Beck.

Das Mädchen sah sie leicht verächtlich und ein wenig abweisend an. Dann piekte sie mit einem langen und spitzen Fingernagel auf das vor ihr liegende Kalenderblatt und sagte in dem breitesten Schonen-Dialekt, der sich denken läßt: «Sie sind sicher von der Polizei, wie ich mir vorstellen kann.» Sie warf einen Blick auf ihre winzige Armbanduhr und fuhr fort: «Sie kommen fast zehn Minuten zu früh. Herr Linder führt gerade ein Telefongespräch.»

Herr Linder, dachte Martin Beck. Das hieß, daß Mats Linder schon die Position erklommen hatte, in der Titel überflüssig sind und eher eine Belastung darstellen.

«Er spricht mit Johannesburg», sagte sie. «Sie können sich ja solange hinsetzen. Sobald das Gespräch beendet ist, werde ich Sie melden. Sie sind die Herren Månsson und Back, nicht wahr?»

«Beck.»

«Ach so», sagte sie gleichgültig. Sie nahm den vergoldeten Füller und kritzelte gelangweilt ein Strichmännchen auf das Kalenderblatt. Dann musterte sie die beiden Beamten noch einmal mit unverhohlener Abneigung und machte eine vage Handbewegung zum Tisch mit den Rosen, den Kristallaschenbechern und den Rauchwaren hin. «Bitte sehr, rauchen Sie, wenn Sie mögen.» Etwa so, wie ein Zahnarzt sagt: «Bitte spülen.»

Martin Beck fühlte sich ungemütlich in dieser Umgebung. Er warf einen Blick auf Månsson, der ein zerknittertes Hemd trug, das über die Hose hing, ungebügelte graue Hosen und Sandalen. Er selbst war nicht viel eleganter, obwohl er nachts die Hosen immer unter die Matratze legte. Auf Månsson dagegen schien die Umgebung nicht den geringsten Eindruck zu machen. Er ließ sich in einen der Sessel fallen, holte einen Zahnstocher aus der Brusttasche seines Hemdes und blätterte etwa dreißig Sekunden lang in einer Nummer von *Veckans affärer*, ehe er die Achseln zuckte und das Heft auf den Tisch warf. Martin Beck nahm ebenfalls Platz und studierte sorgfältig die Auswahl teurer

Rauchwaren in dem aufgeklappten Teakholzkästchen. Dann holte er eine seiner eigenen Florida aus der Tasche, kniff das Pappmundstück zusammen und zündete sie mit einem Streichholz an.

Er sah sich um. Das Mädchen war wieder dazu übergegangen, seine Fingernägel zu bewundern. Es war völlig still im Raum. Irgend etwas irritierte ihn maßlos. Nach kurzer Zeit wurde ihm die Ursache klar: Es waren keine Türen zu sehen. Es gab sie zwar, aber sie verschmolzen so perfekt mit der Tapete, daß man sich tatsächlich anstrengen mußte, sie zu entdecken.

Die Minuten vergingen. Månsson kaute geistesabwesend auf seinem Zahnstocher herum. Martin Beck drückte seine Zigarette aus und zündete sich eine neue an. Er stand auf und ging zur einen Längswand, in die ein großes Aquarium mit grünlich schimmerndem Wasser eingelassen war. Er beobachtete die farbenprächtigen Fische, bis ein leichtes Surren in der Gegensprechanlage seinen weiteren Vorhaben ein Ende machte.

«Herr Linder läßt jetzt bitten», sagte die Empfangsdame.

Im gleichen Augenblick wurde eine der gut getarnten Türen geöffnet, und eine dunkelhaarige Frau von etwa fünfunddreißig Jahren bedeutete ihnen mit einer Handbewegung, hereinzukommen. Ihre Bewegungen waren schnell und präzise, und ihr Blick war fest. Die typische Chefsekretärin, dachte Martin Beck. Vermutlich war sie diejenige, die hier die Arbeit machte, sofern es in diesen Wänden überhaupt wirkliche Arbeit gab. Månsson erhob sich und ging schwer und behäbig vor Beck durch ein kleineres Zimmer mit Schreibtisch, elektrischer Schreibmaschine, Aktenschrank und zahlreichen Ordnern, die in Regalwänden aufgereiht standen.

Die dunkelhaarige Sekretärin öffnete eine weitere Tür und hielt sie auf, noch immer, ohne ein Wort zu sagen. Sie traten ein, wobei sich in Martin Beck das Gefühl verstärkte, groß und tolpatschig und ungehobelt zu sein und überhaupt nicht in dieses Milieu zu passen.

Während Månsson direkt auf den Schreibtisch zuging, hinter dem Mats Linder sich gerade mit einem traurigen, aber dennoch freundlichen und höflich-zuvorkommenden Lächeln erhob, studierte Martin Beck nacheinander drei verschiedene Objekte in dieser Reihenfolge: die Aussicht, die Einrichtung und die Person, deretwegen sie hergekommen waren.

Er hatte eine sehr rasche Auffassungsgabe, was seiner Meinung nach sein größtes Plus in dem von ihm gewählten Beruf war, und er hatte bereits alles Wesentliche in sich aufgenommen, als Månsson den Zahnstocher aus dem Mund nahm, ihn in den Messingaschenbecher legte und Linder die Hand gab.

Die Aussicht durch die großen Panoramafenster war fabelhaft. Unten lag der Hafen, oder vielmehr lagen die Häfen, die vor Aktivität barsten mit ihrem Gewimmel von Fracht- und Passagierschiffen, Schleppern, Kränen, Lastwagen, rangierenden Zügen und aufgereihten Containern. Dahinter lagen der Öresund und Dänemark. Die Sicht war hervorragend, und er konnte mindestens zwanzig Schiffe erkennen, von denen mehrere Fahrgastschiffe auf dem Weg von und nach Kopenhagen waren. Das Panorama übertraf bei weitem das aus seinem Hotelfenster, und auch schon *die* Aussicht war eindrucksvoll. Hier aber war sie so schön, daß Beck gern einen Feldstecher zur Hand gehabt hätte.

Ein Feldstecher befand sich auch unter den Einrichtungsgegenständen: ein Carl Zeiss-Marinefeldstecher, hergestellt in Jena. Er lag rechts auf dem großen stählernen Schreibtisch. Der Tisch war so placiert, daß Linder mit dem Rücken zu einer fensterlosen Querwand saß, die ganz von einer riesigen Fotografie bedeckt wurde. Sie zeigte einen Fischtrawler in schwerer See mit schaumumtostem Freibord und kaskadenartig hochspritzenden Bugwellen. An der Steuerbordreling stand eine Reihe von Männern in Südwestern und Ölkleidung, die gerade das Trawlnetz hochkurbelten. Der Gegensatz war umwerfend. Der Unterschied zwischen der Arbeit dieser Seeleute, die unter unerhörten Mühen einen knapp bemessenen Fang aus der See holten, und dem genüßlichen Herumsitzen in einem luxuriösen Büro und dem Schaffen eines Vermögens sprang ins Auge. Ohne die Plackerei dieser Menschen wären Existenzen wie Linder nicht denkbar. Der Kontrast war, wie schon gesagt, umwerfend, aber vermutlich nicht beabsichtigt. Es muß schließlich für jede Art von Zynismus eine Grenze geben. An der Längswand gegenüber den Fenstern hingen drei Lithographien von Matisse, Chagall und Salvador Dalí. Zwei lederbezogene Besuchersessel sowie ein Konferenztisch mit sechs hochlehnigen Stühlen vervollständigten die Einrichtung dieses Raums.

Mats Linder war den Erkundigungen zufolge, die Beck und Månsson zuvor eingeholt hatten, dreißig Jahre alt. Er sah genauso aus, wie es seinem Lebensalter und seiner Stellung entsprach. Er war hochgewachsen, schlank und durchtrainiert, hatte braune Augen, sorgfältig gekämmtes und gescheiteltes Haar und ein mageres Gesicht mit einem prinzipienfesten Profil und einem entschlossenen Kinn. Seine Kleidung war bemerkenswert korrekt.

Martin Beck sah Månsson an und fühlte sich zerknitterter und verschwitzter als je zuvor. Er nannte seinen Namen und gab Linder die Hand. Sie nahmen in den Ledersesseln Platz.

Der Mann hinterm Schreibtisch stützte sich mit den Ellbogen auf der Schreibtischplatte ab und blieb mit erhobenen Händen und aneinandergelehnten Fingerspitzen sitzen. «Nun», begann er, «haben Sie den Mörder gefaßt?»

Månsson und Martin Beck schüttelten gleichzeitig den Kopf.

«Auf welche Weise kann ich Ihnen weiterhelfen?»

«Hatte Direktor Palmgren irgendwelche Feinde?» fragte Martin Beck. Das war eine dumme und einfache Frage, aber irgendwo mußte man schließlich anfangen.

Linder schien sie aber übertrieben ernst zu nehmen und erwog seine Antwort sorgfältig. Schließlich sagte er: «Wenn man mit Geschäften von der Größenordnung zu tun hat, wie sie Viktor Palmgren geläufig war, kann man kaum vermeiden, sich Gegner zu schaffen.»

«Schwebt Ihnen ein bestimmter Gegner vor?»

«Allzu viele», sagte Linder mit einem blassen Lächeln. «Meine Herren, die Geschäftswelt von heute ist hart. Bei der heutigen Lage auf dem Kreditmarkt ist für Wohltätigkeit oder Sentimentalität kein Platz mehr. Es geht oft nur noch darum, getötet zu werden oder selber zu töten. In wirtschaftlicher Hinsicht, meine ich. Aber ...»

«Ja?»

«Aber wir Geschäftsleute bedienen uns anderer Mittel als irgendwelcher Mordwaffen. Wir schießen nicht aufeinander. Darum glaube ich, daß wir in aller Ruhe die Theorie begraben können, derzufolge irgendein Konkurrent, der sich übervorteilt glaubt, in ein erstklassiges Restaurant spaziert, um mit der Pistole in der Hand einen sozusagen privaten Ausgleich der Bilanz herzustellen.»

Månsson bewegte sich. Es war ihm anzumerken, daß ihm irgend etwas eingefallen war, aber er sagte nichts. Martin Beck mußte das Gespräch vorläufig allein weiterführen. «Haben Sie von dem Mann, der Ihren Chef erschossen hat, eine bestimmte Vorstellung?»

«Ich habe ihn ja kaum gesehen, einmal, weil ich neben Vicke saß – ja, so nannten wir ihn in einem engeren Kreis – und dem Mörder folglich den Rücken zuwandte, und zum anderen, weil ich nicht sofort begriff, was geschah. Ich hörte den Knall, der nicht sehr laut war und nicht direkt alarmierend schien, und dann fiel Vicke vorn über auf den Tisch. Ich sprang sofort auf und beugte mich über ihn. Es dauerte einige Sekunden, ehe mir klarwurde, daß er ernstlich verletzt war. Als ich mich umsah, war der Mann, der geschossen hatte, bereits verschwunden, und von allen Seiten kam Personal herbeigelaufen, um zu helfen. Das habe ich der Polizei übrigens schon am Abend der Tat gesagt.»

«Ich weiß», sagte Martin Beck. «Ich habe mich vielleicht nicht deutlich genug ausgedrückt. Was ich gemeint habe, war, ob Sie eine Vorstellung davon haben, welcher Typ Mensch hier als Täter in Frage kommt.»

«Ein Irrer», sagte Mats Linder ohne das geringste Zögern. «Nur ein Geisteskranker kann sich so verhalten.»

«Demnach wäre Direktor Palmgren nur rein zufällig das Opfer eines Verbrechens geworden?»

Der Mann dachte nach. Dann zeigte er wieder sein mattes Lächeln und sagte: «Nun, das herauszufinden ist sicher Sache der Polizei.»

«Soviel ich weiß, unterhielt Direktor Palmgren auch im Ausland eine lebhafte Geschäftstätigkeit?»

«Das ist richtig. Seine geschäftlichen Interessen waren sehr verzweigt. Aber womit wir uns hier befassen, ist der Import und Export von Fisch, wobei bestimmte Bereiche mit Verbindungen zur Konservenindustrie eine Rolle spielen. Diese Firma ist vom alten Palmgren, dem Vater Vickes, gegründet worden. Ich bin zu jung und habe ihn nicht mehr kennengelernt. Was die übrigen Auslandsgeschäfte betrifft, so weiß ich nicht sehr viel.» Er machte eine Pause und fügte hinzu. «Es sieht aber ganz so aus, als würde ich mich künftig stärker mit ihnen befassen müssen.»

«Wer übernimmt dann die Hauptverantwortung für den . . . Konzern?»

«Charlotte, nehme ich an. Sie dürfte die Alleinerbin sein. Kinder oder andere Verwandte sind nicht vorhanden, die Ansprüche geltend machen könnten. Aber das müssen die Firmenjuristen erledigen. Der Syndikus der Firma hat seinen Urlaub unterbrochen. Er ist Freitagabend nach Hause gekommen und ist seitdem dabei, mit seinen Assistenten die Unterlagen durchzugehen. Unterdessen arbeiten wir hier wie gewöhnlich weiter.»

Arbeiten, dachte Martin Beck.

«Rechnen Sie damit, Direktor Palmgrens Nachfolger zu werden?» warf Månsson plötzlich ein.

«Nein», sagte Linder. «Das kann ich wirklich nicht behaupten. Im übrigen habe ich weder die Begabung noch die Erfahrung, die nötig sind, um ein Firmenimp . . .» Hier brach er plötzlich ab, und Månsson griff die Frage nicht wieder auf. Auch Martin Beck sagte nichts. Linder selbst fuhr wieder fort: «Bis auf weiteres bin ich mit meiner hiesigen Stellung vollauf zufrieden. Und ich kann Ihnen versichern, daß schon dieser Teil der Firma hohe Anforderungen an einen Mann stellt.»

«Ist dieser Heringshandel gewinnbringend?» fragte Martin Beck.

Linder lächelte nachsichtig. «Nun ja, wir handeln ja nicht nur mit Hering. Ich kann Ihnen jedenfalls versichern, daß die finanziellen Verhältnisse des Unternehmens äußerst solide sind.»

Martin Beck sah sich veranlaßt, eine neue Angriffsposition einzunehmen. «Ich kann wohl davon ausgehen, daß Sie alle Teilnehmer des Soupers persönlich kennen?»

Linder dachte kurz nach. «Ja, bis auf Direktor Brobergs Sekretärin.»

Zeigte sich da nicht ein leichtes Unbehagen in seinen Zügen? Martin Beck spürte, daß hier etwas zu holen war, und bohrte unbeirrt nach. «Direktor Broberg ist ja bedeutend älter als Sie, sowohl an Lebens- wie nach Dienstjahren im Palmgren-Konzern.»

«Ja, er ist fünfundvierzig.»

«Dreiundvierzig», berichtigte Martin Beck. «Und wie lange hat er für Palmgren gearbeitet?»

«Seit Mitte der fünfziger Jahre. Rund fünfzehn Jahre.»

Es hatte den Anschein, als gefiel dieses Thema Mats Linder ganz und gar nicht. «Dennoch haben Sie eine privilegiertere Stellung, nicht wahr?»

«Das kommt darauf an, was man unter privilegiert verstehen will. Hampus Broberg sitzt in Stockholm als Geschäftsführer der dortigen Immobiliengesellschaft. Außerdem hat er die Aktiengeschäfte unter sich.» Linder machte jetzt eine unzweifelhaft ablehnende Miene.

Hier muß ich mich festbeißen, dachte Martin Beck. Früher oder später kann ich ihn vielleicht dazu bringen, sich zu verplappern. «Es scheint aber dennoch völlig klar zu sein, daß Direktor Palmgren zu Ihnen mehr Vertrauen hatte als zu Broberg. Und dennoch hat Broberg schon fünfzehn Jahre für ihn gearbeitet und Sie erst... Ja, wie lange eigentlich?»

«Fast fünf Jahre», erwiderte Mats Linder.

«Hat Direktor Palmgren Broberg nicht getraut?»

«Viel zu sehr», sagte Linder und kniff die Lippen zusammen, als wollte er die Antwort auslöschen und aus dem Protokoll streichen lassen.

«Halten Sie Broberg für unzuverlässig?» stieß Martin Beck sofort nach.

«Das ist eine Frage, die ich ungern beantworten möchte.»

«Hat es zwischen Ihnen und ihm Kontroversen gegeben?»

Linder schwieg eine Weile. Es schien, als versuchte er, die Situation genau abzuwägen. «Ja», sagte er schließlich.

«Worum ging es bei diesen Auseinandersetzungen?»

«Das ist eine strikt firmeninterne Angelegenheit.»

«Sind Sie der Meinung, daß er sich dem Konzern gegenüber nicht loyal verhält?»

Linder sagte nichts. Das spielte aber keine Rolle mehr, weil er die Frage ja eigentlich schon beantwortet hatte.

«Nun, wir werden mit Direktor Broberg selbst reden müssen», sagte Martin Beck leichthin.

Der Mann hinterm Schreibtisch holte einen langen, schmalen Zigarillo aus der Jackentasche, entfernte die Cellophanhülle und zündete ihn sorgfältig an. «Im übrigen verstehe ich gar nicht, was all das mit dem Mord an meinem Chef zu tun haben soll», sagte er.

«Vielleicht gar nichts», sagte Martin Beck. «Wir werden sehen.»

«Kann ich Ihnen sonst noch irgendwelche Auskünfte geben, meine Herren?» fragte Linder und qualmte an seinem Zigarillo.

«Sie hatten doch eine Konferenz am Mittwochnachmittag, nicht wahr?»

«Ja, das ist richtig.»

«Wo?»

«Hier.»

«In diesem Raum?»

«Nein, im Konferenzraum.»

«Worum ging es bei dieser Zusammenkunft?»

«Um interne Angelegenheiten. Ich kann Ihnen darüber keine näheren Angaben machen und will es auch nicht. Sagen wir mal, daß Direktor Palmgren sich von der direkten Geschäftstätigkeit für eine bestimmte Zeit zurückziehen wollte und daher eine zusammenfassende Darstellung der Lage hier in Skandinavien wünschte.»

«Wurden anläßlich dieser Sitzung Rügen erteilt? Gab es etwas, womit Direktor Palmgren unzufrieden war?»

Die Antwort kam nach kurzem Zögern: «Nein.»

«Aber Sie sind vielleicht der Meinung, daß einige Rügen angebracht gewesen wären?»

Linder antwortete nicht.

«Haben Sie etwas dagegen einzuwenden, daß wir uns einmal mit Hampus Broberg unterhalten?»

«Im Gegenteil», murmelte Linder.

«Verzeihung, ich habe nicht verstanden, was Sie sagten?»

«Es war nichts.»

Schweigen. Martin Beck glaubte nicht, auf dem eingeschlagenen Weg viel weiterkommen zu können. Hier stank zwar irgend etwas, aber es sprach vorläufig nichts dafür, daß diese Sache etwas mit dem Mord zu tun hatte.

Månsson schien völlig passiv zu sein, und Linder verhielt sich abwartend.

«Jedenfalls scheint völlig klar zu sein, daß Direktor Palmgren zu Ihnen mehr Vertrauen hatte als zu Broberg», stellte Martin Beck wie selbstverständlich fest.

«Das ist möglich», sagte Linder trocken. «Wie dem auch sei; mit dem Mord hat das alles jedenfalls nichts zu tun.»

«Das wird sich zeigen», sagte Martin Beck.

In den Augen des anderen blitzte es auf. Er war wütend, und es fiel ihm schwer, das zu verbergen.

«Nun, wir haben Ihre kostbare Zeit schon recht lange in Anspruch genommen», sagte Martin Beck.

«Das haben Sie wahrhaftig. Je eher dieses Gespräch beendet wird, desto besser. Für mich wie für Sie. Bei diesem Wiederkäuen kommt doch nichts Konstruktives heraus.»

«Dann lassen wir's dabei bewenden», sagte Martin Beck und machte Anstalten, sich zu erheben.

«Sehr verbunden», sagte Linder in gemessenem, aber sarkastischem Ton.

In diesem Augenblick meldete Månsson sich zum Wort. «Wenn Sie nichts dagegen haben, möchte ich Sie gern noch einiges fragen.»

«Und was wäre das?»

«In welchem Verhältnis stehen Sie zu Charlotte Palmgren?»

«Ich kenne sie.»

«Wie gut kennen Sie sie?»

«Das dürfte wohl meine Privatangelegenheit sein.»

«Ja, das ist natürlich richtig. Aber ich möchte trotzdem, daß Sie die Frage beantworten.»

«Welche Frage?»

«Ob Sie ein Verhältnis mit Frau Palmgren haben?»

Linder sah ihn kalt und abweisend an. Nach einer Minute schweigen zerrieb er den Zigarillo im Aschenbecher und sagte: «Ja.»

«Ein amouröses Verhältnis?»

«Ein sexuelles Verhältnis. Ich pflege gelegentlich mit ihr zu schlafen, um es in einer Sprache auszudrücken, die auch für Polizisten begreiflich ist.»

«Seit wann besteht dieses Verhältnis?»

«Seit zwei Jahren.»

«Wußte Direktor Palmgren davon?»

«Nein.»

«Und wenn er davon gewußt hätte: Wie hätte er reagiert?»

«Das weiß ich nicht.»

«Hätte er es vielleicht mißbilligt?»

«Davon bin ich keineswegs überzeugt. Charlotte und ich sind großzügige und frei denkende Menschen. Viktor Palmgren war genauso. Seine Ehe war eher eine rein praktische Angelegenheit als ein gefühlsmäßiges Engagement.»

«Wann haben Sie sie zuletzt gesehen?»

«Charlotte? Vor zwei Stunden.»

Månsson grub in der Brusttasche nach einem neuen Zahnstocher, sah diesen an und sagte: «Ist sie gut im Bett?»

Mats Linder starrte ihn sprachlos an. Schließlich brachte er heraus: «Sind Sie verrückt geworden?»

Beck und Månsson erhoben sich und sagten auf Wiedersehen, erhielten aber keine Antwort. Die tüchtige dunkelhaarige Sekretärin begleitete sie in den Warteraum, wo die Blondine am Empfang über eines ihrer Telefone ein gurrendes Privatgespräch führte.

Als sie im Wagen saßen, sagte Månsson: «Smarter Bursche.»

«Ja.»

«Sogar smart genug, die Wahrheit zu sagen, wenn er weiß, daß eine Lüge schnell entlarvt werden könnte. Glaub mir, der muß für Palmgren

Gold wert gewesen sein.»

«Mats Linder ist offensichtlich in eine gute Schule gegangen», sagte Martin Beck.

«Die Frage ist nur, ob er auch smart genug ist, nicht auf Menschen zu schießen», sagte Månsson.

Martin Beck zuckte zweifelnd die Achseln.

12

Lennart Kollberg wußte weder ein noch aus.

Der Auftrag, den man ihm erteilt hatte, erschien ihn sowohl sinnlos wie ärgerlich; daß er damit Schwierigkeiten haben würde – der Gedanke kam ihm nicht einmal.

Er sollte ein paar Menschen aufsuchen und mit ihnen reden. Das war alles.

Kurz vor zehn verließ er das südliche Polizeihaus in Västberga, in dem alles friedlich und still war, was hauptsächlich dem Personalmangel zuzuschreiben war. An Arbeit dagegen herrschte kein Mangel, denn die Kriminalität in all ihren Erscheinungsformen blühte üppiger denn je in dem fruchtbaren Mutterboden, der sich Wohlfahrtsstaat nannte.

Die Ursache für diese Entwicklung lagen im dunkeln, zumindest für die führenden Männer in Regierung und Verwaltung sowie für die Experten, deren Aufgabe es war, diesen Staat möglichst reibungslos funktionieren zu lassen.

Hinter seiner spektakulären topographischen Fassade und unter seiner geglätteten, teils sogar eleganten Oberfläche war Stockholm heute ein Großstadtdschungel, in dem Rauschgiftsucht und Perversionen stärker grassierten denn je, ein Dschungel, in dem gewissenlose Wucherer völlig legal enorme Profite mit Pornographie in den unappetitlichsten und widerwärtigsten Formen machen konnten. Die Zahl der Berufsverbrecher schwoll immer mehr an; überdies waren sie zunehmend besser organisiert. Andererseits bildete sich, von der Öffentlichkeit weitgehend unbemerkt, besonders unter älteren Menschen ein verarmtes neues Proletariat heraus. Die Inflation hatte es mit sich gebracht, daß das Preisniveau zu den höchsten der ganzen Welt gehörte, und die jüngsten Untersuchungen zeigten, daß viele Volkspensionäre gezwungen waren, von Hunde- und Katzennahrung zu leben, um überhaupt über die Runden zu kommen.

Daß Alkoholismus, der schon immer ein Problem gewesen war, und Jugendkriminalität ständig zunahmen, waren Phänomene, die niemanden erstaunten – außer die Verantwortlichen in Behörden und auf

Regierungsebene.

Was Stockholm im übrigen anbelangte ...

Von der Stadt, in der Lennart Kollberg geboren und aufgewachsen war, war nicht mehr viel übrig. Mit dem guten Gedächtnis der Stadtplaner hatten die Baumaschinen der Grundstücksspekulanten und die Bulldozer der sogenannten Verkehrsexperten den größten Teil der soliden alten Bebauung vernichtet und nur einige «Kulturreservate» übriggelassen, die sich nunmehr recht pathetisch ausnahmen. Der Charakter der Stadt, die darin herrschende Stimmung und der Lebensstil waren verschwunden oder, besser gesagt, anders geworden, und dagegen ließ sich heute nicht mehr viel unternehmen.

Gleichzeitig knirschte es immer mehr im Getriebe des Polizeiapparats, der total überanstrengt war, zum Teil wegen des Personalmangels, hauptsächlich aber aus anderen Gründen.

Es ging nicht in erster Linie darum, mehr Polizisten einzustellen, sondern bessere Polizisten auszubilden, aber daran schien niemand gedacht zu haben.

Dachte Lennart Kollberg.

Es dauerte seine Zeit, zu dem Wohngebiet zu kommen, das von Hampus Broberg verwaltet wurde. Es lag ziemlich weit südlich in einer Gegend, die in Kollbergs Jugend ländlich gewesen war und in die er als Kind Schulausflüge gemacht hatte. Als Wohngebiet erinnerte das Gelände an nur allzu viele der Profitbaustellen der jüngsten Zeit. Es bestand aus einer Gruppe unharmonisch in die Landschaft gestellter und schnell und achtlos zusammengeklatschter Hochhäuser, deren einzige Aufgabe es war, dem Baulöwen von Eigentümer möglichst hohe Gewinne zu sichern, während sie ihren eingebauten Ekel und das Unbehagen an die armen Menschen weiterreichten, die gezwungen waren, in diesen Kästen zu leben. Da der Wohnungsmangel über lange Jahre hinweg mit künstlichen Mitteln am Leben erhalten worden war, waren auch diese Wohnungen begehrenswert. Die Mieten näherten sich astronomischen Zahlen.

Das Büro der Grundstücksverwaltung befand sich in den wohl am sorgfältigsten errichteten Räumen, aber selbst dort war die Feuchtigkeit schon durch die Außenwände gedrungen, und das Holz der Türfüllungen hatte sich so geworfen, daß diese sich vom Mauerwerk zu lösen begannen.

Der größte Fehler in den Augen Kollbergs war jedoch die Tatsache, daß Hampus Broberg nicht da war.

Außer dem privaten Büro Brobergs, das reichlich bemessen und relativ flott eingerichtet war, besaß die Grundstücksverwaltung noch einen Konferenzraum und zwei kleine Zimmer. In diesen Zimmern residierten ein Hausmeister und zwei weibliche Bedienstete. Die eine war etwa fünfzig Jahre alt, die andere ein Mädchen, das kaum älter als neunzehn sein konnte.

Die ältere der beiden Frauen machte den Eindruck eines echten Drachens, und Kollberg mutmaßte, daß es ihre Aufgabe war, mit Kündigungen zu drohen und notwendige Reparaturen zu verweigern. Das Mädchen war tolpatschig, häßlich und picklig und schien nichts weiter zu sein, als ein getretener Wurm. Der Hausmeister wirkte resigniert. Ihm oblag wohl die undankbare Aufgabe, dafür zu sorgen, daß Abflüsse und Toiletten wenigstens notdürftig funktionierten.

Kollberg ging davon aus, daß der Drachen sein richtiger Gesprächspartner sein müsse.

Nein, Direktor Broberg sei nicht im Haus. Er habe sich seit Freitagnachmittag nicht mehr blicken lassen. Da sei er etwa zehn Minuten in seinem Büro gewesen, das er mit einer Aktentasche wieder verlassen habe.

Nein, Direktor Broberg habe auch nicht gesagt, wann er wiederkommen wolle.

Nein, keine von ihnen heiße Helena Hansson. Der Name sei ihnen völlig unbekannt.

Dagegen habe Direktor Broberg noch ein weiteres Büro in der Innenstadt. In Kungsgatan sogar. Er und Fröken Hansson seien sicher dort anzutreffen.

Nein, Direktor Palmgren habe sich nie persönlich um die Hausverwaltung gekümmert. Seit der Errichtung der Siedlung vor vier Jahren sei er nur zweimal dagewesen, und zwar jedesmal in Begleitung Direktor Brobergs.

Womit sie im Büro zu tun hätten? Nun, in erster Linie natürlich mit dem Eintreiben der Mieten, aber sie hätten auch alle Hände voll zu tun, um die Mieter unter Kontrolle zu halten.

«Und das ist wahrlich keine leichte Aufgabe», setzte der Drachen in scharfem Ton hinzu.

«Das kann ich mir lebhaft vorstellen», sagte Kollberg und ging. Er setzte sich in den Wagen und fuhr nach Norden, nach Stockholm. Unterwegs kam er in verführerische Nähe seiner eigenen Wohnung im Stadtteil Skärmarbrink. Dort befand sich seine Familie, die Tochter Bodil, die bald zwei Jahre alt sein würde, und vor allem Gun, die mit jedem neuen Tag immer schöner und unwiderstehlicher zu werden schien. Kollberg war ein überaus sinnlich veranlagter Mann und hatte seine Frau sorgfältig ausgewählt, die auch hochgeschraubten Ansprüchen gerecht werden sollte.

Kollberg wappnete sich jedoch gegen die Versuchung, blieb eisern, trocknete den Schweiß von der Stirn und fuhr weiter in die Innenstadt Stockholms. Er parkte in Kungsgatan vor der genannten Hausnummer und stieg aus. In der Vorhalle des Hauses vergewisserte er sich, ob er auch an der richtigen Adresse war.

Das Haus beherbergte der Schildertafel zufolge meist Filmgesellschaften und Anwaltskanzleien, aber auch das, was er suchte.

Im vierten Stock befand sich nicht nur die HAMPUS BROBERG AB, sondern auch die BANKIERSFIRMA VIKTOR PALMGREN.

Kollberg fuhr mit einem altersschwachen, knackenden Fahrstuhl hinauf und entdeckte, daß beide Firmenschilder dieselbe tabakbraune Tür schmückten. Er faßte an den Türgriff und merkte, daß die Tür verschlossen war. Es gab zwar einen Klingelknopf, aber er ignorierte diesen und hämmerte seiner Gewohnheit getreu mit der Faust gegen die Tür.

Eine Frau öffnete, sah ihn mit großen braunen Augen an und sagte: «Um Himmels willen, was ist denn los?»

«Ich möchte gern Herrn Broberg sprechen.»

«Der ist nicht da.»

«Heißen Sie zufällig Helena Hansson?»

«Nein, das tue ich nicht. Und wer sind Sie, bitte schön?»

Kollberg nahm sich zusammen und holte seine Erkennungskarte aus der Gesäßtasche. «Ich bitte um Entschuldigung», sagte er. «Es liegt sicher an der Hitze.»

«Ach so», sagte sie. «Polizei.»

«Sehr richtig. Mein Name ist Kollberg. Darf ich mal reinkommen?»

«Aber ja», sagte die Frau und ging einen Schritt zur Seite.

Der Raum, den Kollberg betrat, sah aus wie ein ganz normales Büro mit Tischen, Aktenordnern, Schreibmaschinen, Aktenschränken und all den anderen üblichen Utensilien. Durch eine halb geöffnete Tür konnte Kollberg in einen weiteren Raum sehen, der Brobergs Büro zu sein schien. Er war kleiner als das Vorzimmer, aber wohnlicher eingerichtet. Dennoch wurde er von dem Schreibtisch und einem großen Panzerschrank beherrscht.

Während Kollberg sich umsah, hatte die Frau die Tür geschlossen. Jetzt starrte sie ihn herausfordernd an. «Warum haben Sie mich gefragt, ob ich Hansson heiße?» Sie war etwa fünfunddreißig, schlank und dunkelhaarig, mit kräftigen Augenbrauen und hatte kurzgeschnittenes Haar.

«Ich dachte, Sie seien die Sekretärin Direktor Brobergs», sagte Kollberg geistesabwesend.

«Das bin ich auch.»

«Ja, aber dann . . .»

«Ich heiße aber trotzdem nicht Hansson», fuhr sie fort. «Und ich habe auch nie so geheißen.»

Kollberg sah sie aus den Augenwinkeln an und entdeckte, daß sie an der linken Hand zwei breite Goldringe trug. «Wie heißen Sie denn?»

«Sara Moberg.»

«Und Sie waren am Mittwoch nicht in Malmö, als Direktor Palmgren erschossen wurde?»

«Mit Sicherheit nicht.»

«Uns ist berichtet worden, daß Direktor Broberg an diesem Tag in Malmö war und von seiner Sekretärin begleitet wurde.»

«Ich war das jedenfalls nicht. Ich bin auf Geschäftsreisen nie dabei.»

«Aber die Sekretärin hieß Hansson», sagte Kollberg beharrlich und holte einen zerknitterten Zettel aus der Tasche. «Fröken Helena Hansson. So steht es hier.»

«Ich kenne niemanden mit diesem Namen. Außerdem bin ich verheiratet, ich habe zwei Kinder. Und außerdem, wie schon gesagt, fahre ich nicht auf Geschäftsreisen mit.»

«Wer kann denn dieses Fröken Hansson gewesen sein?»

«Keine Ahnung.»

«Vielleicht eine Angestellte in einem anderen Zweig des Konzerns?»

«Ich habe jedenfalls nie etwas von ihr gehört. Bis jetzt.» Die Frau sah ihn scharf an. Dann fügte sie unbestimmt hinzu: «Es gibt natürlich sogenannte Reisesekretärinnen.»

Kollberg ließ das Thema fallen. «Wann haben Sie Direktor Broberg zuletzt gesehen?»

«Heute vormittag. Er kam kurz nach zehn und blieb etwa zwanzig Minuten in seinem Zimmer. Dann ging er wieder. Er wollte zur Bank, glaube ich.»

«Wo, glauben Sie, kann er jetzt sein?»

Sie warf einen Blick auf die Uhr. «Vermutlich zu Hause.»

Kollberg konsultierte seinen Zettel. «Er wohnt draußen auf Lidingö, nicht wahr?»

«Ja, Tjädervägen.»

«Hat er Familie?»

«Ja. Eine Frau und eine Tochter von siebzehn Jahren. Die machen aber zur Zeit Urlaub in der Schweiz.»

«Wissen Sie das genau?»

«Ja, ich habe die Flugtickets selbst bestellt. Am Freitag. Ihr Entschluß schien sehr plötzlich gekommen zu sein, denn sie flogen noch am selben Tag ab.»

«Hat Direktor Broberg wie gewöhnlich weitergearbeitet, nachdem am Mittwoch diese Geschichte in Malmö passiert war?»

«Das nun nicht gerade», sagte sie. «Am Donnerstag ging es sehr nervös und hektisch zu. Da wußten wir ja noch nichts Genaues. Daß Direktor Palmgren tot war, haben wir erst am Freitag erfahren. Und am Freitag war Direktor Broberg insgesamt vielleicht eine Stunde im Büro. Heute ist er, wie gesagt, rund zwanzig Minuten hiergewesen.»

«Hat er gesagt, wann er wiederkommen würde?»
Die Frau schüttelte den Kopf.
«Ist er normalerweise länger im Büro?»
«O ja, er ist die meiste Zeit hier. Er sitzt dann in seinem Büro.»
Kollberg ging zu der inneren Tür und ließ den Blick über Hampus Brobergs Arbeitszimmer schweifen. Er notierte, daß auf dem Schreibtisch drei schwarze Telefone standen und eine elegante schweinslederne Reisetasche neben dem Panzerschrank abgestellt war.
Sie schien nagelneu zu sein.
«Wissen Sie, ob Direktor Broberg am Sonnabend oder am Sonntag im Büro gewesen ist?» fragte er.
«Irgend jemand ist auf jeden Fall hiergewesen. Wir arbeiten nicht am Sonnabend, so daß ich wie üblich mein freies Wochenende hatte. Aber als ich heute morgen kam, habe ich sofort gesehen, daß jemand in den Sachen herumgestöbert hatte.»
«Könnte es jemand anderes als Broberg gewesen sein?»
«Kaum. Nur er und ich haben die Schlüssel zu diesem Büro.»
«Glauben Sie, daß er heute noch einmal herkommt?»
«Weiß nicht. Vielleicht ist er von der Bank direkt nach Hause gefahren. Das scheint mir wahrscheinlich zu sein.»
«Lidingö», murmelte Kollberg. «Tjädervägen.» Er entfernte sich immer weiter von zu Hause. «Auf Wiedersehen», sagte er abrupt und ging. Im Wagen war es glühend heiß, und auf der Fahrt nach Lidingö schwitzte er unglaublich.
Als er die Värtan-Brücke passierte und die großen Schiffe im Freihafen und die Hunderte von Freizeitbooten mit halbnackten, sonnengebräunten Urlaubern an Bord sah, dachte er, daß es idiotisch sei, so durch die Gegend zu rasen. Er hätte natürlich schön in seinem Büro sitzen bleiben und diese Leute nach Västberga bitten sollen. Aber dann wäre natürlich niemand gekommen, und er wäre wütend geworden. Außerdem hatte Martin Beck ja gesagt, daß es eilig sei.
Tjädervägen auf Lidingö wies eine Bebauung auf, die vielleicht nicht zur absoluten Super-de-luxe-Klasse gehörte, die sich aber dennoch um Lichtjahre von den schauderhaften Mietskasernen unterschied, die er vorhin besucht hatte. Hier wohnten keine armen Teufel, die keine andere Wahl hatten, als sich von Figuren wie Palmgren und Broberg das Fell über die Ohren ziehen zu lassen. Auf beiden Seiten der Straße lagen teure Villen im Bungalowstil mit übertrieben gepflegten Gärten.
Hampus Brobergs Haus schien verriegelt und verrammelt zu sein. Es lag wie ausgestorben da. Es führten zwar Reifenspuren zur Garage, aber als Kollberg durch eines der kleinen Seitenfenster hineinblickte, fand er sie leer. Alle Zeichen deuteten darauf hin, daß hier normalerweise zwei Wagen standen und dies noch vor kurzem der Fall gewesen

war. Im Haus gab es keinerlei Reaktion auf sein Klingeln und Klopfen, und die Jalousetten hinter den großen Fenstern waren so gestellt, daß man unmöglich sehen konnte, wie die Villa innen aussah.

Kollberg schnaufte und ging zur Nachbarvilla hinüber. Diese war größer und eleganter als die Brobergsche, und am Türschild stand ein adliger Name. Jedenfalls schien er adlig zu sein.

Auf sein Klingeln wurde ihm von einer hochgewachsenen blonden Frau von kühlem Aussehen und aristokratischer Haltung geöffnet. Als er sich auswies, lächelte sie überlegen und etwas herablassend und machte keinerlei Anstalten, ihn ins Haus zu bitten. Nachdem er sein Anliegen vorgebracht hatte, sagte sie kalt: «Hier draußen sind wir nicht gewohnt, unseren Nachbarn nachzuspionieren. Ich kenne Direktor Broberg nicht und kann Ihnen leider nicht helfen.»

«Das ist wirklich schade.»

«Für Sie vielleicht, aber nicht für mich.»

«Ja. Tut mir leid, daß ich Sie gestört habe», sagte Kollberg.

Sie sah ihn abschätzend an und stellte plötzlich eine höchst verblüffende Frage: «Sagen Sie mal, wer hat Sie eigentlich hergeschickt?» Sowohl in der Stimme wie in den klaren blauen Augen lag Mißtrauen. Die Frau mochte zwischen fünfunddreißig und vierzig sein. Äußerst gepflegt. Sie erinnerte ihn schwach an jemanden, den er kannte, aber es fiel ihm nicht ein, an wen.

«Also dann *adjö*», sagte er achselzuckend und etwas kleinlaut.

«*Adjö*», sagte sie mit großem Nachdruck.

Kollberg setzte sich in den Wagen und konsultierte seinen Zettel. Helena Hansson hatte eine Adresse in Västeråsgatan in Vasastaden angegeben und eine Telefonnummer. Kollberg fuhr zur Polizeiwache von Lejonvägen auf Lidingö, wo einige Kollegen in Zivil über den Totozetteln der Woche brüteten, während sie aus Pappbechern Limonade schlürften.

«Weißt du, was Go Ahead Deventer ist?» sagte einer von ihnen.

«Keine Ahnung», erwiderte Kollberg.

«Und Young Boys?»

«Wie war das?»

«Go Ahead Deventer und Young Boys. Das sind Fußballmannschaften. Die sind im Totocup dabei. Aber wir wissen nicht, woher sie kommen.»

Kollberg zuckte mit seinen fetten Schultern. Fußball gehörte zu den Dingen, die ihn mit Sicherheit nicht interessierten. «Go Ahead Deventer kommt sicher aus Deventer», sagte er. «Das ist eine Stadt in Holland.»

«Sieh mal an. Da muß erst Riksmordkommissionen kommen, um einem das zu sagen. Glaubst du, daß die gut sind?»

«Ich bin eigentlich nur hergekommen, um mal zu telefonieren», sagte Kollberg müde.

«Nimm irgendeines.»

Kollberg wählte die Nummer Helena Hanssons. Es meldete sich eine Tonbandstimme: «Dieser Anschluß ist vorübergehend nicht erreichbar.» Kollberg rief daraufhin das Fernsprechamt an, wo man ihn mit dem Hinweis beschied, daß der Anschluß abgemeldet sei.

«Kennt ihr einen Direktor namens Hampus Broberg?» fragte er die beiden Totofans. «Ja, der wohnt Tjädervägen. Und wenn man wie der wohnt, hat man genug Geld.»

«Wir haben nur feine Leute hier draußen», sagte der andere Polizist.

«Habt ihr je mit ihm zu tun gehabt?»

«Nix da», sagte der andere und goß sich noch mehr Limonade ein. «Hier herrschen Recht und Ordnung.»

«Es ist nicht wie in Stockholm», sagte der erste giftig.

«Und wenn es hier überhaupt zu Delikten kommt, sind es nur saubere Sachen. Hier schlagen sich die Leute nicht gegenseitig mit Äxten die Schädel ein. Hier findet man auch keine alten Säufer und süchtige Gören hinter jedem Busch. Ich glaube, wir sollten auf jeden Fall diese Go Ahead Deventer-Leute ankreuzen.» Sie hatten jedes Interesse an Kollberg verloren.

«Hej», sagte er düster und verließ sie.

Er fuhr die lange Strecke nach Vasastaden in Stockholm, und unterwegs dachte er daran, daß auch Lidingö unter der glatten Fassade seine reichlich bemessene Menge Kriminalität hatte. Bloß konnten die Leute es sich dort auf Grund ihres Reichtums leisten, ihre Vorhaben hinter den wohlanständigen Fassaden zu verbergen.

Das Haus an Västeråsgatan besaß keinen Fahrstuhl und Kollberg mußte fünf Treppen hochkeuchen. Das Haus war verkommen, ein typischer Fall der Vernachlässigung durch den Eigentümer, und unten auf dem asphaltierten Hof liefen fette Ratten zwischen den Mülltonnen umher.

Er klingelte an einigen Türen, und das eine oder andere Mal wurde geöffnet, doch die Menschen starrten ihn nur erschrocken an.

Hier hatten die Leute Angst vor der Polizei, und dies vielleicht auch aus gutem Grund. Eine Helena Hansson konnte Kollberg nicht finden.

Niemand konnte ihm sagen, ob eine Person dieses Namens hier wohnte oder gewohnt hatte. Der Polizei Angaben zu machen, war hier nicht sehr populär, und außerdem wußten die Bewohner solcher Häuser nur wenig voneinander.

Kollberg stand draußen auf der Straße und wischte sich den Schweiß mit einem Taschentuch von der Stirn, das schon längst völlig schweißnaß war. Er überlegte ein paar Minuten. Dann gab er auf und fuhr nach

Hause.

Eine Stunde später sagte seine Frau: «Sag mal, warum siehst du so elend aus?»

Er hatte geduscht, gegessen und mit ihr geschlafen, danach wieder geduscht, und jetzt saß er mit einem Frotteetuch um die Hüften da und trank ein kaltes Bier aus der Dose.

«Weil ich mich so fühle», sagte er. «Dieser Scheißjob ...»

«Du solltest aufhören.»

«Das sagt sich so leicht.»

Kollberg war Polizist, und er konnte nichts dafür, daß er sich immer bemühte, ein möglichst guter Polizist zu sein. Dies war ein fester Bestandteil seines Wesens, eine eingebaute Automatik sozusagen. Dies Bemühen war eine Last, die er aus irgendeinem Grunde schleppen mußte.

Der Auftrag, den er von Martin Beck erhalten hatte, war einfach, eine Routinesache, und trotzdem hatte er sich die Zähne daran ausgebissen. Er legte das Gesicht in kummervolle Falten. «Du, Gun, was ist eigentlich eine Reisesekretärin?»

«Oft so eine Art Callgirl, das Nachthemd, Zahnbürste und die Pille im Aktenköfferchen mit sich herumträgt.»

«Eine Nutte also im Klartext?»

«Genau das. Stellt sich zur Verfügung, wenn Geschäftsleute und Unternehmer verreisen und zu faul sind, sich an Ort und Stelle ein Mädchen aufzureißen.»

Kollberg überlegte und sah ein, daß er Hilfe brauchte. Draußen in Västberga war sie nicht zu erwarten, denn jetzt in der Ferienzeit waren nur wenige im Dienst. Nach einer Weile ging er seufzend ans Telefon und rief die Stockholmer Kriminalpolizei in Kungsholmsgatan an. Der Mann, der den Hörer abnahm, war der letzte, den er hatte sprechen wollen. Gunvald Larsson.

«Wie es mir geht?» sagte dieser sauer. «Was meinst du wohl? Überhäuft mit Messerstechereien und Schlägereien und Überfällen und irren Ausländern, die mit LSD zum Mond fliegen wollen. Und fast keine Leute hier. Melander ist auf Värmdö, und Rönn ist Freitagabend nach Arjeplog gefahren. Strömgren ist auf Mallorca. Außerdem hat es den Anschein, als würden die Leute bei dieser Hitze noch aggressiver als sonst. Sie verlieren vollständig die Übersicht. Was, zum Teufel, willst du eigentlich?»

Kollberg verabscheute Gunvald Larsson, den er für einen aufgeblasenen Snob hielt. Was die Übersicht betraf, war Larsson nicht der richtige Mann, um darüber zu urteilen. Er hatte seine schon in der Wiege verloren.

Dachte Kollberg. Laut sagte er: «Es geht um diese Palmgren-Geschichte.»

«Mit der laß mich bloß zufrieden», sagte Gunvald Larsson sofort. «Ich habe schon genug Ärger damit gehabt.»

Kollberg erzählte trotzdem seine Leidensgeschichte.

Gunvald Larsson unterbrach ihn gelegentlich mit einem Grunzen, und einmal fiel er ihm wütend ins Wort. «Es hat keinen Zweck, daß du mir hier was vorheulst. Dies ist nicht mein Job.»

Aber irgend etwas mußte dennoch sein Interesse geweckt haben, denn als Kollberg fertig war, sagte er: «Hast du Tjädervägen auf Lidingö gesagt? Welche Hausnummer?»

Kollberg wiederholte sie.

«Hm», sagte Gunvald Larsson. «Vielleicht kann ich da etwas machen.»

«Das wäre nett», rang Kollberg sich ab.

«Ich tue es bestimmt nicht deinetwegen», sagte Gunvald Larsson in einem Ton, als meine er es so. Was er auch tat.

Kollberg fragte sich, was seine Neugier erregt haben mochte. Hilfsbereitschaft gehörte nämlich nicht zu Gunvald Larssons Charaktereigenschaften.

«Was diese Hure Hansson angeht», sagte Gunvald Larsson von oben herab, «so solltest du am besten mit dem Sittlichkeitsdezernat reden.»

«Ja, das habe ich mir schon vorgenommen.»

«Ach, tatsächlich. Es ist natürlich so, daß sie unten in Malmö gezwungen war, ihren Ausweis zu zeigen. Bei dem Verhör konnte sie natürlich irgendeine Adresse angeben. Der Name wird aber stimmen.»

Kollberg hatte sich das zwar auch schon gedacht, enthielt sich aber weiterer Kommentare. Er legte auf und rief sofort die nächste Nummer an. Diesmal bat er, mit Åsa Torell vom Sittlichkeitsdezernat verbunden zu werden.

13

Sogleich nach Ende des Telefongesprächs ging Gunvald Larsson zu seinem Wagen hinunter und fuhr auf dem kürzesten Weg nach Lidingö.

Seine Gesichtszüge waren verbissen und zeigten so etwas wie brutalen Galgenhumor. Er betrachtete seine großen, behaarten Hände, die auf dem Lenkrad ruhten, und gluckste vergnügt vor sich hin.

Draußen in Tjädervägen warf er nur einen flüchtigen Blick auf das immer noch genauso verlassene Haus. Dann ging er zur Nachbarvilla hinüber und klingelte. Die Tür wurde von derselben kühlen blonden

Frau geöffnet, die Kollberg vor ein paar Stunden von oben herab abgefertigt hatte. Als sie den riesigen Mann auf der Treppe entdeckte, änderte sich ihre Haltung. «Gunvald», sagte sie bestürzt. «Wie ... Wie kannst du die Stirn haben, dich hier zu zeigen?»

«Oh», sagte er anzüglich. «Alte Liebe rostet nicht.»

«Ich habe dich zehn Jahre nicht gesehen und bin sehr dankbar dafür.»

«Das war lieb gesagt.»

«Dein Bild war im letzten Winter in allen Zeitungen. Ich habe sie im Kamin verheizt.»

«Du bist ja richtig reizend.»

Sie hob mißtrauisch die blonden Augenbrauen. «Hast du vorhin diesen Dicken hergeschickt?»

«Nein, das habe ich nicht. Aber es geht um dieselbe Sache.»

«Du mußt verrückt sein», sagte sie.

«Glaubst du?»

«Ich kann übrigens auch dir nur das sagen, was ich ihm gesagt habe. Ich spioniere meinen Nachbarn nicht nach.»

«Nicht? Nun, willst du mich reinlassen? Oder soll ich deine Scheißpalisandertür mit Alabasterrahmen und allem anderen erst eintreten?»

«Du solltest dich eigentlich in Grund und Boden schämen. Aber dazu fehlt dir wohl das Taktgefühl.»

«Es wird immer besser.»

«Na ja, besser, du kommst rein. Sonst blamierst du mich noch vor den Nachbarn.» Sie hielt die Tür auf, und Gunvald Larsson trat ein.

«Wo ist denn diese Flasche, mit der du verheiratet bist? Hat er in dreizehn Jahren oder wie viele es sind, nicht geschafft, dich anzubuffen?»

«Elf», sagte sie. «Nimm dich in acht. Übrigens bin ich nicht allein.»

«Ach? Hast du auch Liebhaber? Kleine Kadetten vielleicht?»

«Erspare mir deine ordinären Sprüche. Eine Jugendfreundin trinkt gerade Tee mit mir. Sonja. Du erinnerst dich vielleicht an sie.»

«Nein, das tue ich Gott sei Dank nicht.»

«Sie hat es recht schwer gehabt», sagte die Frau und berührte leicht ihr blondes Haar. «Aber sie hat immerhin einen respektablen Beruf und eine eigene Zahnarztpraxis.»

Gunvald Larsson sagte nichts. Er folgte ihr in ein elegantes und sehr großes Wohnzimmer. Auf einem niedrigen Tisch stand ein silbernes Teeservice, und auf dem Sofa saß eine große schlanke Frau mit braunem Haar, die an einem englischen Keks knabberte.

«Dies ist mein ältester Bruder», sagte die Blonde. «Leider. Gunvald heißt er. Er ist ... Polizist. Früher war er nur ein Raufbold. Ich habe ihn vor zehn Jahren zum letztenmal gesehen, und davor auch nur sehr selten.»

«Hör mal, jetzt benimm dich mal anständig», sagte Gunvald Larsson.

«Das sagst ausgerechnet du? Wo bist du denn zum Beispiel in den sechs Jahren gewesen, die Papa noch zu leben hatte?»

«Ich bin zur See gefahren. Ich habe gearbeitet. Und das ist mehr, als man von jedem anderen Mitglied dieser Familie sagen kann.»

«Du hast uns mit der ganzen Verantwortung sitzenlassen», sagte sie bitter.

«Und wer hat sich das ganze Geld unter den Nagel gerissen? Und alles andere?»

«Du hast dein Erbteil schon verjubelt, bevor man dich unehrenhaft aus der Marine entließ», sagte sie eiskalt.

Gunvald Larsson sah sich um. «Pfui Teufel», sagte er.

«Was meinst du?»

«Genau das, was ich sage. Pfui Teufel. Wo kommt zum Beispiel dieser einen halben Meter hohe silberne Hahn her?»

«Aus Portugal. Den haben wir in Lissabon bei einer Kreuzfahrt um die Welt gekauft.»

«Was hat das Ding gekostet?»

«Ein paar tausend», sagte sie gleichgültig. «Ich weiß es nicht mehr so genau. Wie nennst du dich jetzt? Poliskonstapel?»

«Erster Kriminalassistent.»

«Papa würde sich im Grab umdrehen. Du hast es also noch nicht einmal geschafft, Kommissar zu werden oder wie man das nennt. Wieviel verdienst du?»

«Das geht dich nichts an.»

«Was hast du hier zu suchen? Willst du mich vielleicht anpumpen? Es würde mich jedenfalls nicht wundern.» Sie sah ihre Freundin an, die der Auseinandersetzung schweigend folgte, und fügte sachlich hinzu: «Seine Frechheit ist nämlich schon immer einzigartig gewesen.»

«Das stimmt», sagte Gunvald Larsson und setzte sich. «So, jetzt hol mir eine Tasse.»

Sie verließ das Zimmer. Gunvald Larsson sah die Jugendfreundin mit einem Anflug von Interesse an. Sie erwiderte den Blick aber nicht, und keiner von ihnen sagte etwas.

Seine Schwester kam mit einem Teeglas in einem Silberhalter zurück, das sie auf einem fein ziselierten silbernen Tablett hereintrug. «Was hast du hier eigentlich zu suchen?» fragte sie.

«Das weißt du schon. Du sollst mir jedes kleine bißchen von dem erzählen, was du über diesen Broberg und seinen Chef weißt, der Palmgren hieß und am Mittwoch gestorben ist.»

«Gestorben?»

«Ja. Liest du keine Zeitung?»

«Das tue ich vielleicht. Aber das dürfte dich kaum etwas angehen.»

«Er wurde übrigens ermordet. Erschossen.»

«Ermordet? Erschossen? Sag mal, was sind das eigentlich für widerwärtige Dinge, mit denen du dich beschäftigst?»

Gunvald Larsson goß sich ungerührt Tee ein.

«Im übrigen habe ich schon geantwortet. Ich spioniere meinen Nachbarn nicht nach. Und das habe ich schon diesem Tölpel gesagt, den du mir heute morgen auf den Hals geschickt hast.»

Gunvald Larsson trank einen Schluck Tee. Dann setzte er das Glas mit einem Knall ab. «So, jetzt ist Schluß mit dem Getue, mein Kind. Du bist neugierig wie sonst was, und das schon seitdem du gehen gelernt hast. Du weißt bestimmt eine verdammte Menge über diesen Broberg. Und auch über Palmgren, was das betrifft. Und ich bin davon überzeugt, daß du und deine Ratte von Mann alle beide kennt. Ich habe eine recht genaue Vorstellung davon, wie es in euren vornehmen Kreisen zugeht.»

«Es nützt dir gar nichts, wenn du ordinär wirst. Ich sage nämlich nichts. Dir schon gar nicht.»

«O doch, das wirst du tun. Sonst ...» Er verstummte.

Sie sah ihn spöttisch an. «Was – sonst?»

«Sonst schnappe ich mir einen uniformierten Polizeibeamten aus dieser Gegend und gehe im Umkreis von einem Kilometer in jedes Haus und stelle mich vor und erzähle allen Leuten, daß meine Schwester so dämlich und aufgeblasen ist, daß ich fremde Menschen um Hilfe bitten muß.»

Sie starrte ihn sprachlos an. Schließlich sagte sie mit erstickter Stimme: «Meinst du etwa, du hättest die Stirn ...»

«Du kannst einen drauf lassen, daß ich das meine. Du solltest also lieber gleich die Klappe aufmachen.»

Die Jugendfreundin folgte dem Dialog jetzt diskret, aber mit unverhohlenem Interesse. Nach langem, gequältem Schweigen sagte die Schwester resigniert: «Ich kann mir vorstellen, daß du fähig bist, so etwas zu tun.» Und, kurz darauf: «Was willst du also wissen?»

«Kennst du diesen Broberg?»

«Ja.»

«Und Palmgren?»

«Flüchtig. Wir haben uns gelegentlich auf Parties gesehen. Aber ...»

«Aber was?»

«Nichts.»

«Nun, was hat Broberg in den letzten Tagen getrieben?»

«Das geht mich doch nichts an.»

«Völlig richtig. Aber ich fresse einen Besen, wenn du nicht hinter der Gardine gestanden und geglubscht hast, wenn nebenan ein Besucher kam oder ging. Na?»

«Seine Familie ist am Freitag verreist.»

«Das weiß ich schon. Weiter?»

«Am gleichen Tag verkaufte er den Wagen seiner Frau, einen weißen Ferrari.»

«Woher weißt du das?»

«Es war ein Käufer hier. Sie standen alle vor dem Haus und handelten.»

«Sieh mal einer an. Und weiter?»

«Ich glaube nicht, daß Direktor Broberg in den letzten Nächten zu Hause geschlafen hat.»

«Woher weißt du das? Bist du nebenan gewesen, um nachzusehen?»

Sie warf ihm einen hoffnungslosen Blick zu. «Du bist ja schrecklicher als je zuvor.»

«Antworte jetzt, verflucht noch mal.»

«Es läßt sich kaum vermeiden, daß man mitbekommt, was im Haus nebenan vor sich geht.»

«Ja, besonders, wenn man neugierig ist. Du bist also der Meinung, daß er nicht zu Hause war?»

«Doch, er ist mehrmals dagewesen. Soviel ich weiß, hat er einige Sachen weggefahren.»

«Sind außer dem Autohändler noch andere Fremde dagewesen?»

«Jaa ...»

«Wann und wer?»

«Am Sonnabend kam er mit einem blonden Mädchen her. Sie blieben ein paar Stunden. Dann trugen sie einige Sachen heraus und verstauten sie im Wagen. Taschen und Koffer.»

«Aha. Weiter.»

«Gestern waren mehrere Personen hier. Ein sehr distinguiertes Paar und ein Mann, der Anwalt zu sein schien. Sie gingen überall herum und sahen sich alles an, und der Mann, den ich für einen Anwalt hielt, machte sich laufend Notizen.»

«Und wie deutest du das?»

«Es sah aus, als wollte Broberg das Haus verkaufen. Ich glaube sogar, daß es ihm gelungen ist.»

«Hast du auch hören können, worüber sie sprachen?»

«Es ließ sich nicht vermeiden, daß ich das eine oder andere mitbekam.»

«Das glaube ich dir gern», sagte Gunvald Larsson trocken. «Und es hörte sich so an, als sei der Kauf perfekt geworden?»

«Ja.»

«Mit allen Möbeln und dem übrigen Scheiß?»
«Mein Gott, drückst du dich vulgär aus.»
«Mach dir nichts draus. Antworte lieber. Warum glaubst du, daß es Broberg tatsächlich gelang, das Haus zu verkaufen?»
«Weil ich einige Gesprächsfetzen hören konnte. Sie sagten zum Beispiel, daß schnelle Geschäfte immer die besten seien und daß diese Situation beide Vertragspartner zu ihrem Recht kommen lasse.»
«Weiter.»
«Sie verabschiedeten sich überaus herzlich voneinander. Gaben sich die Hand und klopften sich gegenseitig auf den Rücken. Broberg übergab ihnen dann einige Sachen. Unter anderem auch Schlüssel, glaube ich.»
«Was geschah dann?»
«Diese drei Fremden fuhren in ihrem Wagen weg, einem schwarzen Bentley.»
«Und Broberg?»
«Blieb noch ein paar Stunden.»
«Und tat was?»
«Machte Feuer im Kamin. Es rauchte ziemlich lange aus dem Schornstein. Ich fand . . .» Sie hielt inne.
«Du fandst was?»
«Daß es eigenartig war, den Kamin anzustecken – bei dieser Hitzewelle.»
«Und dann?»
«Anschließend ging er durchs Haus und zog alle Jalousetten zu. Dann fuhr er weg. Seitdem habe ich ihn nicht mehr gesehen.»
«Mein Kind», sagte Gunvald Larsson freundlich.
«Ja, was ist?»
«Du wärst ein guter Polizist geworden.»
Sie machte eine unbeschreibliche Grimasse. Und sagte: «Willst du mich noch weiterquälen?»
«Aber natürlich. Wie gut kennst du diesen Broberg?»
«Wir haben uns gelegentlich gesehen. Das läßt sich bei Nachbarn kaum umgehen.»
«Und Palmgren?»
«Flüchtig, wie ich schon sagte. Wir haben uns bei einigen Parties bei Brobergs getroffen. Einmal hatten wir auch hier bei uns eine Gartenparty, zu der auch Palmgren erschien. Du weißt ja, in solchen Situationen lädt man auch die Nachbarn ein. An dem Tag war Palmgren zufällig bei Brobergs zu Besuch, so daß er sozusagen automatisch mit von der Partie war.»
«War er allein?»
«Nein, seine Frau war dabei. Eine junge und sehr bezaubernde Person.»

«Aha.»

Sie sagte nichts.

«Nun», fuhr Gunvald Larsson fort. «Was hältst du von diesen Menschen?»

«Sie sind sehr vermögend», sagte die Schwester indifferent.

«Das seid ihr ja auch, du und dein fieser Baron.»

«Ja», sagte sie. «Das ist richtig.»

«Zum Golde drängt doch alles», deklamierte Gunvald Larsson.

Sie sah ihn lange an und sagte dann mit großer Schärfe: «Ich möchte, daß du eines begreifst, Gunvald.»

«Nämlich?»

«Daß diese Männer – Palmgren und Broberg – durchaus nicht zur selben Kategorie gehören wie wir. Sie haben zwar sehr viel Geld, vor allem Palmgren. Das heißt, bei dem müßte ich wohl ‹hatte› sagen. Sie haben aber keine Lebensart, keinen Stil. Sie sind rücksichtslose Geschäftsleute, die alles niedertrampeln, was sich ihnen in den Weg stellt. Man hat mir erzählt, daß Broberg ein Wucherer ist und daß Palmgren im Ausland die suspektesten Geschäfte gemacht hat. Solche Menschen verschaffen sich mit Hilfe ihres Geldes zwar Zugang zu den höchsten Kreisen, aber eines erreichen sie nie: Man wird sie nie ganz akzeptieren.»

«Oho, das läßt sich hören. Du akzeptierst diesen Broberg also nicht?»

«Doch, das tue ich, aber nur wegen seines Geldes. Mit Palmgren war es genauso. Sein Vermögen hat ihm hier und da einigen Einfluß verschafft. So wie sich unsere Gesellschaft heute entwickelt hat, kann man auf Männer vom Schlage Palmgrens und Brobergs nicht verzichten. Sie sind in mancherlei Hinsicht für das Funktionieren des Staates wichtiger als Regierung und Reichstag und Ministerien. Darum müssen auch Menschen wie wir sie akzeptieren.»

Gunvald Larsson sah seine Schwester mit Abscheu an. «Ach so, so denkst du also. Ich glaube, daß in nicht allzu ferner Zukunft Dinge geschehen werden, die dich und eure ganze Oberschicht-Blase ziemlich in Erstaunen versetzen werden.»

«Und was könnte das sein, bitte schön?»

«Bist du wirklich so strohdumm, daß du nicht merkst, was um uns herum vorgeht? In der ganzen Welt?»

«Schrei mich nicht an», sagte sie kalt. «Wir sind keine Kinder mehr. Und jetzt finde ich, du solltest dich dorthin verziehen, wo der Pfeffer wächst.»

«Dort bin ich schon gewesen. Du vergißt, daß ich mal Seemann war.»

«Hugold kann jeden Augenblick kommen. Ich möchte nicht, daß du dann noch hier bist.»

«Er hat einen kurzen Arbeitstag, wie ich sehe.»

«Ja, das hat er. Bei Männern in verantwortungsvollen Positionen ist das nun einmal so. *Adjö*, Gunvald.»

Er stand auf. «Nun, du bist mir jedenfalls eine große Hilfe gewesen.»

«Ich hätte dir nicht ein Wort gesagt, wenn du mich nicht praktisch erpreßt hättest.»

«Das ist mir klar.»

«Und meinetwegen können wieder zehn Jahre vergehen, bevor ich dich wiedersehe.»

«Mir geht's genauso. Hej.»

Sie antwortete nicht.

Die Freundin stand auf und sagte: «Ich werde jetzt auch lieber verschwinden.»

Gunvald Larsson sah sie an. Sie war ein hochgewachsenes, schlankes Mädchen und reichte ihm mindestens bis zur Schulter. Ihre Kleidung war elegant und geschmackvoll. Nicht zuviel Make-up, nicht zuwenig. Überhaupt nicht zuviel und nicht zuwenig. Er hatte draußen keinen zweiten Wagen gesehen und sagte: «Soll ich Sie in die Stadt mitnehmen?»

«Ja bitte, sehr gern.»

Sie gingen. Gunvald Larsson ließ den Blick über die jetzt offenbar ehemalige Brobergsche Villa schweifen und zuckte die Achseln. Als sie im Wagen saßen, versuchte er sich unauffällig zu überzeugen, ob sie einen Ehering trug. Sie trug keinen.

«Übrigens, ich habe vorhin den Namen nicht richtig verstanden.»

«Lindberg. Sonja Lindberg. Ich habe dich schon als kleines Mädchen gekannt.»

«Wirklich?»

«Ja. Du warst natürlich viel größer als ich. Schon damals.»

Gunvald Larsson fand sie attraktiv. Ob er mal mit ihr ausgehen sollte? Nun, das hatte im Augenblick noch Zeit. Nur keine Eile. Er konnte sie irgendwann mal anrufen.

«Wo soll ich dich absetzen?» fragte er.

«Stureplan, bitte. Ich habe meine Praxis in Birger Jarlsgatan. Da wohne ich auch.»

Gut, dachte er. Dann brauch ich nicht danach zu fragen.

Keiner von ihnen sprach mehr, bis er am Stureplan hielt.

«Hej, und danke», sagte sie und hielt ihm die Hand hin. Sie war schmal, trocken und kühl.

«Hej», sagte er. Schlug die Tür zu und fuhr an.

In seinem Dienstzimmer in Kungsholmsgatan fand er rund fünfzehn Mitteilungen vor, darunter eine von Kollberg, der in Västberga war und angerufen werden wollte. Gunvald Larsson erledigte die dringendsten Vorgänge, bevor er die Nummer des südlichen Polizeihauses wählte.

«Ja», sagte Kollberg.

Gunvald berichtete über das, was er in Erfahrung gebracht hatte, ohne allerdings die Quelle zu nennen.

«Sehr gut, Larsson», sagte Kollberg. «Es sieht also so aus, als möchte er sich aus dem Staub machen.»

«Vermutlich hat er es schon getan.»

«Das glaube ich nicht», sagte Kollberg. «Diese Reisetasche, von der ich vorhin sprach, steht nämlich immer noch in seinem Büro in Kungsgatan. Ich habe gerade seine Sekretärin angerufen, und sie sagte, daß Broberg sie vor einer halben Stunde angerufen und gesagt habe, daß er es nicht schaffen werde, vor fünf im Büro zu sein.»

«Er wohnte natürlich in irgendeinem Hotel», sagte Gunvald Larsson nachdenklich.

«Vermutlich. Ich werde versuchen, das herauszubekommen. Es ist aber wenig wahrscheinlich, daß er sich unter seinem richtigen Namen eingetragen hat.»

«Kaum», sagte Gunvald Larsson. «Hast du übrigens diese Puppe ausfindig gemacht?»

«Noch nicht. Ich warte gerade auf Nachricht vom Sittlichkeitsdezernat.» Er verstummte. Nach einer Weile sagte er seufzend: «Diese Kiste ist wirklich zu verfahren. Wenn ich es selbst nicht schaffe, vor fünf in Kungsgatan zu sein, könntest du oder irgend jemand sonst dafür sorgen, daß Brobergs elendes Wuchererbüro unter Kontrolle bleibt?»

Wäre Gunvald Larsson einer unmittelbaren Eingebung gefolgt, hätte er natürlich abgelehnt. Er nahm den Brieföffner in die Hand und steckte ihn nachdenklich zwischen seine großen Vorderzähne. «Ja», sagte er schließlich. «Ich werde das erledigen.»

«Danke.»

Bedanke dich lieber bei meiner geliebten Schwester, dachte Gunvald Larsson. Dann sagte er: «Noch etwas.»

«Was denn?»

«Dieser Typ Broberg saß doch am Mittwoch mit Palmgren am Tisch, als der erschossen wurde.»

«Ja, und?»

«Wie, zum Teufel, kann er dann etwas mit dem Mord zu tun haben?»

«Da darfst du mich nicht fragen», sagte Kollberg. «Die ganze Geschichte ist mehr als mysteriös. Martin weiß vielleicht mehr.»

«Beck», sagte Gunvald Larsson unwillig.

Damit war das Gespräch beendet.

14

Lennart Kollberg mußte mehr als eine Stunde auf Nachricht vom Sittlichkeitsdezernat warten. Unterdessen hockte er schwer und passiv und verschwitzt an seinem Schreibtisch in Västberga. Was am frühen Morgen wie ein einfacher Botendienst ausgesehen hatte, nämlich die Befragung zweier Zeugen, hatte sich auf merkwürdige Art zu einer reinen Jagd entwickelt.

Plötzlich waren Hampus Broberg und die rätselhafte Helena Hansson zwei Personen, nach denen gefahndet wurde, und er selbst saß mitten im Fahndungsnetz wie eine ratlose Kreuzspinne. Bemerkenswert war nur, daß er noch immer nicht wußte, warum er diese beiden Menschen suchte. Es lag nichts gegen sie vor; kein Mensch hatte Anzeige gegen sie erstattet, als Zeugen hatte man sie schon vernommen, nämlich in Malmö, und der gesunde Menschenverstand schien darauf hinzudeuten, daß keiner von beiden irgendwie mit dem Mord an Viktor Palmgren in Verbindung gebracht werden konnte. Dennoch wurde er das Gefühl nicht los, daß es wichtig war, die beiden so schnell wie möglich zu erwischen.

Warum?

Da spielt dir wieder mal deine Polizistenseele einen Streich, dachte er düster. Dreiundzwanzig Dienstjahre haben dich zerstört und einen anderen Menschen aus dir gemacht. Du kannst nicht mehr denken wie ein normaler Bürger.

Dreiundzwanzig Jahre täglichen Umgangs mit anderen Polizisten hatten es bewirkt, daß er nicht mehr imstande war, mit der Umwelt vernünftige Beziehungen aufrechtzuerhalten. Nicht einmal im Kreis seiner Familie hatte er je das Gefühl gehabt, wirklich dienstfrei zu haben. Immer gab es irgend etwas, was im Unterbewußtsein unablässig arbeitete. Er hatte lange damit gewartet, diese Familie zu gründen, und der Grund dafür war der, daß der Beruf des Polizeibeamten kein normaler Job ist, sondern etwas, dem man sich ausliefert und von dem man sich offensichtlich nie lösen kann. Ein Beruf, in dem man Tag für Tag fast nur in abnormen Situationen mit anderen Menschen in Berührung kommt, kann eigentlich zu nichts anderem führen, als daß man selbst eines Tages abnorm wird.

Im Gegensatz zu der überwältigenden Mehrheit seiner Kollegen war Kollberg in der Lage, seine eigene Situation zu durchschauen und klar zu analysieren. Und das tat er mit verblüffender Hellsichtigkeit. Leider. Sein Problem lag darin, daß er ein sinnlicher und ein Pflichtmensch zugleich war, und das in einem Beruf, in dem Empfindsamkeit und persönliches Engagement ein Luxus sind, den man sich in neun von zehn Fällen nicht leisten kann.

Warum verkehrten Polizisten fast ausschließlich mit anderen Polizisten?

Natürlich deshalb, weil es leichter war. Es war leichter, die nötige Distanz zu halten. Aber auch leichter, die ungesunde Kameraderie zu übersehen, die sich seit vielen Jahren ungehemmt im Polizeikorps breitmachte und im Prinzip bedeutete, daß der einzelne Polizeibeamte sich selbst von der Gesellschaft ausschloß, die er schützen und in die er vor allem integriert werden sollte.

Polizisten kritisieren zum Beispiel nicht andere Polizisten, es sei denn in seltenen Ausnahmefällen.

Eine erst kürzlich durchgeführte soziologische Untersuchung zeigte, daß Polizisten, die Urlaub haben und sich infolgedessen notgedrungen mit anderen Menschen befassen müssen, sich in den meisten Fällen schämen, zuzugeben, daß sie Polizeibeamte sind. Ein Ergebnis der Rollenfixierung und der Mythen, die sich um diesen Beruf ranken.

Ständig Angst, Mißtrauen oder offener Verachtung zu begegnen, kann am Ende auch den Stärksten paranoid machen.

Kollberg schüttelte sich unlustig. Er wollte nicht Furcht und Schrekken verbreiten. Er wollte nicht, daß man ihm mißtraute. Er wollte nicht verachtet werden. Er wollte nicht zum Paranoiker werden.

Dagegen wollte er zwei Menschen zu fassen bekommen, die Hampus Broberg und Helena Hansson hießen. Und er wußte noch immer nicht, warum.

Er ging auf die Toilette und trank Wasser. Obwohl der Wasserhahn minutenlang aufgedreht blieb, war das Wasser trotzdem lauwarm und abgestanden.

Er schnaufte und ließ sich wieder auf seinen Schreibtischstuhl sinken. Zeichnete zerstreut einen kleinen fünfzackigen Stern aufs Löschpapier. Und noch einen. Und danach einen weiteren.

Nachdem er fünfundsiebzig fünfzackige Sterne aufs Löschpapier gemalt hatte, klingelte das Telefon.

«Ja, Kollberg.»

«Hej, hier Åsa.»

«Habt ihr was herausgefunden?»

«Ja, ich denke schon.»

«Was?»

«Wir haben diese Person Hansson geortet.» Åsa Torell machte eine Pause. Dann sagte sie: «Jedenfalls bin ich ziemlich sicher, daß es sich um die gesuchte Person handelt.»

«Und?»

«Sie ist bei uns registriert.»

«Als Nutte?»

«Ja, in der etwas feineren Abteilung der Branche. Sie ist das, was wir ein Callgirl nennen.»

«Und wo wohnt sie?»

«Banérgaten. Die andere Adresse ist falsch. In Västeråsgatan hat sie unseres Wissens nie gewohnt. Die Telefonnummer dagegen war nicht völlig aus der Luft gegriffen. Sie scheint diese Kontaktnummer früher einmal benutzt zu haben.»

«Und der Name? Heißt sie wirklich Helena Hansson?»

«Davon sind wir ziemlich überzeugt. Sie war ja am Mittwoch gezwungen, sich auszuweisen, so daß sie in dieser Hinsicht kaum falsche Angaben gemacht haben kann.»

«Befindet sie sich im Strafregister?»

«O ja, sie ist schon als Teenager Prostituierte gewesen. Unsere Abteilung hat allerhand mit ihr zu tun gehabt, allerdings in den letzten Jahren nicht mehr so viel.» Åsa verstummte für einige Zeit. Kollberg konnte sich lebhaft vorstellen, wie sie im Augenblick aussah. Vermutlich hockte sie an einem Schreibtisch, genau wie er selbst, und kaute nachdenklich am Daumennagel.

«Sie scheint angefangen zu haben wie die meisten, mehr oder weniger gratis. Dann ging sie auf die Straße. Sie ist aber offensichtlich smart genug gewesen, sich in eine gewinnträchtigere Klasse hochzuarbeiten. Einem Callgirl-Ring anzugehören, bedeutet für diese Art Mädchen eine ganze Menge. Das ist schon fast ein respektabler Job.»

«Ja, das kann ich mir vorstellen.»

«Die Callgirls gehören zur Crème unter den Prostituierten. Sie nehmen nicht jeden beliebigen Freier, sondern stellen sich nur dann zur Verfügung, wenn ein wirklich zahlungskräftiger Kunde auftaucht. Die Tatsache, daß sie sich Reisesekretärin oder wie in Malmö sogar Chefsekretärin nennt, zeigt, daß sie einen gewissen Stil hat und fähig ist, sich auch einer gehobeneren Umgebung anzupassen. Es ist ein großer Unterschied, ob man in Regeringsgatan auf den Strich geht oder zu Hause in einer Wohnung in Östermalm sitzt und auf Anrufe wartet. Sie hat vermutlich einen mehr oder weniger festen Kundenstamm und nimmt wohl höchstens einen oder zwei Aufträge, wenn man das so nennen kann, pro Woche an.»

«Hat deine Abteilung ein besonderes Interesse an ihr? Jetzt im Augenblick?»

«Das will ich meinen. Wenn sie in irgendein anderes Verbrechen verwickelt ist und Angst hat, ins Kittchen zu kommen, haben wir vielleicht die Chance, einen ganzen Callgirl-Ring aufzurollen.»

«Wir können ja versuchen, ihr etwas Angst einzujagen. Schick doch mal jemanden hin, der sie abholt», sagte Kollberg und dachte nach. Er fuhr fort: «Andererseits möchte ich sie mir gern einmal persönlich ansehen, und zwar in ihrer gewohnten Umgebung. Diese Geschichte ist nicht ganz koscher, ich weiß aber selbst noch nicht genau, warum.»

«Wie meinst du das?»

«Ich habe das Gefühl, daß sie stärker in diese Palmgren- und Broberg-Affäre verwickelt ist, als wir ahnen. Kennst du sie?»

«Nur von einigen Fotos, die wir hier haben», sagte Åsa Torell. «Nach diesen Bildern zu urteilen, sieht sie sehr adrett und geschäftsmäßig aus. Das ist aber natürlich auch eine Voraussetzung für den Erfolg in diesem besonderen Beruf.»

«Na klar, nach außen hin müssen sie immer den Schein wahren können. Sie dürfen nicht aus dem Rahmen fallen, wenn man sie zu Repräsentationszwecken mitnimmt.»

«Genau. Soviel ich weiß, können einige dieser Mädchen sogar stenografieren. Zumindest können sie auf eine Weise blenden, durch die viele sich bluffen lassen.»

«Hast du ihre Telefonnummer?»

«Nein.»

«Schade.»

«Vielleicht, vielleicht auch nicht», sagte Åsa Torell. «Die Mädchen in dieser Branche wechseln recht oft die Nummern, außerdem haben sie meist Geheimnummern, die zudem noch unter falschen Namen registriert sind. Und ...»

«Und ...»

«Und das zeigt, daß sie echte Profis sind, die sich nicht mit Kleinigkeiten abgeben.» Åsa Torell überlegte kurz und stellte dann ihrerseits eine Frage: «Warum hast du es so verdammt eilig, sie in die Finger zu bekommen?»

«Ehrlich gesagt, ich weiß es nicht so genau.»

«Du weißt es nicht?»

«Nein, Martin wollte, daß ich sie verhöre, aber eher routinemäßig, ob sie an diesem Abend in Malmö etwas Besonderes gesehen oder nicht gesehen hat.»

«Nun, das ist kein schlechter Angriffspunkt», meinte Åsa Torell. «Dann ergibt sich vielleicht eines aus dem anderen.»

«Das hoffe ich auch», sagte Kollberg. «Larsson sagte mir, daß sie am Sonnabend in Hampus Brobergs Villa auf Lidingö war und daß Broberg irgendeine Schweinerei vorhat, scheint mir absolut sicher zu sein.»

«Daß sie auf irgendeine Weise direkt in den Mord an Palmgren verwickelt sein sollte, kann ich mir nur schwer vorstellen. Dagegen gibt es in diesem Fall eine ganze Menge Seitenlinien, und ich habe das Gefühl, daß wir denen ein bißchen nachgehen sollten, obwohl sie nicht unmittelbar meine Abteilung berühren.»

«Was hat Broberg deiner Meinung nach vor?»

«Ich nehme an, daß er einen Finanzschwindel ganz großen Umfangs begangen hat. Er scheint seine Vermögenswerte hier zu Hause im Blitztempo zu Geld zu machen. Ich habe den Verdacht, daß er sich schon heute ins Ausland absetzen will.»

«Warum schaltest du nicht das Betrugsdezernat ein?»

«Weil es eilig ist. Bevor die Burschen, die sich mit Wirtschaftsvergehen befassen, sich in diesen Fall eingearbeitet haben, ist Broberg vermutlich längst über alle Berge. Dieses Mädchen Hansson womöglich auch. Der Mord an Palmgren gibt uns aber einige Vorteile. Beide waren Augenzeugen, und das verschafft mir die Möglichkeit, gegen sie einzuschreiten.»

«Ich bin zwar noch recht grün», sagte Åsa Torell, «und am allerwenigsten eine Spezialistin für Mordfälle, aber glaubt Martin, daß irgendein Teilnehmer an diesem Souper sich es in den Kopf gesetzt haben könnte, Palmgren aus Gewinnsucht aus dem Weg zu räumen?»

«Ja, das scheint eine der Theorien zu sein.»

«Und daß der Betreffende sich in diesem Fall eines gedungenen Mörders bedient haben soll?»

«Ja. Etwa so.»

«Das kommt mir ziemlich weithergeholt vor.»

«Mir auch. Aber so etwas hat es schon gegeben.»

«Ich weiß. Mit welchen anderen Möglichkeiten rechnest du noch?»

«Unter anderem damit, daß es sich um ein politisches Attentat gehandelt haben kann. Sogar die Sicherheitspolizei ist mit im Spiel. Soviel ich weiß, ist einer ihrer Leute nach Malmö geschickt worden.»

«Das muß für Martin und die anderen ja schrecklich angenehm sein.»

«Na und ob. Die Leute ermitteln natürlich wie gewöhnlich auf eigene Faust. In einem Jahr oder so sind sie damit fertig, und dann wird der Vorgang zu den Akten gelegt.»

«Und das Martin, der von der Politik so entzückt ist», sagte Åsa Torell. Was sie meinte, war, daß Martin Beck alles verabscheute, was irgendwie mit Politik zu tun hatte, und daß er sich sofort in seine Schale verkroch, wenn von Demonstrationen, Attentaten und politischen Verwicklungen die Rede war.

«Tja», sagte Kollberg. «Es sieht jedenfalls so aus, als ob Palmgren die meisten seiner Millionen mit etwas verdiente, was das genaue Gegenteil von Entwicklungshilfe ist, nämlich mit internationalen Waffengeschäften, bei denen er ungeheure Profite machte. Darum schließen weder Martin noch ich aus, daß er aus politischen Gründen beseitigt worden ist. Als eine Art Warnung für andere, die in der gleichen Branche arbeiten.»

«Der arme Martin», sagte Åsa Torell. Es lag Wärme in ihrer Stimme.

Kollberg lächelte in sich hinein. Er hatte Åsa Torell nach Åke Stenströms Tod sehr gut kennengelernt und schätzte sie außerordentlich, sowohl als Frau wie wegen ihres klaren Intellekts. «Nun ja», sagte er.

«Ich schlage vor, daß wir so schnell wie möglich zu dieser bezaubernden Dame fahren und versuchen, etwas aus ihr herauszuquetschen. Ich kann dich mit dem Wagen abholen. Wir müssen einfach hoffen, daß sie zu Hause ist.»

«Okay», sagte Åsa Torell. «Aber ...»

«Aber was?»

«Ich möchte dich nur darauf vorbereiten, daß sie bestimmt eine hartgesottene Type ist. Wir tun bestimmt gut daran, vorsichtig vorzugehen, jedenfalls zu Anfang. Ich bin zwar eine Anfängerin in diesem Spiel, und es ist vielleicht albern, daß ich dir gute Ratschläge gebe, aber ich habe mit dieser Art Klienten schon eine Menge zu tun gehabt. Eine Person wie die Hansson beherrscht die meisten Kniffe im Umgang mit der Polizei. Langes und hartes Training, weißt du. Ich glaube nicht, daß es sich lohnt, wie ein Bulldozer vorzugehen.»

«Du hast sicher recht.»

«Wer hält übrigens ein Auge auf Broberg?»

«Wenn wir Glück haben, finden wir ihn vielleicht in den Armen dieser Dame. Sonst hat merkwürdigerweise Gunvald Larsson sich bereit erklärt, auf ihn aufzupassen.»

«Nun, dann wird es auf jeden Fall Bulldozertaktik geben», sagte Åsa Torell trocken.

«Vermutlich. Also, machen wir's doch so: Ich komme vorbei und hole dich in etwa zwanzig Minuten ab.»

«Ja, gut. Also, bis gleich.»

«Bis gleich.» Kollberg blieb einige Zeit mit dem Hörer in der Hand sitzen. Dann rief er Gunvald Larsson an.

«Ja?» sagte dieser unfreundlich. «Was, zum Teufel, ist denn jetzt schon wieder los?»

«Wir haben diese Puppe jetzt lokalisiert.»

«Aha», sagte Gunvald Larsson uninteressiert.

«Ich fahre jetzt zusammen mit Åsa Torell zu ihr ihn.»

«Aha.»

«Hör mal, du bist ja noch saurer als gewöhnlich.»

«Aus guten Gründen», sagte Gunvald Larsson. «Vor zwanzig Minuten wurde einem Türken auf Hötorget die Wampe aufgeschlitzt. Mit einem Stilett. Der Himmel weiß, ob er durchkommt. Als ich ihn sah, schien er Mühe zu haben, die Eingeweide im Körper zu behalten.»

«Habt ihr den Burschen gefaßt, der's getan hat?»

«Nein, aber wir wissen, wer es war.»

«Ein anderer Türke?»

«Keineswegs, ein prima reinrassiger Stockholmer. Siebzehn Jahre alt und high wie 'ne Schiffssirene. Wir jagen ihn jetzt.»

«Warum hat er's getan?»

«Warum? Das ist vielleicht eine dämliche Frage. Vielleicht hat er sich vorgenommen, das Gastarbeiterproblem auf seine Weise zu lösen. Es wird mit jedem Tag schlimmer und schlimmer.»

«Ja, ja, wie wahr», sagte Kollberg. «Hör mal, ich glaube nicht, daß ich rechtzeitig zu Brobergs Büro hinkomme.»

«Nur keine Angst», sagte Gunvald Larsson. «Das geht schon in Ordnung. Ich fange nämlich an, mich für diesen Burschen zu interessieren.»

Sie legten zur selben Zeit auf, ohne noch etwas gesagt zu haben. Kollberg wunderte sich noch immer über die plötzliche Hilfsbereitschaft Gunvald Larssons. Er rief auch die Bankierfirma in Kungsgatan an.

«Nein, Direktor Broberg hat noch nichts von sich hören lassen», sagte Sara Moberg.

«Und die Reisetasche steht noch immer in seinem Zimmer?»

«Ja, aber das habe ich Ihnen doch schon gesagt, als Sie das letzte Mal anriefen.»

«Entschuldigung, ich wollte mich nur noch einmal vergewissern.»

Er wählte die Nummer des Immobilienbüros, das er am Morgen besucht hatte. Auch dort hatte Hampus Broberg sich nicht blicken lassen. Er hatte auch nicht angerufen. Kollberg ging hinaus, um sich die Hände zu waschen, legte anschließend einen Zettel auf seinen Schreibtisch und ging hinunter zu seinem Wagen.

Åsa Torell stand schon auf der Treppe des Polizeihauses in Kungsholmsgatan und wartete auf ihn. Kollberg hielt an der Bordsteinkante und sah sie bewundernd an, während sie die Treppenstufen herabging und den Bürgersteig überquerte.

In seinen Augen war sie eine ungewöhnlich anziehende Frau mit ihren kurzgeschnittenen dunklen Haaren und den großen braunen Augen. Sie war zwar klein, hatte aber einen vielversprechenden Körperbau mit genau der richtigen Breite zwischen den Hüftknochen. Zierlich und gleichzeitig stabil, hatte ihre Erscheinung etwa überaus Sinnliches, aber soviel er wußte, hatte sie ihre sexuelle Aktivität seit dem Tod ihres Mannes eingefroren.

Er fragte sich, wie lange das so weitergehen konnte.

Wenn er nicht schon Verstand genug gehabt hätte, sich eine erstklassige Frau zuzulegen . . .

Dachte Lennart Kollberg. Dann streckte er den Arm aus und öffnete die rechte Vordertür. «Steig ein, Mädchen», sagte er.

Sie setzte sich neben ihn, legte ihre Umhängetasche auf die Knie und mahnte: «So, jetzt aber immer schön mit der Ruhe, ja?»

Kollberg nickte und startete den Wagen. Fünf Minuten später hielten sie vor dem Eingang eines älteren Mietshauses in Banérgatan. Sie stiegen aus.

«Du solltest nicht auf der Straßenseite aussteigen, das ist gefährlich», bemerkte Åsa Torell.

Kollberg nickte noch einmal. «Du hast ja so recht», sagte er. Er sehnte sich inständig nach einem frischen Hemd.

15

Die Wohnung lag im dritten Stock, und auf dem Türschild stand tatsächlich der Name Helena Hansson.

Kollberg hob die rechte Faust, um in gewohnter Manier an die Tür zu hämmern, aber Åsa Torell legte abwehrend die Hand auf seinen Arm und drückte statt dessen auf die Klingel. Nichts geschah, worauf sie nach einer halben Minute noch einmal klingelte. Diesmal wurde die Tür geöffnet, und eine blonde junge Frau sah sie mit blauen Augen fragend an. Sie trug lila Hausschuhe und einen weißen Morgenmantel, und sie schien gerade geduscht oder sich die Haare gewaschen zu haben, denn um den Kopf hatte sie ein Frotteetuch gewickelt.

«Polizei», sagte Kollberg und angelte seine Legitimation heraus.

Åsa Torell wies sich ebenfalls aus, sagte aber nichts.

«Sie sind Helena Hansson, nicht wahr?»

«Ja, sicher.»

«Es geht um diese Geschichte in Malmö vor einer Woche. Wir würden uns gern mit Ihnen unterhalten.»

«Das bißchen, was ich weiß, habe ich aber schon der Polizei dort unten gesagt. Noch am selben Abend.»

«Das Gespräch war aber nicht sehr erschöpfend», sagte Kollberg. «Sie waren natürlich erschüttert, und Zeugenaussagen, die in solchen Schocksituationen gemacht werden, sind dann leicht ein bißchen summarisch. Darum unterhalten wir uns mit Augenzeugen gern noch ein zweites Mal, wenn sie Zeit gehabt haben, ein paar Tage nachzudenken. Dürfen wir einen Augenblick reinkommen?»

Die Frau zögerte. Es sah sogar aus, als wollte sie nein sagen. «Es wird bestimmt nicht lange dauern», sagte Kollberg. «Es ist eine reine Routinesache.»

«Wenn Sie meinen», sagte Helena Hansson. «Ich habe es zwar etwas eilig, aber . . .» Sie verstummte, und die beiden ließen ihr Zeit, sich eine geeignete Fortsetzung auszudenken.

«Können Sie so nett sein, einen Augenblick draußen zu warten, während ich mir schnell etwas anziehe?»

Kollberg nickte.

«Ich habe gerade die Haare gewaschen», fügte sie hinzu. «Es dauert nur eine Minute.» Ohne sich auf weitere Debatten einzulassen, machte sie ihnen die Tür vor der Nase zu. Kollberg legte warnend einen Finger auf die Lippen. Åsa Torell kniete sich sofort hin und schob geräuschlos und vorsichtig den Deckel des Briefschlitzes hoch. Aus der Wohnung waren einige Laute zu hören. Zuerst das Klicken einer Telefonwählscheibe.

Helena Hansson versuchte, jemanden anzurufen. Sie kam offenbar durch, fragte nach irgend jemandem, wurde weiterverbunden und dankte mit leiser Stimme. Dann sagte sie nichts mehr, aber Åsa Torell hatte ein ungewöhnlich feines Gehör und glaubte zu hören, daß es sehr oft klingelte. Schließlich sagte die Frau in der Wohnung: «Also nicht. Vielen Dank.» Der Hörer wurde aufgelegt.

«Sie hat versucht, jemanden anzurufen, hat ihn aber nicht erreicht», flüsterte Åsa Torell. «Über eine Telefonzentrale, glaube ich.»

Kollberg formte mit den Lippen einen Namen: «Broberg.»

«Seinen Namen hat sie nicht genannt, das hätte ich gehört.»

Kollberg machte eine warnende Grimasse und zeigte stumm auf den Briefschlitz. Åsa Torell legte ihr rechtes Ohr an die Öffnung. Es war ihr bestes. Es waren verschiedene Geräusche zu hören, und sie zog ihre dichten schwarzen Augenbrauen hoch. Nach zwei Minuten richtete sie sich wieder auf und flüsterte: «Sie hat etwas gemacht, was offensichtlich sehr schnell gehen mußte. Ich nehme an, daß sie eine Reisetasche gepackt hat, denn ich glaube, ich hörte das Schloß einschnappen. Dann trug oder schleifte sie etwas über den Fußboden und machte eine Tür auf oder zu. Jetzt zieht sie sich an.»

Kollberg nickte nachdenklich. Kurz darauf machte Helena Hansson die Tür wieder auf. Sie trug ein Kleid, und ihre Frisur sah verdächtig gepflegt aus. Sowohl Kollberg wie Åsa Torell sahen sofort, daß sie eine Perücke auf das nasse Haar gesetzt hatte.

Sie standen mit unschuldigen Mienen weit weg von der Wohnungstür am Treppenabsatz. Åsa Torell hatte sich eine Zigarette angezündet und rauchte gleichgültig und scheinbar geistesabwesend.

«Bitte, treten Sie ein», sagte Helena Hansson. Ihre Stimme war angenehm und überraschend kultiviert.

Sie traten ein und sahen sich um. Die Wohnung bestand aus Flur, einem Zimmer und der Küche. Sie war relativ geräumig und gut, aber unpersönlich möbliert. Die meisten Einrichtungsgegenstände schienen neu zu sein, und zahlreiche Einzelheiten deuteten darauf hin, daß der Bewohner dieser Wohnung nicht knapp bei Kasse war. Alles war peinlich sauber und ordentlich.

Das Bett war groß und breit, und als Kollberg den dicken Überwurf ansah, entdeckte er einen rechteckigen Abdruck, als hätte eben noch ein Koffer oder eine Reisetasche dort gelegen.

Das Wohnzimmer hatte auch eine Sitzgruppe mit bequemen Sesseln. Helena Hansson zeigte nachlässig darauf und sagte: «Bitte, nehmen Sie Platz.»

Sie setzten sich. Die Frau blieb einen Augenblick stehen. «Möchten Sie vielleicht etwas trinken?»

«Nein, danke», sagte Kollberg.

Åsa Torell schüttelte verneinend den Kopf. Helena Hansson setzte sich, nahm eine Zigarette aus einem Zinnbecher, der auf dem Couchtisch stand, und zündete sie an. Dann sagte sie ruhig: «Womit kann ich Ihnen helfen?»

«Sie wissen ja schon, worum es geht», sagte Kollberg.

«Ja, diese schreckliche Geschichte in Malmö. Aber viel mehr als das kann ich eigentlich nicht sagen. Daß es schrecklich war.»

«Wo saßen Sie am Tisch?»

«An der äußersten Kante der Längsseite. Mein Tischherr war ein Däne, ein Geschäftsmann. Jensen hieß er, glaube ich.»

«Direktor Hoff-Jensen», sagte Kollberg.

«Ach ja, jetzt entsinne ich mich.»

«Und Direktor Palmgren?»

«Saß auf der anderen Längsseite. Mir schräg gegenüber. Direkt gegenüber saß die Frau dieses Dänen.»

«Sie wandten also dem Mann, der Direktor Palmgren erschoß, das Gesicht zu?»

«Ja, das ist richtig. Es ging aber alles sehr schnell. Ich hatte kaum Zeit zu begreifen, was da passierte. Im übrigen glaube ich, daß niemand begriff, was da geschah, bevor alles vorbei war.»

«Aber Sie haben den Mörder gesehen?»

«Ja. Aber ohne ihn für einen Mörder zu halten.»

«Wie sah er aus?»

«Auch das habe ich schon erzählt. Möchten Sie, daß ich es wiederhole?»

«Ja, bitte.»

«Ich habe nur eine ganz allgemeine Erinnerung an sein Aussehen. Wie ich schon sagte, ging alles sehr schnell, und außerdem habe ich mich nicht sehr auf die Menschen in meiner Umgebung konzentriert. Ich war in Gedanken versunken.» Sie sprach ruhig und schien völlig aufrichtig zu sein.

«Warum haben Sie sich nicht auf Ihre Umgebung konzentriert, wie Sie es eben ausdrückten?»

«Direktor Palmgren hielt gerade eine kleine Rede. Was er sagte, ging mich nichts an, und folglich hörte ich gar nicht richtig hin. Ich verstand nicht einmal ganz, wovon er sprach, und rauchte unterdessen und dachte an ganz andere Dinge.»

«Lassen Sie uns zu dem Mann zurückkehren, der auf Palmgren schoß. Haben Sie ihn schon einmal gesehen?»

«Nein, noch nie. Er war mir völlig fremd.»

«Würden Sie ihn wiedererkennen, wenn Sie ihn wieder zu sehen bekämen?»

«Vielleicht. Aber ich bin mir dessen durchaus nicht sicher.»

«Wie alt mochte er Ihrer Meinung nach sein?»

«So zwischen fünfunddreißig und vierzig. Ein schmales Gesicht mit gelichtetem dunklem Haar.»

«Größe?»

«Mittelgroß, würde ich sagen.»

«Und die Kleidung?»

«Recht gepflegt. Ich glaube, er hatte ein braunes Jackett an. Er trug auf jeden Fall eine Krawatte und ein helles Hemd.»

«Können Sie noch mehr über ihn sagen?»

«Nicht viel. Er sah recht alltäglich aus.»

«Welcher Gesellschaftsschicht würden Sie ihn zurechnen?»

«Gesellschaftsschicht?»

«Ja. Sah er etwa wie ein Mann aus, der viel Geld hat oder eine hohe Stellung bekleidet?»

«Nein, den Eindruck hatte ich nicht. Eher wie ein Buchhalter oder ein gewöhnlicher Arbeiter. Er machte einen recht ärmlichen Eindruck.» Sie zuckte die Achseln und fuhr fort: «Sie sollten sich aber nicht zu sehr auf das verlassen, was ich Ihnen zu sagen habe. Tatsache ist, daß ich ihn nur sehr flüchtig ansah. Jetzt im nachhinein habe ich versucht, meine Eindrücke etwas zu koordinieren, aber ich bin mir nicht sicher. Einiges von dem, was ich gesehen zu haben glaube, kann nicht direkt reine Einbildung sein, aber ...» Sie verstummte und suchte nach Worten.

«Rekonstruktion», schlug Kollberg vor.

«Ja, genau das. Eine Rekonstruktion. Man sieht etwas oder jemanden ganz flüchtig, und später, wenn man sich an Einzelheiten zu erinnern versucht, irrt man sich oft.»

«Haben Sie die Tatwaffe gesehen?»

«Aus dem Augenwinkel, sozusagen. Es war eine Art Pistole, ziemlich lang.»

«Verstehen Sie etwas von Waffen?»

Sie schüttelte den Kopf. «Nein, gar nichts.»

Kollberg versuchte es mit einer neuen Linie. «Kannten Sie Direktor Palmgren schon länger?»

«Nein.»

«Und die anderen Damen und Herren am Tisch? Waren es Bekannte von Ihnen?»

«Nur Direktor Broberg. Die anderen hatte ich vorher noch nie gesehen.»

«Aber Broberg kannten Sie schon länger?»

«Ja. Er hatte meine Dienste schon einige Male in Anspruch genommen.»

«In welcher Eigenschaft befanden Sie sich in Malmö?»

Sie sah ihn erstaunt an. «Als Sekretärin natürlich. Direktor Broberg hat in Stockholm zwar eine festangestellte Sekretärin, aber die begleitet ihn nicht auf seinen Reisen.» Sie sprach frei und sicher. Alles schien sorgfältig einstudiert zu sein.

«Haben Sie während dieser Reise stenografiert oder ein Protokoll angefertigt?»

«Aber natürlich. An diesem Tag hatte vorher eine Konferenz stattgefunden. Da habe ich alles protokolliert, was dort abgehandelt wurde.»

«Was abgehandelt wurde?»

«Geschäftliche Dinge der verschiedensten Art. Ehrlich gesagt, habe ich nicht sehr viel von alldem verstanden; ich habe es nur protokolliert.»

«Haben Sie noch die Stenogramme?»

«Nein. Als ich wieder zu Hause war, habe ich alles geschrieben und die Protokolle Direktor Broberg übergeben. Die Stenogramme habe ich weggeworfen.»

«Ach so», sagte Kollberg. «Wieviel haben Sie für diese Arbeit bekommen?»

«Ein Honorar von 200 Kronen, plus Reisekosten und Hotel, natürlich.»

«Aha. Würden Sie das als einen schweren Job bezeichnen?»

Sie zuckte wieder die Achseln. «Nein, er war nicht besonders anstrengend.»

Kollberg wechselte einen Blick mit Åsa Torell, die bislang noch kein Wort gesagt hatte. «Nun, was mich betrifft, so bin ich mit meinen Fragen fertig», sagte Kollberg.

Helena Hansson neigte den Kopf.

«Nur noch eines. Als die Polizei in Malmö sich mit Ihnen unterhielt, haben Sie eine Adresse in Västeråsgatan hier in Stockholm angegeben.»

«Habe ich das getan?»

«Diese Anschrift war doch falsch, nicht wahr?»

«Daran habe ich noch gar nicht gedacht. Ich erinnere mich nicht einmal daran. Ich war damals ziemlich durcheinander. Früher habe ich tatsächlich einmal in Västeråsgatan gewohnt. Ich habe in der allgemeinen Aufregung wohl einfach etwas Falsches gesagt.»

«Hm», sagte Kollberg. «Nun ja, das kann jedem einmal passieren.» Er stand auf. «Vielen Dank für Ihre Hilfe. Ich bin jetzt fertig. Auf Wiedersehen.» Er ging zur Tür und verließ die Wohnung.

Helena Hansson blickte fragend auf Åsa Torell, die stumm und reglos in ihrem Sessel sitzen geblieben war. «Gibt es noch etwas?» fragte Helena Hansson zögernd.

Åsa Torell sah sie lange an. Sie saßen sich gegenüber. Beide waren Frauen und etwa gleichaltrig, aber damit hörte schon jede Ähnlichkeit auf.

Åsa Torell ließ das Schweigen noch lastender werden, dann zerdrückte sie ihre Zigarette im Aschenbecher und sagte langsam: «Wenn du Sekretärin bist, bin ich die Königin von Saba.»

«Wie können Sie wagen, so etwas zu sagen», sagte Helena Hansson empört.

«Mein Kollege, der eben gegangen ist, arbeitet bei Riksmordkommissionen.»

Helena Hansson sah sie verwirrt an.

«Ich aber nicht», sagte Åsa Torell. «Ich arbeite hier in Stockholm beim Sittlichkeitsdezernat.»

«Oh», sagte die andere. Ihre Schultern sanken schlaff herab.

«Ich nehme an, du weißt, was das bedeutet.»

Die Frau nickte resigniert.

«Wir haben ein ganzes Dossier über dich», fuhr Åsa Torell mit erbarmungsloser Eintönigkeit fort. «Es reicht zehn Jahre zurück. Du bist schon fünfzehnmal hoppgenommen worden. Das ist eine ganze Menge.»

«Dafür kannst du mich aber jetzt nicht drankriegen, du verdammte Schlampe», sagte Helena Hansson trotzig.

«Sehr unachtsam von dir, keine Schreibmaschine im Haus zu haben. Oder gar einen Stenogrammblock. Sofern er nicht in der Reisetasche da drüben liegt.»

«Wage es ja nicht, ohne meine Einwilligung in meinen Sachen herumzuwühlen, du Aas. Ich kenne meine Rechte.»

«Ich habe nicht die Absicht, hier irgend etwas ohne Erlaubnis anzurühren», sagte Åsa Torell.

«Was, zum Teufel, willst du dann hier? Wegen dieser Geschichte kann man mich nie belangen.»

Åsa Torell sagte nichts.

«Außerdem habe ich wohl, verflucht noch mal, das Recht zu verreisen, mit wem ich will.»

«Und zu schlafen, mit wem du willst? Ja, das ist völlig richtig. Du hast aber kein Recht, Geld dafür zu nehmen. Wie hoch war übrigens das sogenannte Honorar?»

«Glaubst du wirklich, ich bin so scheißdämlich, eine solche Frage zu beantworten?»

«Das ist gar nicht nötig. Ich kenne die Tarife. Du hast 1000 Kronen gekriegt, dazu die Reise und das Hotel.»

«Du weißt ja allerhand», sagte Helena Hansson aufmüpfig.

«Wir wissen das meiste über diese Branche.»

«Bilde dir nur nicht ein, du könntest mich reinreißen, du verdammte, beschissene . . .»

«Doch, das kann ich schon. Nur keine Angst. Das wird sich schon machen lassen.»

Plötzlich sprang Helena Hansson auf und warf sich mit ausgestreckten Krallen über den Tisch.

Åsa Torell kam mit der Geschmeidigkeit einer Katze auf die Beine und parierte den Angriff mit einem einfachen Schlag, der die andere rücklings in den Sessel zurückwarf. Eine Vase mit Nelken fiel zu Boden, aber keine von beiden dachte daran, sie aufzuheben. «Nur nicht kratzen», sagte Åsa Torell. «Immer schön mit der Ruhe.»

Die Frau starrte sie an. Es sah tatsächlich so aus, als hätte sie Tränen in den wasserblauen Augen. Die Perücke war verrutscht. «Daß du auch noch prügeln mußt, du verdammte Xanthippe», jammerte sie. Sie blieb eine Weile mit hoffnungsloser Miene sitzen. Dann machte sie sich Mut für eine neue Gegenoffensive und sagte hysterisch: «Hau endlich ab, du Miststück. Laß mich in Ruhe. Komm zurück, wenn du mir irgendwas nachweisen kannst.»

Åsa Torell wühlte in ihrer Umhängetasche und holte Bleistift und Notizblock heraus. «Ich bin eigentlich an etwas ganz anderem interessiert», sagte sie. «Du hast noch nie als Freelancer gearbeitet und tust es heute sicher auch nicht. Na, wer ist denn derjenige, der die Fäden in der Hand hält?»

«Bist du wirklich so blöd zu glauben, ich würde dir das erzählen?»

Åsa Torell ging zum Telefon, das auf dem Frisiertisch stand. Es war ein hellgrauer Apparat vom Typ Dialog. Sie bückte sich und notierte die Nummer, die schon vom Fernmeldeamt als kleinerer Kundendienst auf einem kleinen weißen Zettel vermerkt wird. Dann hob sie ab und wählte diese Nummer. Es ertönte das Besetztzeichen.

«Nicht sehr schlau, den Zettel mit der richtigen Nummer dran zu lassen», sagte sie. «Dieses Telefon wird Sie überführen, wer auch immer als Teilnehmer angemeldet ist.»

Die Frau sank noch tiefer in den Sessel und warf ihr einen zugleich gehässigen und resignierten Blick zu. Nach einer Weile sah sie auf die Uhr und jammerte: «Kannst du dich nicht endlich verziehen? Du hast doch schon bewiesen, wie tüchtig Polypen sein können.»

«Noch nicht», sagte Åsa Torell ruhig. «Warte noch ein bißchen.»

Helena Hansson schien von der Entwicklung der Ereignisse völlig verwirrt zu sein. Dies war etwas, womit sie ganz offensichtlich nicht gerechnet hatte. Dies fiel völlig aus dem Rahmen und paßte so ganz und gar nicht zu der einstudierten Rolle, an die sie sich früher immer gehalten hatte. Außerdem genügte das Wissen darum, daß dieser weibliche Polizist Einblick in ihre Vergangenheit hatte, vollauf, um sie einsehen zu lassen, daß weiteres Theaterspielen sinnlos war.

Dennoch wirkte sie merkwürdig nervös und schaute immer wieder auf die Uhr. Ihr war klar, daß die andere auf irgend etwas wartete, aber sie konnte sich nicht denken, auf was. «Willst du noch lange hier herumsitzen und glotzen», fauchte sie irritiert.

«Keineswegs. Es wird sehr schnell gehen», sagte Åsa Torell und sah die Frau im Sessel an. Sie hatte keine Gefühle für die Hansson, nicht einmal Widerwillen, und vor allem kein Mitleid.

Das Telefon klingelte.

Helena Hansson machte keine Anstalten, aufzustehen und zum Telefon zu gehen, und Åsa Torell bewegte sich nicht vom Fleck.

Sechsmal hallte das Klingeln durch den Raum.

Dann war der frühere Zustand wiederhergestellt. Åsa Torell stand neben dem Frisiertisch mit lose herabhängenden Armen und leicht gespreizten Beinen. Helena Hansson saß im Sessel zusammengekauert und starrte mit flackernden Blicken ins Leere. Einmal murmelte sie: «Du, hör mal, du kannst mir doch 'ne Chance geben, ja?» Und kurz darauf: «Wie kann eine Frau Polyp werden . . .»

Åsa Torell hätte mit einer Gegenfrage kommen können, verkniff es sich aber. Zehn Minuten später wurde die festgefahrene Situation dadurch beendet, daß jemand schwer an die Wohnungstür hämmerte.

Åsa Torell öffnete, und Kollberg betrat mit einem Zettel in der Hand das Zimmer. Er war rot und verschwitzt, und es war ihm anzumerken, daß er sich beeilt hatte. Er blieb mitten im Zimmer stehen, sog die sinistre Atmosphäre in sich hinein, warf einen Blick auf die umgekippte Blumenvase und sagte: «Haben die Damen sich geschlagen?»

Helena Hansson sah zu ihm hoch, ohne Hoffnung und ohne Erstaunen. Ihre professionelle Politur war wie weggeblasen. «Was, zum Teufel, wollt ihr denn jetzt?» sagte sie.

Kollberg hielt ihr den Zettel unter die Nase. «Dies ist eine richterliche Verfügung, die mich dazu berechtigt, in dieser Wohnung eine Haussuchung vorzunehmen. Komplett mit Stempel und Unterschrift. Ich habe die Genehmigung selbst beantragt, und der zuständige Staatsanwalt hat sie befürwortet.»

«Leckt mich doch am Arsch», fauchte Helena Hansson.

«Aber nicht doch», sagte Kollberg liebenswürdig. «Wir wollen uns nur ein bißchen umsehen.»

Åsa Torell nickte zur Garderobentür. «Dort, glaube ich», sagte sie. Sie selbst nahm die Handtasche Helena Hanssons vom Frisiertisch und öffnete sie. Die Frau im Sessel reagierte überhaupt nicht.

Kollberg machte die Garderobentür auf und holte eine Reisetasche heraus. «Gar nicht mal groß, aber erstaunlich schwer», murmelte er. Er stellte sie aufs Bett und löste die Riemen. «Hast du was Interessantes gefunden?» sagte er zu Åsa Torell.

«Ein Rückflugticket nach Zürich für die 21-Uhr-45-Maschine von

Arlanda. Rückflug morgen früh 7 Uhr 40. Dazu die Bestätigung für ein gebuchtes Hotelzimmer für eine Nacht.»

Kollberg schob die erste Schicht aus Kleidern und anderem Kram beiseite und begann, in den Papieren zu wühlen, die auf dem Boden der Reisetasche lagen. «Aktien», sagte er. «Und zwar eine beachtliche Menge davon.»

«Es sind nicht meine», sagte Helena Hansson tonlos.

«Das glaube ich gern», sagte Kollberg. Er ging ein Stück weiter und öffnete die schwarze Dokumentenmappe. Sie enthielt genau das, was seine Frau vermutet hatte. Nachthemd, ein paar Höschen, Kosmetika, Zahnbürste und Pillendose. Es war wirklich zum Lachen.

Er sah auf die Uhr. Es war schon halb sechs, und er hoffte, daß Gunvald Larsson seine Zusage eingehalten hatte und schon auf seinem Posten war. «Dies genügt vorläufig», sagte er. «Sie müssen jetzt mitkommen.»

«Warum?» fragte Helena Hansson.

«Ich kann Sie auf Grund dessen, was ich hier gesehen habe, der Vorbereitung eines schweren Devisenvergehens verdächtigen», sagte Kollberg. «Sie müssen damit rechnen, verhaftet zu werden, aber das ist nicht meine Sache.» Kollberg sah sich um, zuckte mit den Achseln und sagte: «Åsa, sei so nett und sieh zu, daß sie alles mitbekommt, was sie in dieser Lage braucht.»

Åsa Torell nickte.

«Scheißbullen», sagte Helena Hansson.

16

Alles mußte an diesem Montag passieren.

Gunvald Larsson stand am Fenster seines Dienstzimmers und sah auf seine Stadt hinaus. So wie jetzt, bei oberflächlicher Betrachtung, sah sie gar nicht übel aus, aber er war sich des Infernos von Verbrechen, das um ihn herum tobte, nur zu bewußt. Er kam zwar nur mit den Gewaltverbrechen in Berührung, aber schon das war mehr als genug. Außerdem war die Aufklärung von Gewaltverbrechen weit unangenehmer als die Bekämpfung anderer Formen der Kriminalität. Sechs neue Raubüberfälle, einer brutaler als der andere und bislang keine Spuren; vier Mißhandlungen von Ehefrauen, alle recht schwer; und dann ein Fall, in dem es umgekehrt zugegangen war: eine Ehefrau hatte ihrem Mann ein Bügeleisen über den Kopf geschlagen. Er war selbst gezwungen gewesen, hinzufahren, zu einer Wohnung in Bastugatan in Söder. Die schäbige Wohnung hatte wie ein Schlachthaus ausgesehen. Alles war blutverschmiert gewesen, und er hatte sogar Blut auf seine neue Hose bekommen.

In Gamla Stan hatte eine ledige Mutter ihr einjähriges Kind aus dem Fenster ihrer Wohnung im zweiten Stock auf die Straße geworfen. Das Kind war ernstlich verletzt, obwohl die Ärzte sagten, es werde durchkommen. Die Mutter war siebzehn Jahre alt und hysterisch. Ihre einzige Begründung für die Tat war, das Gör habe geschrien und nicht gehorchen wollen.

Mindestens zwanzig mehr oder weniger blutige Schlägereien allein in der Innenstadt. Wie die Berichte aus den modernen Slums in den Vororten aussehen mochten, wollte Ganvald Larsson sich gar nicht erst vorstellen.

Das Telefon klingelte. Er ließ es eine Weile läuten, bevor er den Hörer abnahm. «Larsson.» Ein verbissenes Grunzen. Der Türke mit dem aufgeschlitzten Bauch war im Südkrankenhaus seinen Verletzungen erlegen. «Aha», sagte er indifferent. Er fragte sich, ob der Mann wirklich hätte sterben müssen. Die Krankenhäuser waren überlastet. Ganze Abteilungen wurden in den Sommermonaten wegen Personalmangels und der Urlaubszeit stillgelegt. Überdies herrschte großer Mangel an Blutspendern.

Den Messerstecher hatte man bereits gefaßt. Eine Streifenwagenbesatzung hatte ihn in einer Rauschgifthöhle in einem abbruchreifen Haus in Birkastaden entdeckt und festgenommen. Er war bei der Festnahme völlig groggy gewesen und nicht in der Lage, Fragen zu beantworten. Das blutige Stilett hatte er noch bei sich gehabt. Gunvald Larsson hatte sich den jungen Mann eine halbe Minute angesehen und dann den Polizeiarzt holen lassen.

Von den Raubüberfällen abgesehen, die sorgfältig geplant gewesen zu sein schienen, waren alle anderen Verbrechen spontan begangene Delikte, die man beinahe Unfällen gleichsetzen konnte. Täter waren unglückliche, vom Streß aus dem Gleichgewicht gebrachte Menschen, die gegen ihren Willen in desperate Situationen getrieben worden waren. In fast allen Fällen spielte Rauschgift oder Alkohol eine entscheidende Rolle. Das lag vielleicht an der Hitze, vor allem aber am System, am unerbittlichen Mechanismus der Großstadt, der die Schwachen und Unangepaßten zerrieb und sie zu sinnlosen Handlungen trieb.

Und dann die Einsamen. Gunvald Larsson fragte sich, wie viele Selbstmorde in den letzten vierundzwanzig Stunden begangen worden waren. Er war fast erleichtert, daß es noch ein bißchen dauern würde, ehe ihm diese Zahlen zur Kenntnis gelangten. Die Unterlagen befanden sich noch in den einzelnen Revierwachen, in denen die Vorgänge bearbeitet und die Berichte zusammengestellt wurden.

Es war jetzt zwanzig Minuten vor fünf, und er sollte eigentlich abgelöst werden. Er hätte nach Hause fahren, es sich in seiner Junggesellenwohnung in Bollmora gemütlich machen, duschen und eine kalte Pommac trinken können – Gunvald Larsson war fast absoluter Antialkoholiker. Bei ausgestöpseltem Telefon hätte er den Abend in aller Ruhe mit einem eskapistischen Buch verbringen können.

Aber jetzt hatte er eine Sache übernommen, die ihn im Grunde nichts anging. Diese Geschichte mit Broberg, ein Vorhaben, das er bald bereute, bald mit einem gewissen animalischen Entzücken herbeisehnte. Wenn Broberg ein Verbrecher war – und dessen war er sicher –, so gehörte er genau zu dem Typus von Kriminellen, den hinter Schloß und Riegel zu bringen, Gunvald Larsson ein reines Vergnügen bereitete. Ein Ausbeuter. Ein Profithai. Leider kam man zu selten an diese Burschen heran, obwohl jedermann wußte, daß es sie gab und daß sie herrlich und in Freuden lebten, formell innerhalb der durch eine steifbeinige Gesetzgebung gezogenen Grenzen.

Gunvald Larsson hatte sich entschlossen, diese Sache nicht allein durchzuführen. Einmal, weil er schon allzuoft im Lauf seiner Dienstzeit auf eigene Faust operiert und dafür allzuoft einen Rüffel eingesteckt hatte. In Wahrheit so oft, daß sich seine Beförderungsaussichten in der gegenwärtigen Situation als minimal ausnahmen. Zum anderen, weil er kein Risiko eingehen und dafür sorgen wollte, daß alles hübsch gesetzmäßig ablief.

Endlich einmal würde er streng nach den Vorschriften handeln, und genau darum hätte er natürlich darauf gefaßt sein sollen, daß die Dinge sich nicht so entwickeln würden, wie er es sich vorstellte. Wo sollte er aber seinen eventuellen Helfer hernehmen?

In seiner eigenen Abteilung war kein Mensch frei, und Kollberg hatte gesagt, daß es draußen in Västberga nicht anders aussah. In seiner Not rief Gunvald Larsson in der vierten Revierwache an, und es gelang ihm, nach vielem Hin und Her eine positive Antwort zu bekommen.

«Wenn es wirklich so unerhört wichtig ist, kann ich vielleicht einen Mann abstellen», sagte der Kommissar.

«Großartig.»

«Glaubst du etwa, daß es leicht ist, auch euch noch mit Personal zu versorgen? Wo es doch eigentlich umgekehrt sein sollte?»

«Nein, nein», sagte Gunvald Larsson. «Ich weiß.»

Ein großer Teil der uniformierten Polizeibeamten stand untätig vor irgendwelchen Botschaften und Reisebüros herum und glotzte in die Gegend. Zu gar keinem Nutzen übrigens, denn wenn es irgendwo zu Demonstrationen oder Bombenanschlägen kam, konnten sie überhaupt nichts dagegen ausrichten. Jetzt hatte die Polizeiführung den Männern auch noch verboten, mit dem Gummiknüppel zu jonglieren, und damit war das einzige kleine Vergnügen dahin, das der eintönige Dienst noch geboten hatte.

«Nun», sagte Gunvald Larsson. «Was ist es für einer?»

«Er heißt Zachrisson. Kommt ursprünglich aus dem Maria-Revier. Tut oft bei Zivilstreifen Dienst.»

Gunvald Larsson zog grimmig seine blonden Augenbrauen hoch. «Ich kenne ihn», sagte er ohne jede Spur von Begeisterung.

«Aha. Nun, das dürfte ja nur von Vorteil ...»

«Paß nur ja auf, daß er keine Uniform trägt», unterbrach Gunvald Larsson. «Und fünf Minuten vor fünf muß er vor dem Haus stehen.» Er dachte kurz nach und fügte hinzu: «Und wenn ich sage, vor dem Haus, so meine ich damit nicht, daß er mit verschränkten Armen mitten vor dem Eingang stehen soll, als wäre er irgendein Rausschmeißer.»

«Ich verstehe.»

«Gut», sagte Gunvald Larsson und legte auf. Er selbst kam Punkt fünf vor fünf vor dem Haus in Kungsgatan an und entdeckte sofort Zachrisson, der mit dämlicher Miene in ein Schaufenster mit Damenunterwäsche starrte.

Gunvald Larsson musterte ihn düster. Der Mann war nur insoweit in Zivil, als er sich einen Blazer angezogen hatte. Im übrigen trug er Uniformhosen, Uniformhemd mit dazugehöriger Dienstkrawatte. Jeder Idiot konnte sehen, daß er Polizeibeamter war, selbst auf hundert Meter Entfernung. Außerdem stand er breitbeinig da, die Hände auf dem Rücken verschränkt, und wippte auf den Fußsohlen hin und her. Das einzige, was noch fehlte, waren Dienstmütze und Gummiknüppel in einer Einkaufstüte.

Als er Gunvald Larsson entdeckte, zuckte er zusammen, und es sah fast so aus, als wollte er strammstehen. Zachrisson hatte von ihrer früheren Zusammenarbeit her schlechte Erfahrungen.

«Immer mit der Ruhe jetzt», sagte Gunvald Larsson. «Was hast du denn da in der rechten Jackentasche?»

«Die Pistole.»

«Hast du nicht Verstand genug gehabt, ein Schulterhalfter anzulegen?»

«Ich konnte keins finden», sagte Zachrisson lahm.

«Dann steck doch um Himmels willen den Kracher in den Gürtel.»

Der Mann fuhr mit der Hand in die Tasche.

«Doch nicht hier, um Gottes willen», sagte Gunvald Larsson. «Geh in den Hauseingang und mach es dort. Diskret.»

Zachrisson gehorchte. Als er zurückkam, war seine Erscheinung etwas geglückter. Aber nicht viel.

«Jetzt hör mal gut zu», sagte Gunvald Larsson. «Ich erwarte, daß bald ein Mann hier auftauchen wird und irgendwann kurz nach fünf im Hauseingang verschwindet. Er sieht etwa so aus.» Er zeigte ein Foto, das er in seiner riesigen rechten Hand verbarg. Es war zwar eine schlechte Aufnahme, aber die einzige, die er hatte auftreiben können. Zachrisson nickte.

«Er wird das Haus also betreten, und es, wenn ich mich nicht irre, nach wenigen Minuten wieder verlassen. Er wird dann vermutlich eine schwarze schweinslederne Reisetasche bei sich haben.»

«Ist er ein Dieb?»

«Ja, etwas in der Art. Ich möchte, daß du dich vor dem Haus in der Nähe des Eingangs bereithältst.»

Zachrisson nickte wieder.

«Ich selbst gehe die Treppe hinauf. Es ist möglich, daß ich den Mann oben fasse, es ist aber auch möglich, daß ich es für richtiger halte, es nicht zu tun. Ich nehme an, daß er in einem Wagen vorfahren und direkt vor dem Haus parken wird. Er wird es sehr eilig haben und unter Umständen nicht einmal den Motor abstellen. Der Wagen dürfte ein schwarzer Mercedes sein, aber das ist nicht sicher. Sollte es sich so verhalten, daß er allein wieder aus dem Haus kommt und die Reisetasche in der Hand hat und ich nicht zu sehen bin, mußt du ihn um jeden Preis daran hindern, in den Wagen zu steigen und davonzufahren, bevor ich wieder da bin.»

Der Konstapel zeigte eine entschlossene und verbissene Miene.

«Und versuch um Gottes willen wie ein normaler Mensch auszusehen. Du bist hier nicht vor dem US Trade Center auf Wache.»

Zachrisson errötete ein wenig und sah leicht verwirrt aus. «Okay», murmelte er. Und kurz darauf: «Ist er gefährlich?»

«Möglich», sagte Gunvald Larsson lässig. Er selbst hielt Broberg für etwa so gefährlich wie eine Kellerassel. «Und jetzt tu mir einen Gefallen und vergiß nichts von dem, was ich dir gesagt habe», sagte er.

Zachrisson nickte mit mühsam erkämpfter Würde.

Gunvald Larsson betrat den Eingang. Die Halle war groß und verlassen. Die meisten Büros schienen bereits geschlossen zu sein.

Er nahm die Treppe, und gerade als er an der Tür mit den Schildern HAMPUS BROBERG AB und BANKIERFIRMA VIKTOR PALMGREN vorbeikam, wurde diese von außen von einer dunkelhaarigen Frau von etwa fünfunddreißig Jahren verschlossen. Sicher die Sekretärin.

Ein Blick auf den Chronometer zeigte ihm, daß es Punkt fünf Uhr war. Pünktlichkeit ist eine Tugend.

Die Frau drückte auf den Fahrstuhlknopf, ohne ihn eines Blickes zu würdigen. Er selbst ging noch eine halbe Treppe höher hinauf, blieb dort stehen und wartete.

Das Warten wurde ziemlich lang und bemerkenswert ereignislos. In den nächsten fünfzig Minuten wurde der Fahrstuhl dreimal in Bewegung gesetzt, und zweimal gingen irgendwelche Leute die Treppe hinunter, offenbar Menschen, die aus irgendeinem Grund Überstunden gemacht hatten. Wenn Gunvald Larsson sie kommen hörte, ging er bis zum nächsten Stock hoch, um ihnen dort zu begegnen. Waren sie weg, bezog er wieder seinen Posten eine halbe Treppe tiefer. Drei Minuten vor sechs hörte er wieder, wie sich der Fahrstuhl quietschend aufwärts bewegte. Gleichzeitig näherten sich Schritte, diesmal von unten. Der Fahrstuhl hielt an, und ein Mann stieg aus. Er hatte ein Schlüsselbund in der Hand, und nach allem, was Gunvald Larsson wußte, konnte es sich sehr wohl um Hampus Broberg handeln. Trotz der Hitze trug er Hut und Staubmantel. Er schloß die Bürotür auf, ging hinein und machte die Tür hinter sich zu.

Gleichzeitig kam die Person, die sich auf dem Weg nach oben befand, an der Bürotür vorbei und stapfte weiter die Treppe hinauf. Es war ein grobknochiger Mann in Arbeitshose und Flanellhemd. Bei Gunvald Larssons Anblick blieb er abrupt stehen und sagte laut: «Was drücken Sie sich hier herum?»

«Das geht Sie nichts an», flüsterte Gunvald Larsson.

«Und ob mich das was angeht, verdammt noch mal», sagte der Mann streitlustig. «Ich bin nämlich der Hausmeister.» Er stellte sich mitten auf die Treppe und stützte sich mit einer Hand an der Wand und mit der anderen am Treppengeländer ab, als wollte er Gunvald Larsson den Weg versperren.

«Ich bin von der Polizei», flüsterte dieser. Und in genau diesem Augenblick wurde unten die Bürotür geöffnet, und Broberg, oder wer es auch immer sein mochte, kam mit der bewußten Reisetasche heraus.

«Polizei», wiederholte der Hausmeister mit donnernder und grober Stimme. «Da müssen Sie mir erst mal Ihren Ausweis zeigen, bevor ich . . .»

Der Mann mit der Reisetasche zögerte keine zehntel Sekunde, verzichtete auf den Fahrstuhl und sauste blitzschnell die Treppe herunter.

Gunvald Larsson befand sich in einer kniffligen Lage. Für lange Auseinandersetzungen fehlte ihm die Zeit. Wenn er dem Mann im blauen Arbeitsanzug eins verpaßte, würde dieser sicher die Treppe herunterfallen und sich womöglich den Hals brechen. Nach kurzem Zögern entschied Gunvald Larsson sich dafür, ihn mit der rechten Hand beiseite zu schieben. Das ging an und für sich recht einfach, aber der Mann ließ sich nicht so leicht ins Bockshorn jagen und krallte sich an seinem Jakkett fest. Als Gunvard Larsson sich loszureißen versuchte, hörte er, wie der Stoff nachgab und riß. Aufs äußerste gereizt wegen dieses Mißgeschicks mit seiner Kleidung drehte er sich um und versetzte dem Hausmeister einen Schlag aufs Handgelenk. Dieser ließ mit einem Stöhnen los, aber jetzt hatte Broberg schon einen erheblichen Vorsprung.

Gunvald Larsson stürzte die Treppenstufen hinab. Hinter sich hörte er wilde Flüche und krachende Schritte. Die Situation in der Eingangshalle im Erdgeschoß war vollkommen absurd.

Zachrisson war natürlich in den Hauseingang getreten und stand breitbeinig vor der Außentür. Er hatte sein Jackett aufgemacht und fummelte gerade nach der Pistole. «Halt! Polizei!» rief er.

Broberg blieb wie angewurzelt stehen, ohne die Tasche zu verlieren, die er in der rechten Hand trug. Er steckte die Linke in die Manteltasche und zog eine Schußwaffe heraus, zielte auf die Decke und schoß. Gunvald Larsson hörte keinen Querschläger und war fast sicher, daß es sich um eine Startpistole, ein Spielzeug oder eine Attrappe handelte.

Zachrisson warf sich bäuchlings zu Boden und schoß, verfehlte aber sein Ziel. Gunvald Larsson drückte sich platt an die Wand. Broberg bewegte sich auf den hinteren Teil der Eingangshalle zu, weg von dem Polizisten an der Eingangstür. Es gab offenbar eine Hintertür.

Zachrisson feuerte wieder und schoß von neuem daneben. Der Mann mit der Tasche war nur noch drei Meter von Gunvald Larsson entfernt und zog sich weiter zurück.

Zachrisson gab noch drei Schüsse in rascher Folge ab und schoß jedesmal daneben.

Was, um alles in der Welt, lernen die eigentlich an der Polizeischule, dachte Gunvald Larsson verzweifelt.

Die Querschläger pfiffen zwischen den Steinwänden hin und her. Einer traf den Absatz von Gunvald Larssons rechtem Schuh und zerstörte so ein erstklassiges italienisches Handwerksprodukt für immer und ewig. «Feuer einstellen!» brüllte er.

Zachrisson schoß noch einmal, aber die Pistole klickte nur. Er hatte vermutlich vergessen, das Magazin zu füllen.

Gunvald Larsson war mit drei langen Sätzen bei Hampus Broberg, dem er ohne zu zögern und mit aller Kraft in die Schnauze schlug. Er hörte, wie es unter seiner Faust krachte. Der Mann setzte sich sofort auf den Hintern und blieb sitzen.

Jetzt kam der Portier fluchend und schwer keuchend angelaufen. «Was, zum Teufel ...» röchelte er verblüfft.

Der Pulverdampf lag wie ein hellblauer Nebel in der Halle. Der Korditgestank war durchdringend. Zachrisson stand mit verwirrter Miene auf.

«Worauf hast du eigentlich gezielt?» fragte Gunvald Larsson wütend.

«Auf die Beine ...»

«Meine?» Gunvald Larsson hob die Waffe auf, die Broberg aus der Hand gefallen war. Wie er vermutet hatte, war es tatsächlich eine Startpistole.

Draußen auf der Straße drängte sich eine lärmende Menschenmenge.

«Sind Sie nicht bei Trost?» sagte der Hausmeister. «Das ist doch

Direktor Broberg.»

«Halten Sie die Klappe», sagte Gunvald Larsson und zerrte den sitzenden Mann hoch, bis er wieder auf den Beinen stand. «Nimm die Tasche», sagte er zu Zachrisson. «Hoffentlich schaffst du das.»

Er führte den Festgenommenen durch die Tür und hielt ihn mit einem eisernen Griff am rechten Arm fest. Broberg hielt sich mit der Linken das Kinn. Zwischen seinen Fingern sickerte Blut durch. Ohne sich umzusehen, bahnte Gunvald Larsson sich einen Weg durch die plappernde Menschenmenge und ging zu seinem Wagen. Zachrisson latschte mit der Tasche hinterdrein. Gunvald Larsson schob den Gefangenen auf den Rücksitz und setzte sich neben ihn. «Findest du auch den Weg zum Polizeihaus?» fragte er Zachrisson. Dieser nickte zerknirscht und zwängte sich hinters Lenkrad.

«Was geht hier eigentlich vor?» fragte ein äußerlich ehrbarer Bürger in grauem Anzug und Baskenmütze entrüstet.

«Wir drehen gerade einen Film», sagte Gunvald Larsson und knallte die Tür zu. «Fahr doch endlich los, Mensch», sagte er zu Zachrisson, der mit dem Zündschlüssel herumfummelte. Schließlich brachte er den Wagen wider Erwarten doch in Gang. Auf dem Weg nach Kungsholmen stellte er eine Frage, die ihm offensichtlich auf der Seele gebrannt hatte: «Sag mal, bist du denn nicht bewaffnet?»

«Idiot», sagte Gunvald Larsson müde.

Er hatte seine Dienstwaffe wie meist bei sich und trug sie mit einer Klammer befestigt am Hosenbund.

Hampus Broberg sagte gar nichts.

17

Hampus Broberg sagte gar nichts, teils weil er nicht wollte, teils weil er nicht konnte. Gunvald Larsson hatte ihm nämlich zwei Zähne ausgeschlagen, und außerdem hatte er eine Fraktur des Unterkiefers.

Um halb zehn Uhr abends standen Gunvald Larsson und Kollberg noch immer über ihn gebeugt und wiederholten ihre sinnlosen Fragen.

«Wer hat Viktor Palmgren erschossen?»

«Warum haben Sie versucht, sich aus dem Staub zu machen?»

«Sie haben den Mörder gedungen, nicht wahr?»

«Leugnen ist zwecklos!»

«Es wäre am besten für Sie, gleich mit der Wahrheit herauszurükken.»

«Na, wer war nun der Schütze?»

«Warum antworten Sie nicht?»

«Das Spiel ist verloren. Sie können also ruhig reden.»

Von Zeit zu Zeit schüttelte Broberg den Kopf, und als vom Mord an Palmgren die Rede war, verzogen sich seine ohnehin schon verzogenen Gesichtszüge zu einer Grimasse, die wohl ein sardonisches Grinsen darstellen sollte.

Kollberg ahnte, was diese Grimasse bedeutete, aber nicht viel mehr.

Einleitend und um der Form zu genügen, hatten sie gefragt, ob er einen Anwalt haben wolle, aber selbst auf diese eher nebenbei gestellte Frage hatte der Verhaftete den Kopf geschüttelt.

«Sie wollten Palmgren aus dem Weg räumen, um dann mit dem Geld zu verschwinden. So war's doch, nicht wahr?»

«Wo befindet sich der Täter?»

«Wer war sonst noch an dem Komplott beteiligt?»

«Antworten Sie endlich, verflucht noch mal!»

«Sie sind verhaftet.»

«Es steht gar nicht gut um Sie.»

«Warum versuchen Sie, andere zu schützen?»

«Kein Mensch denkt daran, Sie zu schützen.»

«Na, raus mit der Sprache.»

«Wenn Sie uns sagen, wer den Mord begangen hat, wird sich das für Sie strafmildernd auswirken.»

«Es wäre klug von Ihnen, mit uns zusammenzuarbeiten.»

Es war Kollberg, der es gelegentlich mit der weichen Welle versuchte. «Wann sind Sie geboren? Und wo?»

Es war Gunvald Larsson, der die ganze Zeit, seiner Gewohnheit getreu, der Doktrin zu folgen suchte, daß man immer wieder von vorn anfangen müsse. «Nun, fangen wir mal wieder von vorn an. Wann sind Sie zu dem Entschluß gekommen, Viktor Palmgren aus dem Weg zu räumen?»

Grimasse. Kopfschütteln.

Kollberg glaubte zu sehen, daß die Lippen des Mannes das Wort «Idioten» formten. Einen Augenblick schlug ihn die Erkenntnis, daß dies eigentlich eine recht adäquate Bezeichnung für sie war.

«Wenn Sie das Maul nicht aufmachen wollen, schreiben Sie alles auf den Block da.»

«Hier ist ein Kugelschreiber.»

«Wir interessieren uns nur für den Mord. Um alles Übrige werden sich andere kümmern.»

«Ist Ihnen klar, daß Sie der Verschwörung verdächtig sind?»

«Der Teilnahme an einem wohlüberlegten Mord?»

«Wollen Sie nun endlich gestehen oder nicht?»

«Es wäre für alle Beteiligten am besten, wenn Sie es jetzt täten. Jetzt sofort.»

«Also, fangen wir noch mal an. Wann sind Sie zu dem Schluß gekommen, daß Palmgren getötet werden mußte?»

«Raus mit der Sprache!»

«Sie wissen, daß wir genügend Beweise haben, um Sie verhaften zu lassen. vorläufig festgenommen sind Sie schon.»

Dies war zweifelsohne richtig. In der Reisetasche befanden sich Aktien und andere Wertpapiere, deren Wert annähernd eine halbe Million Kronen betrug, soweit sie das in aller Schnelle ausgerechnet hatten. Sie waren Angehörige der Mordkommission und keine Wirtschaftsexperten, aber sie wußten immerhin einiges über Devisen- und Wertpapierschmuggel.

In einem Papierumschlag in der Innentasche in Brobergs Jackett hatten sie ein Ticket für einen einfachen Flug nach Genf über Kopenhagen und Frankfurt gefunden. Es war ausgestellt auf einen Mr. Roger Frank. In der anderen Innentasche befand sich ein gefälschter Paß, der Brobergs Foto enthielt, aber ebenfalls auf Roger Frank, Ingenieur, ausgestellt war.

«Nun, wird's bald?»

«Es ist das Beste, was Sie sich antun können, wenn Sie Ihr Gewissen erleichtern.»

Schließlich griff Broberg zum Kugelschreiber und schrieb einige Worte auf den Stenogrammblock. Sie lehnten sich über den Tisch und lasen: *Holen Sie einen Arzt.*

Kollberg zog Gunvald Larsson beiseite und sagte leise: «Das ist sicher das Vernünftigste, was wir tun können. Wir können ohnehin nicht Stunde um Stunde so weitermachen.»

Gunvald Larsson zog die Stirn in Falten und sagte: «Du hast vielleicht recht. Gibt es in dieser Geschichte denn überhaupt etwas, was darauf hindeutet, daß er diesen Scheißmord inszeniert hat? Ich glaube eher, das Gegenteil ist der Fall.»

«Genau», sagte Kollberg nachdenklich. «Genau.»

Sie waren beide hundemüde und wünschten sehnlichst, nach Hause fahren zu können. Aber zum Abschluß wiederholten sie noch einige Fragen:

«Wer hat Palmgren erschossen?»

«Wir wissen, daß Sie es nicht gewesen sind, aber wir wissen auch, daß Sie den Namen des Mannes kennen, der es getan hat. Wie heißt er?»

«Wo wohnt er?»

«Wann sind Sie geboren?» fragte Gunvald Larsson, ohne noch genau zu wissen, was er tat. «Und wo?»

Dann gaben sie auf, ließen den diensttuenden Polizeiarzt kommen und überließen Broberg dem Wachpersonal der Arrestabteilung.

Sie setzten sich in ihre Wagen und fuhren nach Hause; Kollberg zu seiner Frau, die schon eingeschlafen war, und Gunvald Larsson, um sich wegen seiner ramponierten Kleidung zu grämen.

Bevor Kollberg kopfüber ins Bett fiel, versuchte er, Martin Beck anzurufen, aber er erreichte ihn nicht.

Gunvald Larsson dachte nicht im Traum daran, Martin Beck oder sonst jemanden anzurufen. Er duschte lange und dachte an die Blutflekken auf seiner Hose, an das zerrissene Jackett und die zerstörten Schuhe. Bevor er einschlief, las er zwei Seiten in einem Buch von Stein Riverton.

Etwas früher am Abend hatte Kollberg ein etwas ergiebigeres Verhör miterlebt.

Sobald er und Åsa Torell das Mädchen Helena Hansson in einem kahlen und unfreundlichen Zimmer des Sittlichkeitsdezernats untergebracht hatten, war es völlig zusammengebrochen und hatte ein Geständnis heruntergerasselt, das genauso reichlich aus ihr herausströmte wie ihre Tränen. Sie waren gezwungen gewesen, ein Tonbandgerät einzuschalten, um alles mitzubekommen, was sie zu sagen hatte.

Ja, sie sei Callgirl. Ja, Hampus Broberg habe ihre Dienste oft in Anspruch genommen. Er habe ihr die Tasche und das Flugticket gegeben. Sie habe nach Zürich fliegen und die Tasche in der Aufbewahrung des Hotels hinterlassen sollen. Broberg habe am nächsten Tag aus Genf kommen wollen, um sie abzuholen.

Man habe ihr 10000 Kronen für ihre Mühe angeboten, wenn alles glattgehe. Sie habe nicht gewußt, was sich in der Tasche befand.

Hampus Broberg habe gesagt, daß sie nicht das Risiko eingehen könnten, mit derselben Maschine zu fliegen. Als die Polizei zu ihr gekommen sei, habe sie versucht, Broberg im Hotel *Carlton* zu erreichen. Er habe dort unter dem Namen Frank gewohnt, aber sie habe ihn nicht erreicht.

Das Honorar für den Auftrag in Malmö seien nicht 1000, sondern 1500 Kronen gewesen.

Da sie schon mal beim Gestehen war, nannte sie auch die Telefonnummern des Callgirl-Rings, dem sie angehörte.

Sie sagte, sie sei eigentlich völlig unschuldig an dem, was passiert sei, und sie wisse überhaupt nicht, worum es gehe.

Sie sei zwar Prostituierte, aber einmal sei sie da nicht die einzige, und zum anderen habe sie nie einen anderen Beruf gehabt. Über den Mord wisse sie überhaupt nichts. Auf jeden Fall nicht mehr, als sie schon erzählt habe.

Kollberg neigte dazu, ihr in diesem Punkt wie in allen anderen Glauben zu schenken.

18

In Malmö fahndete Paulsson.

An den ersten Tagen, am Sonnabend und am Sonntag, konzentrierte er sich auf das Hotelpersonal. Er wollte den Gesuchten sozusagen einkreisen. Seine Erfahrung hatte ihn gelehrt, daß ein Auftrag sehr viel leichter durchzuführen war, wenn man wußte, wen man zu suchen hatte.

Er nahm seine Mahlzeiten im Speisesaal des Hotels ein, und in der Zwischenzeit hielt er sich in der Halle auf. Er hatte nämlich sehr bald eingesehen, daß er nur magere Ergebnisse würde vorzeigen können, wenn er weiter im Restaurant hinter einer Zeitung versteckt herumsaß und nur die Ohren spitzte. Die meisten Gäste unterhielten sich in unbegreiflichen fremden Sprachen, und wenn das Personal über die Ereignisse vom letzten Mittwoch sprach, denn jedenfalls nicht in der Nähe seines Tisches.

Paulsson beschloß, den neugierigen Gast zu spielen, der in der Zeitung von dem schrecklichen Drama gelesen hat. Er winkte den Kellner herbei, einen lässigen jungen Mann mit Koteletten und einer weißen Jacke, die mehrere Nummern zu groß war.

Paulsson versuchte, ein Gespräch über das Drama in Gang zu bringen, aber der Kellner antwortete einsilbig und uninteressiert, während sein Blick immer wieder durch das offene Fenster schweifte.

Ob er den Mörder gesehen habe?

Jaa.

Einer von diesen langhaarigen Typen?

Neeein.

Wirklich keiner von diesen Langhaarigen, auch nicht schlampig gekleidet?

Vielleicht einige Zeit nicht mehr beim Friseur gewesen. Nicht so genau hingesehen. Auf jeden Fall hatte er ein Jackett an.

Der Kellner entschuldigte sich damit, daß er in der Küche gebraucht werde, und entfernte sich. Paulsson dachte nach.

Für jemanden, der normalerweise mit langen Haaren, Bart, Jeans und weiten Hemden herumlief, war es natürlich die einfachste Sache von der Welt, sich zu verkleiden. Er brauchte sich ja nur die Haare schneiden zu lassen, sich zu rasieren und einen Anzug anzuziehen, wenn er vermeiden wollte, erkannt zu werden. Die Schwierigkeit bei einer solchen Verkleidung bestand nur darin, daß es einige Zeit dauern würde, bis der Betreffende wieder in der Lage war, sein altes Erscheinungsbild der Öffentlichkeit vorzuführen. Darum müßte es auch einfach sein, ihn aufzuspüren.

Paulsson war mit dieser Schlußfolgerung sehr zufrieden.

Aber andererseits war zu bedenken, daß viele dieser Linkssozialisten äußerlich wie völlig normale Menschen aussahen. Das hatte er schon oft feststellen können, wenn er zu Demonstrationen in Stockholm abkommandiert worden war, und das hatte ihn schon oft irritiert. Die Typen, die sich blaue Arbeitsanzüge anzogen und Mao-Plaketten an die Brust hefteten, waren ja leicht auszumachen, selbst wenn sie nicht in Gruppen auftraten, aber es erschwerte die Arbeit ungemein, daß einige infamerweise glatt rasiert, mit anständigen Frisuren und manierlichen Anzügen herumliefen, während sie Flugblätter und Kampfschriften aus schwarzen Aktenkoffern verteilten. Diesem Umstand war es zwar zu verdanken, daß man selbst nicht gezwungen war, sich beim Verkleiden zu irgendwelchen unhygienischen Absonderlichkeiten zu versteigen, aber irritierend war es dennoch.

Der Oberkellner trat zu ihm an den Tisch. «Hat es Ihnen geschmeckt?» fragte er. Er war nicht sehr groß, hatte kurzgeschorenes Haar und ein humorvolles Blitzen in den Augen. Er war sicher eine etwas alertere und zugänglichere Figur als der Kellner.

«Danke, ausgezeichnet», entgegnete Paulsson. Dann kam er sehr rasch auf das Thema zu sprechen, das ihm am Herzen lag. «Ich habe gerade über das nachgedacht, was am Mittwoch passiert ist. Waren Sie an diesem Tag hier?»

«Ja, ich hatte abends Dienst. Entsetzliche Geschichte. Und den Täter haben sie noch immer nicht gefaßt.»

«Haben Sie ihn gesehen?»

«Na ja, es ging ja alles ziemlich schnell. Als er das Restaurant betrat, war ich noch nicht hier im Saal. Ich kam erst, als er schon geschossen hatte. Ich habe ihn also sozusagen nur aus dem Augenwinkel gesehen.»

Paulsson kam ein Geistesblitz. «Sagen Sie mal, war es vielleicht ein Farbiger?»

«Verzeihung?»

«Na ja, ein Neger, wenn ich mich im Klartext ausdrücken soll. War es vielleicht ein Neger?»

«Nein, warum sollte es ein Neger gewesen sein», sagte der Oberkellner mit ungeheuchelter Verwunderung.

«Es gibt ja sehr hellhäutige Neger, wie Sie vielleicht wissen. Die eigentlich gar nicht wie Neger aussehen, wenn man nicht sehr genau hinsieht.»

«Das ist mir wirklich ganz neu. Immerhin haben ja einige Leute den Mann viel besser gesehen als ich, und einem von denen hätte es doch schon auffallen müssen, wenn es sich um einen Neger gehandelt hätte. Und die hätten es bestimmt auch gesagt. Nein, es war bestimmt kein Neger.»

«Schon gut», sagte Paulsson. «Es war ja auch nur ein Gedanke, der mir so eingefallen ist.»

Den Sonnabendabend verbrachte Paulsson in der Bar, wo er eine große Zahl der verschiedensten alkoholfreien Getränke zu sich nahm.

Als er seinen sechsten Drink, eine Pussyfoot, bestellte, machte sogar der Barkeeper, der sonst nicht leicht aus der Fassung zu bringen war, ein erstauntes Gesicht.

Am Sonntagabend war die Bar geschlossen, so daß Paulsson sich draußen im Foyer aufhielt. Er schlug immer engere Bogen um die Rezeption, aber der Portier schien sehr beschäftigt, telefonierte, blätterte in der Gästeliste, half einigen Gästen und eilte von Zeit zu Zeit in irgendeiner eiligen Sache mit erhobenen Ellbogen und wehenden Rockschößen davon. Schließlich hatte Paulsson Gelegenheit, ein paar Worte mit ihm zu wechseln, fand aber keine einzige seiner Theorien erhärtet. Der Portier leugnete mit allem Nachdruck, daß der Täter ein Neger gewesen sei.

Paulsson beschloß den Tag mit einem Pusztaschnitzel im Grill. Das Publikum dort war erheblich zahlreicher und jugendlicher als im Restaurant, und an den Nachbartischen wurden einige interessante Gespräche geführt, denen er aufmerksam zuhörte. Am Tisch nebenan sprachen zwei Männer und ein Mädchen über Dinge, von denen Paulsson zu seinem großen Ärger kein bißchen kapierte, aber einmal kamen sie auch auf den Mord an Viktor Palmgren zu sprechen.

Der jüngste der Männer, ein rothaariger Bursche mit langen Haaren und mächtigem Bart, drückte seine Verachtung für den Verstorbenen sowie seine Bewunderung für den Täter aus. Paulsson prägte sich sein Aussehen sehr genau ein.

Der nächste Tag war ein Montag, und Paulsson beschloß, seine Fahndung auf Lund auszudehnen. In Lund gab es Studenten, und wo Studenten sind, gibt es auch linksradikale Elemente. Oben in seinem Zimmer hatte Paulsson lange Namenslisten von Personen in Lund, die er im Verdacht hatte, linksextreme Ansichten zu vertreten.

Am Nachmittag also nahm er den Zug in die Universitätsstadt, die er noch nie besucht hatte, und begab sich in die Stadt, um die Studenten zu suchen.

Es war heißer denn je, und Paulsson schwitzte in seinem karierten Anzug. Er fragte sich bis zur Universität durch, die im Sonnenglast tot und verlassen dalag. Irgendwelche revolutionären Aktivitäten waren nicht festzustellen. Paulsson fiel das Bild von Mao ein, das ihn im Jangtse schwimmend zeigte. Vielleicht befanden sich die Maoisten von Lund im Höje-Fluß, um dem Beispiel des Vorsitzenden zu folgen.

Paulsson zog das Jackett aus und machte sich auf den Weg zum Dom. Er staunte, daß der berühmte Riese Finn so klein war, und kaufte eine Ansichtskarte, auf der dieser zu sehen war, um sie seiner Frau zu schicken.

Auf dem Rückweg vom Dom entdeckte er an einer Litfaßsäule ein Plakat, auf dem die Akademische Vereinigung für diesen Abend eine Tanzveranstaltung ankündigte. Paulsson beschloß hinzugehen, aber weil es noch früh am Abend war, mußte er bis dahin irgendwie die Zeit vertreiben.

Er flanierte in der sommerlich leeren Stadt umher, spazierte unter den hohen Bäumen im Stadtpark, promenierte lange auf den Kieswegen im Botanischen Garten und stellte plötzlich fest, daß er großen Hunger hatte. Er nahm in *Storkällaren* ein einfaches Essen ein und blieb anschließend noch eine Weile bei einer Tasse Kaffee sitzen, um das spärliche Leben und Treiben auf dem Markt draußen zu beobachten.

Er hatte kaum einen Schimmer, wie er die Suche nach dem Mörder Viktor Palmgrens anlegen sollte. Politische Attentate sind selten in Schweden. Paulsson konnte sich nicht an einen einzigen politischen Mord erinnern. Er wünschte, die Voraussetzungen für die Fahndung wären besser. Er hätte gern gewußt, wen es zu suchen galt.

Als die Dunkelheit sich über die Stadt gesenkt hatte und die Straßenlaternen eingeschaltet worden waren, ging er zur Diskothek.

Auch dieser Besuch brachte kein Ergebnis. Etwa zwanzig junge Leute tranken Bier und tanzten zu ohrenbetäubender Popmusik. Paulsson sprach mit einigen von ihnen, aber es stellte sich heraus, daß sie nicht einmal Studenten waren. Er trank ein kleines Glas Bier und fuhr anschließend mit der Bahn nach Malmö zurück.

Im Fahrstuhl des Hotels stieß er mit Martin Beck zusammen. Obwohl sie allein waren, starrte Beck beharrlich auf einen Punkt über Paulssons Scheitel, während er leise vor sich hin pfiff. Als der Fahrstuhl anhielt, kniff er ein Auge zu, lächelte leicht, legte den Zeigefinger auf den Mund und trat auf den Flur hinaus.

19

Am Montagnachmittag rief Månsson seinen dänischen Kollegen an.

«Das darf doch nicht wahr sein», sagte Mogensen. «Du rufst mich während der Dienstzeit an? Oder glaubst du vielleicht, ich schlafe auch tagsüber bei der Arbeit?»

«Haha, sehr lustig», sagte Månsson.

«Ah, ich verstehe, es ist eilig, so daß du dir nicht leisten kannst, bis heute nacht zu warten. Na, laß hören, ich drehe hier sowieso nur Däumchen.»

«Ole Hoff-Jensen», sagte Månsson. «Er ist Direktor bei einer Firma, die zu einem internationalen Konzern dieses Viktor Palmgren gehört. Du weißt, der, der letzte Woche erschossen worden ist. Ich möchte gern wissen, um was für eine Firma es sich handelt und wo sie ihr Büro hat. So schnell wie möglich.»

«Okay, kapiert», sagte Mogensen. «Ich rufe zurück.»

Es dauerte eine halbe Stunde.

«Es war nicht schwierig», sagte Mogensen. «Hörst du?»

«Ja, ja, nur raus damit», sagte Månsson und griff nach dem Kugelschreiber.

«Direktor Ole Hoff-Jensen ist achtundvierzig Jahre alt, verheiratet und hat zwei Töchter. Seine Frau heißt Birthe und ist dreiundvierzig. Sie wohnen in Richelieus allé Hellerup. Die Firma ist ein Luftfrachtunternehmen mit Namen Aero-fragt und hat ihr Hauptbüro an Kultorvet sowie eine Nebenstelle im Flughafen Kastrup. Das Unternehmen besitzt fünf Maschinen des Typs DC-6. Willst du noch mehr wissen?»

«Nein, danke, das genügt im Augenblick. Wie geht's dir übrigens?»

«Beschissen. Und heiß ist es auch. Ich glaube, die Hitze macht die Leute verrückt. Die Stadt ist voll mit den eigenartigsten Menschen. Nicht zuletzt mit komischen Schweden. *Farvel.*»

Månsson legte auf, und im selben Moment fiel ihm ein, daß er vergessen hatte, nach der Telefonnummer der Luftfrachtfirma zu fragen. Er bat die Zentrale, die Nummer zu besorgen, was seine Zeit dauerte. Als er schließlich bei der Aero-fragt durchkam, erhielt er den Bescheid, daß Hoff-Jensen erst am kommenden Tag anzutreffen sei und daß er bitte nach elf Uhr morgens vorbeikommen möge.

Mir soll's recht sein, dachte Månsson. Noch einen Direktor hätte ich heute nicht verkraftet. Den Rest des Montagnachmittags widmete er einigen Routineangelegenheiten, die auch erledigt werden wollen.

Am Dienstagvormittag holte er Martin Beck vor dem Hotel ab. Månsson hatte vorgehabt, ein Tragflächenboot nach Kopenhagen zu nehmen, aber Martin Beck erklärte, daß er mit einem richtigen Schiff fahren wolle und daß sie das Nützliche mit dem Angenehmen verbinden und während der Überfahrt essen könnten. Er habe sich erkundigt und erfahren, daß die Eisenbahnfähre *Malmöhus* in zwanzig Minuten ablegen würde.

Es waren nicht viele Passagiere an Bord, und im Restaurant waren nur zwei Tische besetzt. Sie aßen eine Heringsplatte und Wiener Schnitzel, worauf sie sich in den Salon im Vorschiff begaben, um dort ihren Kaffee zu trinken. Der Sund war Spiegelblank, aber die Sicht nicht ganz klar. Die Silhouette der Insel Ven war zwar im Sonnendunst zu sehen, aber man konnte weder die grünen Weidehänge noch die kleine Kirche erkennen. Martin Beck studierte interessiert den lebhaften Schiffsverkehr und entdeckte zu seinem großen Entzücken sogar einen richtigen Dampfer mit formschönem Rumpf und einem reellen geraden Schornstein.

Beim Kaffee berichtete Martin Beck von den Ermittlungen Kollbergs und Gunvald Larsson in Sachen Broberg und Helena Hansson. Diese Neuigkeiten waren einigermaßen überraschend, aber in der eigentlichen Mordsache führten sie trotzdem nicht recht weiter.

Sie nahmen den Hafenzug nach Hovedbanegården, gingen dann zu Fuß über Rådhuspladsen und durch die schmalen Straßen nach Kultorvet. Das Büro der Aero-fragt lag hoch oben in einem alten Haus. Einen Fahrstuhl gab es nicht, so daß sie die steilen und engen Treppen hinaufklettern mußten.

Mochte das Haus auch alt sein, die Einrichtung des Büros war hochmodern. Sie betraten einen langen, schmalen Flur mit mehreren Türen, die mit grüner Lederimitation gepolstert waren. Die Wände zwischen den Türen bedeckten Vergrößerungen von Fotos älterer Flugzeugmodelle. Unter jedem Bild standen lederbezogene Sessel und ein Messingaschenbecher auf einem hohen Fuß. Der Flur mündete in einen großen Raum mit zwei hohen Fenstern zum Markt.

Die Empfangsdame, die mit dem Rücken zu den Fenstern an einem weißlackierten, stählernen Schreibtisch saß, war weder besonders jung noch besonders hübsch. Dagegen hatte sie eine angenehme Stimme; Månsson erkannte sie von dem gestrigen Gespräch wieder. Außerdem hatte sie prachtvolles rotblondes Haar.

Sie telefonierte gerade und machte eine einladende Geste zu einer Sitzgruppe an der Stirnwand des Raumes hin. Månsson ließ sich in einen der Sessel fallen und holte einen Zahnstocher aus der Tasche. Er hatte seinen Vorrat aus dem Gewürzständer im Restaurant der Fähre ergänzt. Martin Beck blieb stehen und betrachtete den alten Kachelofen in einer Ecke des Raumes.

Das Telefongespräch wurde auf spanisch geführt, in einer Sprache, die weder Martin Beck noch Månsson beherrschte, so daß sie es bald aufgaben, zuzuhören. Schließlich beendete die Rotblonde das Gespräch und erhob sich lächelnd. «Sie sind sicher die Herren von der schwedischen Polizei», sagte sie. «Einen Augenblick, bitte, ich werde Direktor Hoff-Jensen verständigen.»

Sie verschwand durch eine Doppeltür, ebenfalls mit Lederimitation ausgeschlagen, diesmal aber in Tabakbraun. Große blanke Messingnieten schmückten die Tür, die sich lautlos hinter ihr schloß, und obwohl Martin Beck die Ohren spitzte, konnte er keine Stimmen hören. Es dauerte eine knappe Minute, dann wurde die Tür wieder geöffnet, und Hoff-Jensen kam ihnen mit ausgestreckter Hand entgegen.

Er sah durchtrainiert und sonnengebräunt aus, und das breite Lächeln gab eine Reihe blendendweißer und völlig fehlerfreier Zähne frei. Sein blonder Schnurrbart war äußerst gepflegt. Hoff-Jensen war ausgesucht unkonventionell gekleidet. Er trug ein olivgrünes Hemd aus dünner Rohseide, ein dunkleres grünes Jackett aus weichem irischen Tweed, nougatbraune Hosen und beigefarbene Mokassins. Das dichte krause Haar, das im Halsausschnitt des Hemdes zu sehen war, glänzte beinahe silberweiß auf der bronzefarbenen Haut. Der Mann hatte einen breiten Brustkasten, einen großen Kopf mit kräftigen Gesichtszügen, und das dichte, kurzgeschorene Haar war ebenso wie der Schnurrbart weißblond. Seine Hüften wirkten angesichts des massigen Oberkörpers unnatürlich schmal.

Nachdem er Martin Beck und Månsson die Hand gegeben hatte, hielt er ihnen die Tür auf, und bevor er sie schloß, sagte er zu der Sekretärin: «Ich möchte eine Weile nicht gestört werden.»

Hoff-Jensen wartete, bis die beiden Polizeibeamten Platz genommen hatten, dann erst ließ er sich selbst hinterm Schreibtisch nieder. Er lehnte sich zurück und griff nach der brennenden Zigarre, die in bequemer Reichweite in einem Aschenbecher lag.

«Nun, meine Herren, ich nehme an, es geht um den armen Viktor. Haben Sie den Schuldigen gefaßt?»

«Nein, noch nicht», sagte Martin Beck.

«Ich habe sicher nicht mehr zu sagen als damals an diesem unseligen Abend in Malmö, als wir alle verhört wurden. Alles geschah im Verlauf weniger Sekunden.»

«Aber Sie haben den Mann gesehen, der auf Viktor Palmgren schoß, nicht wahr?» sagte Månsson. «Sie saßen ihm zugewandt.»

«Das ist richtig», sagte Hoff-Jensen und zog an seiner Zigarre. Er dachte kurz nach, bevor er fortfuhr: «Aber ich habe den Mann erst bemerkt, als der Schuß fiel, und dann dauerte es einen Augenblick, bis mir klarwurde, was geschehen war. Ich sah, wie Viktor auf den Tisch fiel, begriff aber nicht gleich, daß er angeschossen worden war, obwohl ich natürlich den Schuß gehört hatte. Dann sah ich den Mann mit dem Revolver – ich glaube, es war ein Revolver –, der zum Fenster rannte und verschwand. Ich war völlig überrumpelt und hatte keine Zeit, mir sein Aussehen einzuprägen. Also, meine Herren, Sie sehen, ich bin Ihnen keine große Hilfe.» Er breitete die Arme zu einer Geste des Bedauerns aus und ließ sie dann auf die Armlehnen fallen.

«Aber Sie haben den Mann immerhin gesehen», sagte Martin Beck. «Irgendeinen Eindruck müssen Sie doch von ihm haben.»

«Nun, wenn ich etwas über ihn sagen soll: Er war etwa mittleren Alters und hatte recht dünnes Haar. Ich glaube, sein Gesicht habe ich nicht gesehen, denn als ich aufsah, drehte er mir schon den Rücken zu. Er muß recht gut in Form gewesen sein, der Art nach zu urteilen, wie er so blitzschnell durchs Fenster sprang.» Er beugte sich vor und drückte die Zigarre im Aschenbecher aus.

«Und Ihre Frau?» fragte Månsson. «Ist ihr etwas Besonderes aufgefallen?»

«Leider nicht», erwiderte Hoff-Jensen. «Meine Frau ist eine sehr empfindsame und schwache Frau. Sie erlitt einen ernsten Schock, und es dauerte mehrere Tage, bevor sie einigermaßen darüber hinweg war. Überdies saß sie neben Viktor und folglich ebenfalls mit dem Rücken zum Täter. Sie bestehen doch nicht darauf, sie zu verhören?»

«Nein, das wird sicher nicht notwendig sein», sagte Martin Beck.

«Sehr liebenswürdig von Ihnen», sagte Hoff-Jensen und lächelte. «Ja, dann wäre wohl . . .» Der Mann griff an die Armlehnen, als wollte er sich hochstemmen, aber Månsson kam ihm zuvor: «Ich habe noch ein paar Fragen, wenn Sie erlauben.»

«Jaa?»

«Seit wann sind Sie Chef dieser Firma?»

«Seitdem sie vor elf Jahren gegründet wurde. In meiner Jugend war ich Pilot, später habe ich mich in den USA zum Werbefachmann ausbilden lassen. Ich war anschließend Werbechef einer Fluggesellschaft, bevor Viktor mich hier in Kopenhagen zum Geschäftsführer von Aero-fragt machte.

«Und jetzt? Machen Sie trotz des Todesfalles normal weiter?»

Hoff-Jensen breitete die Arme aus und zeigte seine schöne Zahnprothese. *«The show must go on.»*

Es wurde still im Raum. Martin Beck schielte zu Månsson hinüber, der noch tiefer in seinen Sessel gerutscht war und mit Widerwillen auf eine Golfausrüstung mit zahlreichen Schlägern starrte, die neben dem Kachelofen stand.

«Wer wird jetzt die Leitung des Konzerns übernehmen?» erkundigte sich Martin Beck.

«Das ist die Frage», sagte Hoff-Jensen. «Der junge Linder ist wohl noch etwas zu grün. Und Broberg, nun ja, ich würde sagen, der hat ohnehin alle Hände voll zu tun.»

«Wie war Ihr Verhältnis zu Direktor Palmgren?»

«Sehr gut, möchte ich sagen. Er hatte volles Vertrauen zu mir und meiner Art, die Firma zu führen.»

«Und womit beschäftigt sich Aero-fragt?» fragte Martin Beck und wußte sofort, wie die Antwort lauten würde.

«Mit Luftfracht, wie der Name schon sagt», erwiderte Hoff-Jensen. Er hielt Månsson und Martin Beck ein Zigarrenkästchen hin, und als beide den Kopf schüttelten, nahm er sich selbst eine Zigarre und zündete sie an. Martin Beck steckte sich eine Florida an, blies den Rauch aus und sagte: «Ja, ja, das ist mir schon klar, aber um was für Frachtgut handelt es sich? Sie haben fünf Maschinen, nicht wahr?»

Hoff-Jensen nickte und studierte die Glut seiner Zigarre. Dann sagte er: «Das Frachtgut besteht hauptsächlich aus konzerneigenen Produkten, vor allem also aus Fischkonserven. Eine der Maschinen ist außerdem mit einem Kühlraum ausgerüstet. Zeitweilig übernehmen wir auch Charterflüge. Überdies nehmen auch einige Kopenhagener Firmen unsere Dienste in Anspruch, wenn sie ganz bestimmte Transporte abzuwickeln haben. Es gibt aber auch noch andere Kunden.»

«Welche Länder fliegen Sie an?» fragte Martin Beck.

«Hauptsächlich europäische, mit Ausnahme der Ostblockstaaten natürlich. Mitunter fliegen wir auch nach Afrika.»

«Afrika?»

«Das sind meist Charterflüge. Aber das ist ein saisonbedingtes Geschäft», sagte Hoff-Jensen und sah demonstrativ auf seine Armbanduhr. Månsson streckte sich, nahm den Zahnstocher aus dem Mund und zeigte mit ihm auf Hoff-Jensen. «Wie gut kennen Sie Hampus Broberg?»

Der Däne zuckte die Achseln. «Nicht besonders gut. Wir haben uns gelegentlich bei Vorstandssitzungen getroffen, wie neulich am Mittwoch auch. Außerdem telefonieren wir gelegentlich. Das ist alles.»

«Wissen Sie, wo er sich im Augenblick aufhält?»

Die Frage schien Hoff-Jensen zu erstaunen. «In Stockholm, nehme ich an. Da wohnt er. Und das Büro ist auch dort.»

«Wie war das Verhältnis zwischen Palmgren und Broberg?» fragte Martin Beck.

«Gut, soviel ich weiß. Sie verkehrten zwar nicht privat miteinander wie Viktor und ich, zum Beispiel. Wir spielten nämlich sehr oft Golf zusammen und trafen uns auch sonst, ohne daß über Geschäfte geredet wurde. Die Beziehungen zwischen zwischen Viktor und Hampus Broberg waren wohl eher die zwischen Chef und Angestelltem.» Etwas in seinem Ton zeigte, daß er für Hampus Broberg eine gewisse Verachtung hegte.

«Haben Sie die Sekretärin Brobergs schon früher einmal gesehen?» fragte Månsson.

«Dieses blonde Mädchen? Nein, das war das erste Mal. Süßes Mädchen.»

«Wie viele Angestellte haben Sie hier?» fragte Martin Beck.

«Im Augenblick zweiundzwanzig», sagte er. «Das wechselt ein wenig, je nach . . .» Er unterbrach sich und zuckte die Achseln. «Nun ja, je nach Saison, Art des Auftrags und so weiter», fügte er ausweichend hinzu.

«Wo befinden sich Ihre Maschinen jetzt?» sagte Martin Beck.

«Zwei stehen in Kastrup. Eine ist in Rom, und eine steht in Sao Tomé, weil ein Maschinenschaden dort repariert werden muß. Die fünfte ist in Portugal.»

Martin Beck stand abrupt auf. «Danke. Dürfen wir von uns hören lassen, falls noch etwas zu klären sein sollte? Werden Sie in der nächsten Zeit in Kopenhagen bleiben?»

«Aber natürlich», sagte Hoff-Jensen. Er legte die Zigarre weg, blieb aber ungerührt im Schreibtischsessel sitzen. In der Tür drehte Månsson sich um und sagte: «Sie wissen nicht zufällig, wer Viktor Palmgren nach dem Leben getrachtet haben könnte?»

Hoff-Jensen nahm seine Zigarre, sah Månsson fest an und sagte: «Nein, das weiß ich nicht. Offensichtlich derjenige, der ihn erschossen hat. *Farvel*, meine Herren.»

Sie gingen über die Købmagergade zum Amagertorv. Månsson warf einen Blick in die Læderstræde. Er kannte ein Mädchen, das dort wohnte. Sie war eine Bildhauerin aus Schonen, die es aber vorzog, in Kopenhagen zu wohnen. Er hatte sie vor einem Jahr in Zusammenhang mit einer Ermittlung kennengelernt. Sie hieß Nadja, und er mochte sie sehr. Sie trafen sich gelegentlich, meist bei ihr, schliefen miteinander und genossen ihr Zusammensein. Keiner von ihnen wollte sich binden, und sie hüteten sich davor, zu sehr in das Leben des anderen einzudringen. In dem einen Jahr, das ihr Verhältnis nun schon dauerte, waren ihre Beziehungen so gut wie problemlos gewesen. Die einzige Crux für Månsson war, daß er den üblichen gemeinsamen Wochenenden mit seiner Frau nicht mehr mit dem gleichen Vergnügen entgegensah. Er wäre lieber mit Nadja zusammengewesen.

Strøget wimmelte von Menschen. Die meisten schienen Touristen zu sein. Martin Beck, der Menschenansammlungen verabscheute, zog Månsson mit sich durch das Gewimmel vor dem Eingang zum *Magasin du Nord* in die Lille Kongensgade. Im *Skindbuksen* tranken sie je ein kellerkühles Tuborg. In diesem Lokal herrschte zwar auch großes Gedränge, allerdings von einer gemütlicheren Art als auf der Straße.

Månsson überredete Martin Beck dazu, für die Rückfahrt ein Tragflächenboot zu nehmen. Es hieß *Svalan*, und Martin Beck wurde es während der Überfahrt übel. Vierzig Minuten, nachdem sie dänischen Boden verlassen hatten, betraten sie die Tür zu Månssons Dienstzimmer.

Auf dem Schreibtisch lag eine Nachricht vom technischen Dezernat: *Ballistische Untersuchung fertig. Wall.*

20

Martin Beck und Månsson betrachteten die Kugel, die Viktor Palmgren getötet hatte. Sie lag vor ihnen auf einem weißen Blatt Papier, und ihre übereinstimmende Meinung war, daß die Kugel klein und unschuldig aussah.

Sie war beim Aufprall etwas deformiert worden, trotzdem hatten die Experten binnen weniger Sekunden das Kaliber der Waffe bestimmt. Man braucht übrigens gar kein Experte zu sein, um das Kaliber einer

Schußwaffe zu bestimmen.

«Eine Zweiundzwanziger», sagte Månsson nachdenklich. «Ziemlich merkwürdig.»

Martin Beck nickte.

«Wer, zum Teufel, benutzt eine Zweiundzwanziger, wenn er einen umlgegen will?» fragte Månsson. Er nahm das in einen Nickelmantel gehüllte kleine Projektil in Augenschein und schüttelte seinen schweren Kopf. Dann beantwortete er seine eigene Frage: «Kein Mensch. Besonders dann nicht, wenn es sich um einen wohlüberlegten Mord handelt.»

Martin Beck räusperte sich. Wie üblich war bei ihm eine Erkältung im Anzug, obwohl es der heißeste Sommer seit langen Jahren war. Wie sollte es erst im Herbst werden, wenn die Feuchtigkeit und die kalten Nebelschwaden wieder ins Land kamen, geschwängert mit Viren aus aller Herren Länder? «In Amerika hält man ein kleines Kaliber für den Beweis, es mit einem wirklichen Profi zu tun zu haben», sagte er. «Es ist eine Art Snobismus. Ein echter Professional braucht nicht mehr, als unbedingt nötig, um seine Aufgabe durchzuführen.»

«Malmö ist aber nicht Chicago», sagte Månsson lakonisch.

«Sirhan Sirhan tötete Robert Kennedy mit einer Iver Johnson 22», sagte Skacke, der sich im Hintergrund herumdrückte.

«Ja, das ist richtig», sagte Martin Beck. «Aber er war verzweifelt und schoß das ganze Magazin leer. Er schoß wild um sich.»

«Und er war auf jeden Fall Amateur», sagte Skacke.

«Ja. Und der Schuß, der Kennedy tötete, war ein Zufallstreffer. Die anderen Kugeln trafen andere Menschen in der Menge.»

«Dieser Bursche hier hat aber genau gezielt und nur einen einzigen Schuß abgegeben», sagte Månsson. «Soweit wir feststellen konnten, spannte er den Hahn mit dem Daumen, bevor er abdrückte.»

«Und er war Rechtshänder», sagte Martin Beck. «Aber das sind ja die meisten.»

«Hm», machte Månsson. «Es ist etwas Seltsames an dieser Geschichte.»

«Ja, wahrhaftig», sagte Martin Beck. «Denkst du an etwas Besonderes?»

Månsson grübelte eine Weile. Dann sagte er: «Ich denke darüber nach, wieso der Kerl ein so professionelles Auftreten an den Tag legte. Besonders im Umgang mit seiner Waffe. Und er wußte genau, wen er erschießen wollte.»

«Jaa . . .»

«Und dennoch feuerte er nur einen einzigen Schuß ab. Wenn er Pech gehabt hätte, hätte die Kugel den Schädelknochen getroffen und wäre dort entweder steckengeblieben oder abgeprallt.»

Martin Beck hatte darüber auch schon nachgedacht, war aber zu keiner logischen Konsequenz dieser Überlegung gekommen.

Sie wandten sich schweigend dem Studium des Berichts zu, den der Ballistikexperte, der die Kugel untersucht hatte, erstellt hatte.

Seit ihrem Durchbruch 1927 während des berühmten und langwierigen Prozesses gegen Sacco und Vanzetti in Dedham in Massachusetts hatte die ballistische Wissenschaft große Fortschritte gemacht, aber die Prinzipien waren immer noch die gleichen. Damals stellte Calvin Goddard das Helixometer, das Mikrometermikroskop und das Vergleichsmikroskop vor, und seitdem waren viele Strafverfahren auf der ganzen Welt mit Hilfe eines ballistischen Beweises entschieden worden.

Wenn man Kugel, Patronenhülse und Waffe hat, ist es für jeden ausgebildeten Kriminalisten die einfachste Sache der Welt, festzustellen, ob ein bestimmtes Projektil aus einer bestimmten Waffe abgefeuert worden ist oder nicht. Wenn man über zwei der Komponenten verfügt – meist sind es Kugel und Patronenhülse –, ist es meist sehr leicht, den Waffentyp zu bestimmen.

Waffen verschiedener Fabrikate hinterlassen in dem Augenblick, in dem der Stift das Zündhütchen trifft und die Kugel den Lauf verläßt, an sowohl Kugel wie Hülse verschiedene charakteristische Merkmale. Seitdem Henry Söderman in den dreißiger Jahren, nachdem er bei Locard in Lyon in die Lehre gegangen war, das erste schwedische Vergleichsmikroskop konstruiert hatte, war langsam, aber stetig ein Nachschlagewerk aufgebaut worden, mit endlosen Tabellen, von denen man ablesen kann, wie bestimmte Waffentypen auf eine Patrone einwirken.

In diesem besonderen Fall war die Untersuchung – trotz der allgemein anerkannten Exaktheit der ballistischen Wissenschaft – durch den Umstand erschwert, daß man sich nur an die Kugel halten konnte, die überdies beim Aufprall deformiert worden war.

Nichtsdestoweniger hatte der Ballistiker eine Liste der in Frage kommenden Waffen zusammengestellt. Martin Beck und Månsson leisteten einen Beitrag, indem sie bestimmte Waffen von der Liste strichen, die nicht in Frage kamen. Dazu war nur ein wenig gesunder Menschenverstand erforderlich.

Zunächst konnten sie alle automatischen Pistolen ausschließen. Diese schleuderten nämlich die Patronenhülse heraus, nachdem der Schuß abgefeuert worden ist, und eine Patronenhülse war bekanntlich nicht gefunden worden. Andererseits ist bekannt, daß man Patronenhülsen an den absonderlichsten Orten wiederfinden kann, zum Beispiel in einem Teller mit Kartoffelbrei, wie Backlund geargwöhnt hatte, in der Kleidung von Menschen oder eigentlich überall. Es gibt Beispiele dafür, daß Patronenhülsen in Jackentaschen und in Hosenumschlägen gefunden worden sind – lange Zeit nach dem ein Schuß abgefeuert wurde.

Was aber noch entscheidender zu sein schien, waren die Zeugenaussagen. Obwohl keiner der Augenzeugen ein Waffenexperte zu sein schien, deuteten alle Aussagen in eine Richtung: Der Mörder hatte sich eines Revolvers bedient. Und Revolver werfen bekanntlich nicht die Patronenhülsen aus. Diese bleiben vielmehr brav in der Trommel stekken, bis man sie herausholt.

Das Verzeichnis des Ballistikers war recht lang, und selbst nachdem Martin Beck und Månsson eine Stunde ihrer kostbaren Zeit darauf verwandt hatten, es zusammenzustreichen, hatte es immer noch einen beachtlichen Umfang.

«Ja, ja», sagte Månsson und kratzte sich den Kopf. «Diese Akte hilft uns auch nicht viel weiter, solange es uns nicht gelingt, die Tatwaffe zu finden oder etwas anderes, was uns auf die richtige Spur bringt.»

«Was sollte das wohl sein», sagte Martin Beck.

«Weiß nicht», sagte Månsson.

Martin Beck wischte sich den Schweiß von der Stirn. Dann faltete er das Taschentuch auseinander und schneuzte sich. Er sah auf die Liste der Revolver und las mißmutig ab: «Colt Cobra, Smith & Wesson Modell 34, Firearms International, Haarington & Richardson 900, Harrington & Richardson 622, Harrington & Richardson 926, Harrington & Richardson Side-Kick, Harrington & Richardson Forty-Niner, Harrington & Richardson Sportsman . . .»

«Sportsman», sagte Månsson zu sich selbst.

«Mit diesem Burschen Harrington und Richardson würde ich gern mal ein Wörtchen reden», sagte Martin Beck. «Warum können die sich nicht mit einem Modell begnügen?»

«Oder gar keinem», sagte Månsson.

Martin Beck blätterte um und murmelte weiter. «Iver Johnson Sidewinder, Iver Johnson Cadet, Iver Johnson Viking, Iver Johnson Viking Snub . . . die können wir übrigens streichen. Es haben ja alle gesagt, die Waffe haben einen langen Lauf gehabt.»

Månsson ging ans Fenster und sah gedankenverloren auf den Hof des Polizeihauses. Er hörte nicht länger zu. Hörte die Stimme Martin Becks nur noch als Geräuschkulisse.

«Herters 22, Llama, Astra Cadix, Arminius, Rossi, Hawes Texas Marshal, Hawes Montana Marshal, Pic Big Seven . . . Mein Gott, nimmt das denn nie ein Ende.»

Månsson antwortete nicht. Er dachte an etwas ganz anderes.

«Ich möchte gern wissen, wie viele Revolver es allein in dieser Stadt gibt», sagte Martin Beck.

Das war eine Frage, die nicht beantwortet werden konnte. Es gab natürlich unzählige. Erbstücke, gestohlene, ins Land geschmuggelte, die in Kommoden und alten Koffern aufbewahrt wurden. Das war zwar ungesetzlich, aber das war den Leuten leider gleichgültig.

Außerdem gab es natürlich noch einige Menschen, die einen Waffenschein hatten, aber ihre Zahl war begrenzt.

Die einzigen, die mit Sicherheit keine Revolver hatten oder sie zumindest nicht bei sich trugen, waren die Polizisten. Dienstpistole der schwedischen Polizei ist nämlich die 7,65 Millimeter Walther. Dummerweise, denn automatische Pistolen haben zwar den Vorteil, daß man das Magazin leicht auswechseln kann, dafür haben sie aber andererseits die unangenehme Angewohnheit, sich an Kleidungsstücken festzuhaken, wenn man sie eilig ziehen will.

Sie wurden in ihren Überlegungen unterbrochen, als Skacke an die Tür klopfte und eintrat.

«Einer von Ihnen muß mit Kollberg reden», sagte er. «Er weiß nicht, was er mit diesen Menschen in Stockholm anfangen soll.»

21

Die Frage, was man mit Hampus Broberg und Helena Hansson anfangen sollte, war, gelinde gesagt, schwer zu beantworten.

Martin Beck und Kollberg waren überdies gezwungen, das Problem per Telefon zu lösen, und das ließ sich nicht in ein paar Minuten bewerkstelligen.

«Wo sind sie denn jetzt?» fragte Martin Beck.

«In Kungsholmsgatan.»

«Vorläufig festgenommen?»

«Ja.»

«Können wir einen Haftbefehl bekommen?»

«Der Staatsanwalt glaubt es.»

«Glaubt?» Kollberg seufzte tief.

«Was meinst du eigentlich?» fragte Martin Beck.

«Sie sind wegen des Verdachts eines geplanten Devisenvergehens vorläufig festgenommen worden. Eine Anzeige liegt bis jetzt aber noch nicht gegen sie vor.» Kollberg machte eine gedankenschwere Pause, bevor er sagte: «Was ich meine, ist folgendes: Broberg hat zwar bewiesenerweise einen gefälschten Paß in der Tasche getragen und mit einer Startpistole einen Schuß mit unscharfer Munition abgefeuert, als Larsson und dieser schießwütige Konstapel ihn festnehmen wollten.»

«Ja?»

«Und die Puppe hat zugegeben, daß sie auf den Strich geht. Außerdem hatte sie eine Tasche mit einer Menge von Wertpapieren bei sich. Sie sagt, daß Broberg ihr die Tasche und die Wertpapiere und das Geld und das Flugticket und alles andere gegeben habe, damit sie das Zeug in die Schweiz schmuggelt. Dafür sollte sie 10000 Kronen kriegen.»

«Was wohl den Tatsachen entsprechen dürfte.»

«Sicher. Das Problem ist nur, daß sie es nicht schafften, sich rechtzeitig auf den Weg zu machen. Wenn Larsson und ich etwas mehr Grips im Schädel gehabt hätten, hätten wir sie noch ein Weilchen gewähren lassen. Wir hätten dem Zoll einen Tip geben sollen, vielleicht auch den Paßbehörden, und dann wären beide in Arlanda aufgeflogen.»

«Du meinst also, daß wir nicht genügend Beweise haben?»

«Haargenau das. Der Staatsanwalt meint, daß der Richter es unter Umständen ablehnen wird, die Haft anzuordnen, und sich damit begnügen könnte, ein Reiseverbot auszusprechen.»

«Um sie dann laufenzulassen?»

«Genau. Wenn nicht ...»

«Was denn?»

«Na, wenn es dir nicht gelingen sollte, deinen Staatsanwalt da unten in Malmö davon zu überzeugen, daß die beiden mit entscheidenden Hinweisen zum Mord an Palmgren hinterm Berg halten. In dem Fall könnten wir ohne weiteres einen Haftbefehl erwirken und die beiden zu dir herunterschicken. Dies ist also der Standpunkt der Juristen zu der ganzen Geschichte.»

«Und was glaubst du selbst?»

«Gar nichts, eigentlich. Daß Broberg vorhatte, mit einer sündhaft großen Summe über den Deich zu gehen, scheint ja wohl klar zu sein. Will man die Sache aber auf dieser Linie weiterverfolgen, muß sie an das Betrugsdezernat übergeben werden.»

«Aber hat Broberg denn irgend etwas mit dem Mord zu tun?»

«Sagen wir mal, daß sein Verhalten seit Freitag von der Tatsache bestimmt ist, daß Palmgren am Donnerstag ermordet wurde. Das ist doch klar wie Kloßbrühe, oder etwa nicht?»

«Ja, natürlich, jede andere Möglichkeit wäre unverständlich.»

«Andererseits hat Broberg für den eigentlichen Mord das beste Alibi, das man sich denken kann. Genauso wie Helena Hansson und die anderen, die am Tisch saßen.»

«Was sagt Broberg selbst?»

«Er soll ‹Aua› gesagt haben, als der Arzt ihm die Schnauze verband. Im übrigen sagt er sonst kein Wort.»

«Warte einen Augenblick», sagte Martin Beck. Der Telefonhörer war schweißnaß, und er trocknete ihn mit dem Taschentuch ab.

«Was machst du denn da?» fragte Kollberg mißtrauisch.

«Ich schwitze.»

«Dann solltest du mich mal sehen. Aber, um auf diesen verdammten Broberg zurückzukommen, er ist nicht sonderlich kooperativ. Denn immerhin ist ja nicht auszuschließen, daß all diese Aktien und das verfluchte Geld tatsächlich ihm gehören.»

«Hm», sagte Martin Beck. «Woher sollte er sie denn haben?»

«Da darfst du nicht mich fragen. Das einzige, was ich über Geld weiß, ist, daß ich keins habe.» Kollberg schien über diese traurige Erkenntnis nachzudenken. Dann sagte er: «Auf jeden Fall muß ich dem Staatsanwalt irgendwas erzählen.»

«Wie steht's denn mit dem Mädchen?»

«Einfacher, wie mir scheint. Sie quatscht, daß es eine wahre Freude ist. Das Sittlichkeitsdezernat ist gerade dabei, den Callgirl-Ring aufzurollen, der sich offenbar über das ganze Land erstreckt. Ich habe neulich mit Sylvia Granberg gesprochen, und sie meinte, daß es kein Problem sei, einen Haftbefehl für Helena Hansson zu bekommen, jedenfalls nicht so lange, wie sie in die Ermittlungen eingeschaltet sei.»

Sylvia Granberg war Erste Kriminalassistentin im Sittlichkeitsdezernat und unter anderem Åsa Torells Vorgesetzte.

«Und außerdem hat ihre Abteilung auch in Malmö bestimmte Interessen wahrzunehmen», fuhr Kollberg fort. «Wenn du also mit Helena Hansson sprechen willst, so würde das keine Schwierigkeiten machen.»

Martin Beck sagte nichts.

«Nun?» sagte Kollberg schließlich. «Was soll ich tun?»

«Es wäre ohne Zweifel interessant, ein paar Gegenüberstellungen vorzunehmen», murmelte Martin Beck.

«Ich höre nicht, was du sagst», beschwerte Kollberg sich.

«Ich muß mir die Sache mal durch den Kopf gehen lassen. Ich rufe dich in einer halben Stunde oder so wieder an.»

«Aber auf keinen Fall später. Jeden Augenblick werden alle ankommen und mir an die Gurgel springen. Malm, der Rikspolis-Chef, die ganze Blase.»

«In einer halben Stunde. Ehrenwort.»

«Gut. Hej.»

«Hej», sagte Martin Beck und legte auf. Er blieb mit den Ellbogen auf der Tischplatte sitzen und stützte den Kopf in die Hände. Es dauerte eine gewisse Zeit, bis das Bild klarer wurde.

Hampus Broberg hatte alle seine Vermögenswerte in Schweden zu Bargeld gemacht und versucht, außer Landes zu fliehen. Zuerst hatte er dafür gesorgt, daß seine Familie in Sicherheit war. Dies alles deutete darauf hin, daß seine Situation im Augenblick von Palmgrens Tod unhaltbar geworden war. Warum?

Höchstwahrscheinlich deshalb, weil er seit Jahren große Geldbeträge der ihm von Palmgren unterstellten Betriebe veruntreut hatte – also der Immobilienfirma, des Aktienfonds und der Wuchererfirma.

Viktor Palmgren hatte Broberg vertraut, und dieser hatte sich folglich so lange sicher fühlen können, wie der Konzernchef am Leben war. Nach dessen Tod sah die Sache anders aus. Er hatte sich bedroht gefühlt, wenn auch nicht an Leib und Leben, so doch insofern, als er eine finanzielle Katastrophe und eine lange Gefängnisstrafe auf sich zukommen sah.

Bedroht von wem?

Von den Behörden kaum, denn es war höchst unwahrscheinlich, daß es der Polizei oder den Steuerbehörden gelingen würde, durch die Palmgrenschen Geschäfte hindurchzusteigen. Wenn sich das überhaupt machen ließ, dann nur im Verlauf gründlicher Ermittlungen, die sich unter Umständen Jahre hinziehen könnten.

Am nächsten lag natürlich Mats Linder. Oder möglicherweise Hoff-Jensen. Aber Linders Abneigung gegen Broberg war so stark, daß er sie nicht einmal bei einem Gespräch mit der Polizei hatte unterdrücken können. Hatte er nicht sogar angedeutet, daß Broberg ein Betrüger sei? Daß Palmgren sich zu sehr auf seinen Mann in Stockholm verlassen habe?

Auf jeden Fall lag Linder in einem eventuellen Machtkampf um die Millionen Palmgrens am besten im Rennen.

Wenn Broberg große Beträge veruntreut hatte, war Linder in der Lage, eine sofortige Buchprüfung bei allen Firmen anzuordnen und Anzeige gegen Broberg zu erstatten. Andererseits hatte Linder dies aber noch nicht getan, obwohl er wissen oder zumindest ahnen mußte, daß es eilig war. Statt dessen hatte die Polizei dem Vorhaben Brobergs ein Ende gesetzt, obwohl das eher dem Zufall zuzuschreiben war.

Was ein Hinweis darauf sein mochte, daß Linder sich selbst in einer prekären Lage befand und nicht das Risiko einzugehen wagte, selbst Gegenbeschuldigungen ausgesetzt zu werden.

Wie dem auch sein mochte: Broberg hatte durch Palmgrens Tod nichts gewinnen können, und vor allem hatte er ihn nicht vorausgesehen. Sein Aktivwerden seit Freitag, worauf Kollberg sehr richtig hingewiesen hatte, war durch das plötzliche Ableben Palmgrens bedingt gewesen, und alles deutete darauf hin, daß er schnell, beinahe in Panik gehandelt hatte. Er war also so gut wie unvorbereitet gewesen.

Sprach ihn das nicht von dem Verdacht frei, an dem Mord beteiligt gewesen zu sein?

Martin Beck war jedenfalls von einem überzeugt: Wenn hinter der Gewalttat tatsächlich ein Komplott steckte, so war es nicht politischer, sondern wirtschaftlicher Natur.

Wer hatte etwas von Palmgrens Ableben zu gewinnen? Wer war informiert und gefährlich genug, um einen hartgesottenen Wirtschaftsgangster wie Broberg in die Flucht zu schlagen? Darauf konnte es nur eine Antwort geben.

Mats Linder. Der Mann, der sich schon der Ehefrau Palmgrens vergewissert hatte und auch im Kampf um die wirtschaftliche Macht über die stärksten Trumpfkarten verfügte.

Charlotte Palmgren war mit ihrem Dasein zufrieden, um sich auf

Verschwörungen auf einer so hohen Ebene einzulassen. Außerdem war sie ganz einfach zu dumm dazu.

Und Hoff-Jensen hatte sicher nicht den nötigen Einblick in die komplizierten Machenschaften des Palmgrenschen Geschäftsimperiums.

War es aber wirklich denkbar, daß Linder ein derart offenkundiges Risiko einging? Warum eigentlich nicht? Ein hohes Spiel erfordert hohe Einsätze.

Es wäre interessant, Hampus Broberg mit Mats Linder zu konfrontieren und zu hören, was die beiden Herren einander zu sagen hatten.

Und das Mädchen?

War Helena Hansson nur ein gedungenes Werkzeug gewesen? Wenn ja, dann offensichtlich ein vielseitig verwendbares Werkzeug; als Sekretärin, Schmuggelkurier und im Bett gleichermaßen gut zu gebrauchen.

Ihre eigenen Angaben deuteten darauf hin, und es gab nicht den geringsten Anlaß, daran zu zweifeln. Lange Erfahrung hatte Martin Beck aber gelehrt, daß gerade im Bett zahlreiche Geheimnisse ausgeplaudert werden. Und Broberg gehörte zu den Kunden, die Helena Hanssons Dienste regelmäßig in Anspruch genommen hatten. Martin Becks Gedanken reiften zu einem Entschluß heran.

Er stand auf und verließ das Zimmer. Er nahm den Fahrstuhl ins Erdgeschoß, wo die Staatsanwaltschaft ihre Büros hatte.

Zehn Minuten später saß er wieder hinter dem Schreibtisch in dem ihm vorübergehend zur Verfügung gestellten Raum und wählte die Nummer von Västberga.

«Fabelhaft», sagte Kollberg. «Du hast tatsächlich die Zeit eingehalten.»

«Ja.»

«Und?»

«Sieh zu, daß die beiden verhaftet werden.»

«Alle beide?»

«Ja. Wir brauchen sie hier als Zeugen. Sie sind wichtig für die Ermittlungen in dieser Mordsache?»

«Wirklich?» Kollbergs Stimme klang zweifelnd.

«Sie müssen so schnell wie möglich hierherverfrachtet werden», sagte Martin Beck unerschüttert.

«Okay», sagte Kollberg. «Nur noch eins.»

«Nämlich?»

«Werde ich dann diesen verdammten Fall los?»

«Ich glaube schon.»

Nach dem Telefongespräch blieb Martin Beck noch eine Weile in Gedanken versunken sitzen. Jetzt grübelte er aber mehr über Kollberg und dessen mehr oder weniger unausgesprochene Zweifel nach. Waren diese Menschen tatsächlich für die weiteren Ermittlungen wichtige Zeugen? Vielleicht nicht, aber er hatte einen anderen, eher persönlichen Grund für seine Forderung. Er hatte weder Broberg noch Helena Hansson je gesehen, nicht einmal auf Fotos, und war ganz einfach neugierig. Er wollte sehen, wie sie aussahen, mit ihnen sprechen, irgendeine Form menschlichen Kontakts zu ihnen finden und seine eigenen Reaktionen testen.

Am nächsten Morgen um fünf nach zehn wurden Hampus Broberg und Helena Hansson im Stockholmer Rathausgericht verhaftet. Es war Mittwoch, der 9. Juli. Sie verließen Stockholm am selben Tag mit der Mittagsmaschine. Broberg wurde von einem Konstapel begleitet, Helena Hansson von einer Beamtin. Åsa Torell flog mit, um mit ihren Kollegen in Malmö Ermittlungsfragen zu erörtern.

Um Viertel vor zwei landeten sie in Bulltofta.

22

An der Südostspitze Amagers, gleich südlich des Kastruper Flughafens, liegt Dragør. Das kleine dänische Städtchen wird von etwa vier- bis fünftausend Seelen bewohnt und ist hauptsächlich wegen seines neuen großen Fährhafens bekannt. Im Sommer verkehren die Fähren zwischen Dragør und Limhamn im Pendelverkehr, um alle schwedischen Autofahrer zu transportieren, die sich auf dem Weg zum Kontinent oder von dort zurück befinden, aber auch im Winter werden die Schiffe fleißig benutzt, vor allem von schwereren Fahrzeugen, Fernlastern und Bussen. Und das ganze Jahr über fahren Hausfrauen von Malmö nach Dragør, um an Bord zollfreie Waren und in Dänemark Lebensmittel einzukaufen, die dort billiger sind als in Schweden.

Vor nicht allzu langer Zeit war die kleine Hafenstadt noch ein beliebter Badeort, und im Fischereihafen, in dem die Fangschiffe Reling an Reling lagen, herrschte lebhafte Tätigkeit.

Als Erholungsort hatte Dragør den Vorteil, für die Kopenhagener in bequemer Reichweite zu liegen. Heute ist die Nähe zur Hauptstadt bloß ein Nachteil; das Wasser vor den Kais und Stränden Dragørs ist derart verschmutzt, daß es weder zum Baden noch zum Fischen taugt.

Die Stadt selbst hat sich dagegen seit der Zeit, in der die Damen auf der Strandpromenade noch lässig ihre Sonnenschirme drehten, um ihre Alabasterhaut vor den schädlichen Sonnenstrahlen zu schützen, kaum in ihrem Erscheinungsbild verändert. Die Zeit, in der die Herren am Uferrand vorsichtig kneippten und ihre Punschbäuche in unvorteilhaften Badetrikots zur Schau stellten, ist allerdings längst vorbei.

Die Häuser Dragørs sind niedrig und pittoresk, in fröhlichen Farben verputzt oder gestrichen, die Gärten sind lauschig und duften nach Beeren, Blumen und üppigem Grün. Die engen Straßen und Gäßchen haben vielfach noch das alte Kopfsteinpflaster. Der lärmende und stinkende Autoverkehr von und zu den Fähren rauscht am Stadtrand vorbei, und in den alten Vierteln zwischen dem Hafen und der Autobahn herrscht relative Ruhe.

Es kommen noch immer Sommergäste nach Dragør, trotz der schlechten Bademöglichkeiten, und an diesem Dienstag, Anfang Juli, waren alle Zimmer im Strandhotel belegt.

Es war drei Uhr nachmittags, und auf der Veranda vor dem Hotel beendete gerade eine dreiköpfige Familie ihr verspätetes Lunch. Die Eltern saßen noch friedlich bei einer Tasse Kaffee und einem *kransekage,* nur der Sohn, der sechs Jahre alt war und Jens hieß, konnte nicht länger still sitzen. Er lief ständig zwischen den Tischen umher und redete unaufhörlich auf seine Eltern ein. «Können wir jetzt nicht endlich gehen? Ich will die Schiffe ansehen. Trinkt doch endlich euren Kaffee aus. Beeilt euch. Aber jetzt können wir doch gehen. Können wir jetzt nicht zu den Schiffen gehen . . .»

Und so weiter, bis seine Mutter und sein Vater genug hatten und aufstanden.

Hand in Hand schlenderten sie zu dem alten Hafenpavillon hinunter, der heute ein Museum ist. Im Fischereihafen lagen nur zwei Boote, und es war anzunehmen, daß einige sich draußen im Sund befanden, um quecksilbervergiftete Schollen aus dem Wasser zu holen.

Der Junge blieb auf der Kaimauer stehen und begann, Steine und Holzstücke in das trübe Wasser zu werfen. Er sah mehrere interessante Gegenstände, die im Wasser trieben und gegen die Kaimauer stießen, aber die Entfernung dorthin war zu groß. Er konnte sie nicht erreichen.

Etwas weiter weg lag der Fährhafen. Auf der großen asphaltierten Plattform standen mehrere Wagen aufgereiht und warteten auf die Fähre, die sich draußen auf dem in der Sonne glitzernden Wasser näherte.

Die drei Sommergäste kehrten um und promenierten langsam am Wasser entlang zu den Häusern und Villen zurück. Am Nordre Strandvej blieben sie stehen und wechselten einige Worte mit einem Bekannten, der seinen Hund spazierenführte.

Dann setzten sie ihren Weg fort, bis die Straße und die Bebauung aufhörten und das Gelände des Kastruper Flughafens begann. Dort bogen sie nach rechts ab und gingen zum Strand hinunter.

Jens fand ein kaputtes grünes Kunststoffboot und spielte damit, während seine Eltern am Strand im Gras saßen und zusahen. Schließlich war sein Interesse für dieses Spiel erschöpft, und er begab sich auf Entdeckungstour, um nach Strandgut zu suchen. Er fand einen leeren Milchkarton, eine Bierdose und einen Kondom und bereute bitter, die Fundsachen seinen Eltern gezeigt zu haben, da sie sofort verlangten, daß er alles wegwerfen solle.

Sein Vater war gerade aufgestanden und hatte nach ihm gerufen, als er am Ufer eine geheimnisvolle Sache entdeckte. Eine Kiste. Vielleicht eine Schatzkiste? Er lief hin und hob sie auf.

Sein Vater nahm ihm natürlich die Kiste weg. Der Junge protestierte zwar lauthals, verstummte aber bald, weil er wußte, daß es zu nichts führen würde.

Seine Eltern sahen die Kiste an. Sie war völlig durchtränkt, und das schwarze Papier, das auf den dicken Karton aufgeklebt war, hatte sich an einigen Stellen gelöst. Dennoch war der Karton nicht gewellt und der Deckel, der nicht richtig saß, unbeschädigt. Als sie den Karton näher betrachteten, sahen sie auf dem Deckel einen gedruckten Text:

ARMINIUS 22

Und darunter, in kleineren Buchstaben:

Made in West Germany

Diese Kiste fing an, ihre Neugier zu erregen. Sie öffneten sie vorsichtig, um nicht den wasserdurchtränkten Deckel zu beschädigen.

Die Kiste war gefüllt mit einem federleichten Block aus weißen Styroporkügelchen, die heutzutage in unvorstellbaren Mengen an den Küsten Dänemarks und Schwedens herumwirbeln: im Öresund, der Ost- und der Nordsee.

In den weißen Kunststoffblock waren einige zweieinhalb Zentimeter tiefe Profile geschnitten. Das eine zeigte die Umrisse eines Revolvers mit sehr langem Lauf, das andere hatte eine etwas unbestimmtere Form. Man konnte nicht sofort sehen, was dort einmal gelegen hatte.

«Eine Kiste für eine Spielzeugpistole», sagte die Frau achselzuckend.

«Aber nicht doch», sagte der Mann. «In dieser Kiste hat ein richtiger Revolver gelegen.»

«Woher weißt du das?»

«Auf dem Deckel steht sogar das Fabrikat. Eine Arminius 22. Und, guck mal hier, hier in diesem zweiten Ausschnitt hat ein Zusatzkolben gelegen, so daß man den sogar gegen den anderen austauschen konnte, wenn man einen gröberen Kolben mit größerer Grifffläche haben wollte.»

«Pfui», sagte die Frau. «Ich kann Schußwaffen nicht ausstehen.»

Der Mann lachte. Er warf den Karton aber nicht weg, sondern behielt ihn in der Hand, während sie zur Straße zurückgingen. «Dies ist doch nur eine leere Kiste», sagte er. «Vor der brauchst du keine Angst zu haben.»

«Trotzdem», beharrte die Frau. «Wenn nun der Revolver oder die Pistole noch drin gewesen und geladen gewesen wäre, und Jens hätte sie gefunden und . . .»

Der Mann lachte wieder und streichelte seiner Frau nachsichtig die Wange. «Du mit deiner Phantasie», sagte er. «Wenn der Revolver in der Kiste gelegen hätte, hätte sie nicht an Land treiben können, sondern wäre untergegangen. So eine Zweiundzwanziger hat nämlich ein ganz schönes Gewicht. Im übrigen lag bestimmt keine Waffe in der Kiste, als sie ins Wasser geworfen wurde. So ein teures Ding wie einen Revolver schmeißt man doch nicht einfach ins Wasser . . .»

«. . . wenn es nicht ein Gangster getan hat, der eine Mordwaffe loswerden wollte», ergänzte die Frau. «Du, stell dir vor, wenn . . .» Sie blieb urplötzlich stehen und zupfte ihren Mann eifrig am Ärmel. «Und wenn es so gewesen ist? Ich finde, wir sollten mit dem Ding zur Polizei gehen.»

«Bist du verrückt geworden? Damit die uns auslachen?»

Sie gingen wieder weiter. Jens lief vor ihnen her. Seine Schatzkiste hatte er vergessen.

«Man kann nie wissen», sagte sie. «Es kann jedenfalls nicht schaden. Wir gehen zur Polizei.»

Die Frau war hartnäckig, und ihr Mann, der seit zehn Jahren genug Kostproben von ihrer Hartnäckigkeit erhalten hatte, wußte, daß es besser war, gleich nachzugeben.

Und so kam es, daß Politiassistent Larsen in Dragør eine Viertelstunde später mitansehen mußte, wie seine Schreibunterlage von einer nassen Revolverkiste aus Westdeutschland aufgeweicht wurde.

13

Wenn alles am Montag und am Dienstag etwas weniger passiert war, ereignete sich zum Ausgleich am Mittwoch überhaupt nichts. Jedenfalls nichts, was die Ermittlungen weitergebracht hätte.

Martin Beck hatte schon beim Aufstehen das Gefühl, daß es ein merkwürdiger Tag werden würde.

Er fühlte sich unlustig und unzufrieden. Er war spät eingeschlafen und früh aufgewacht. Er hatte einen bleiernen Geschmack im Mund, und im Kopf bohrten unausgegorene Gedanken.

Im Polizeihaus herrschte die gleiche dumpfe Atmosphäre. Månsson hockte still und nachdenklich an seinem Schreibtisch und blätterte immer wieder in seinen Papieren, während er seine unvermeidlichen Zahnstocher zwischen den Zähnen zerkaute. Skacke machte einen niedergeschlagenen Eindruck, und Backlund putzte mit beleidigter Miene seine Brille.

Martin Beck hatte die Erfahrung gemacht, daß Tiefpunkte dieser Art bei jeder schwierigen Ermittlung vorkamen. Sie konnten sich über Tage oder gar Wochen erstrecken, und allzuoft kam man überhaupt nicht aus ihnen heraus. Das Material, mit dem man arbeiten konnte, schien völlig unzulänglich zu sein, Auswege aus der Sackgasse waren nicht zu sehen. Alle Spuren endeten im Nichts.

Wenn er einer Eingebung gefolgt wäre, hätte er alles stehen- und liegenlassen, den Zug nach Falsterbo genommen und sich dort am Strand geäalt. Die seltene schwedische Hochsommerhitze wäre ihm am Badestrand besser bekommen als hier im Polizeihaus. Die Morgenblätter hatten Wassertemperaturen von mehr als zwanzig Grad angekündigt, was für die Ostsee wirklich ungewöhnlich viel ist.

Ein Kriminalkommissar hat aber natürlich nicht faul am Strand zu liegen, schon gar nicht während einer Jagd nach einem Mörder.

Die ganze Geschichte war unerhört irritierend. Martin Beck drängte es sowohl physisch wie psychisch zur Tat, aber er wußte nicht, was er anstellen sollte. Noch weniger brachte er es fertig, anderen Befehle zu erteilen. Nach einigen Stunden offenkundiger Untätigkeit fragte Skacke geradeheraus: «Was soll ich tun?»

«Frag Månsson.»

«Das habe ich schon getan.»

Martin Beck schüttelte den Kopf und ging in sein Zimmer. Sah auf die Uhr. Immer noch erst elf. Noch drei Stunden, bis die Maschine mit Broberg und Helena Hansson an Bord in Malmö landen würde.

Weil ihm nichts Besseres einfiel, rief Martin Beck das Palmgrensche Büro an und bat, mit Mats Linder verbunden zu werden. «Herr Linder ist nicht im Haus», sagte die blonde Empfangsdame lässig. «Aber . . .»

«Aber was?»

«Ich kann Sie mit seiner Sekretärin verbinden.»

Mats Linder war in der Tat recht weit außer Haus. Er war nämlich am Dienstagnachmittag von Kastrup nach Johannesburg geflogen. In eiligen Geschäften.

Im Augenblick war er nicht einmal in Johannesburg anzutreffen, falls jemand auf die Schnapsidee kommen sollte, es dort zu versuchen. Die Maschine befand sich nämlich noch in der Luft.

Es sei sehr ungewiß, wann Herr Linder zurückkommen werde.

Ob die Reise geplant sei?

Herr Linder bereite seine Reisen immer sehr sorgfältig vor. Sagte die effektive Sekretärin orakelhaft.

Martin Beck legte auf und sah das Telefon vorwurfsvoll an. Damit war also die Gegenüberstellung von Broberg und Linder zum Teufel.

Martin Beck kam ein plötzlicher Einfall. Er hob den Hörer wieder ab und wählte die Nummer der Firma Aero-fragt an Kultorvet in Malmö.

Sehr richtig.

Direktor Hoff-Jensen habe sich sehr plötzlich gezwungen gesehen, eine Reise nach Lissabon anzutreten. Möglicherweise sei er später im Hotel *Tivoli* in der Avenida da Liberdade zu erreichen. Im Augenblick sei die Maschine aber noch in der Luft. Wann er nach Dänemark zurückkehren werde, sei ungewiß.

Martin Beck gab diese Nachrichten an Månsson weiter, der ungerührt die Achseln zuckte.

Um halb drei kamen endlich Broberg und Helena Hansson an. Broberg war außer mit seinem Bewacher und einem enormen Pflaster auch mit seinem Anwalt versehen. Er selbst sagte nichts, dafür drückte sich sein Anwalt um so unverblümter aus.

Direktor Broberg *könne* nicht sprechen, weil er seitens der Polizei der gröbsten Brutalität ausgesetzt worden sei. Und selbst wenn er imstande gewesen wäre zu sprechen, hätte er zur Sache selbst nichts anderes mitzuteilen als das, was er bereits am vergangenen Mittwoch zu Protokoll gegeben habe.

Der Anwalt setzte seinen Wortschwall fort, während er Skacke von Zeit zu Zeit flammende Blicke zuwarf. Skacke bediente das Tonbandgerät. Und errötete.

Martin Beck dagegen wurde nicht rot. Er stützte das Kinn in die linke Hand und betrachtete unverwandt den Mann mit dem großen Heftpflaster.

Broberg war ein völlig anderer Menschentyp als etwa Linder und Hoff-Jensen. Er war untersetzt, rothaarig und hatte grobe, brutale Gesichtszüge. Blinzelnde blaßblaue Augen, einen Spitzbauch und eine Kopfform, die ihn umgehend in die nächste Todeszelle befördert hätte, wenn die kriminologischen Theorien von Lombrosi selig sich international durchgesetzt hätten.

Der Mann sah ganz einfach widerlich aus und war überdies geschmacklos und schreiend gekleidet. Er konnte einem beinahe leid tun, dachte Martin Beck.

Einer, der eher berufsmäßig Mitleid mit Broberg hatte, war der Anwalt. Er redete und redete, und Martin Beck ließ ihn gewähren, obwohl der Mann im großen und ganzen sicher nur das wiederholte, was er ohne Erfolg schon vor dem Haftrichter gesagt hatte.

Aber der Kerl mußte ja etwas zeigen, um das fette Honorar zu rechtfertigen, das ihn erwartete, wenn er Broberg irgendwann freibekam und dafür sorgte, daß Gunvald Larsson und Zachrisson wegen Amtspflichtverletzung zur Rechenschaft gezogen wurden.

Das mochte im übrigen ruhig geschehen. Martin Beck hatte schon lange schwer an Gunvald Larssons Methoden getragen, aber im

Namen der heiligen Loyalität bislang nie eingegriffen.

Als der Anwalt das Ende der Brobergschen Leidensgeschichte erreicht hatte, sagte Martin Beck, noch immer, ohne den Blick von dem Verhafteten losreißen zu können: «Direktor Broberg kann also nicht sprechen?»

Kopfschütteln.

«Was halten Sie von Mats Linder?»

Achselzucken.

«Glauben Sie, daß er fähig ist, die Leitung des Gesamtkonzerns zu übernehmen?»

Neues Achselzucken.

Martin Beck betrachtete Broberg noch eine weitere volle Minute und versuchte, den Ausdruck der flackernden, fahlen Augen zu deuten.

Der Kerl hatte ohne Zweifel Angst, schien aber gleichzeitig kampfbereit zu sein.

Schließlich sagte Martin Beck zum Anwalt: «Ich verstehe, daß Ihr Klient durch die Ereignisse der letzten Woche ein bißchen durcheinandergeraten ist. Es ist bis auf weiteres sicher am besten, wenn wir hier Schluß machen.»

Alle sahen gleichermaßen erstaunt aus: Broberg, der Anwalt, Skacke und sogar der Konstapel.

Martin Beck stand auf und ging hinaus, um sich zu erkundigen, wie Månsson und Backlund mit Helena Hansson fertig wurden.

Im Flur traf er Åsa Torell.

«Was sagt sie?»

«Eine ganze Menge. Aber kaum etwas, woran du Freude hättest.»

«In welchem Hotel wirst du wohnen?»

«Im selben wie du. *Savoy*.»

«Dann können wir heute ja zusammen essen?» In dem Fall würde dieser unerfreuliche Tag jedenfalls einen angenehmen Abschluß finden.

«Das wird nicht ganz einfach sein», sagte Åsa Torell ausweichend. «Ich werde heute noch eine ganze Menge zu tun haben.» Sie vermied es, ihm in die Augen zu sehen. Was übrigens leicht zu bewerkstelligen war, denn sie reichte ihm nicht einmal bis zur Schulter.

Helena Hansson redete und redete. Sie sang wie eine Nachtigall. Månsson saß mucksmäuschenstill am Tisch. Das Tonbandgerät surrte. Backlund ging im Zimmer auf und ab und zeigte ein schockiertes Gesicht. Seine Vorstellungen von Moral hatten sicher den einen oder anderen vernichtenden Schlag erhalten.

Martin Beck blieb eine Weile in der Nähe der Tür stehen, auf einen Blechschrank gestützt, und beobachtete die Frau, während sie Wort für Wort das wiederholte, was sie früher schon zu Kollberg gesagt hatte.

Jetzt war aber von der halb respektablen Fassade und der mühsam erkämpften Tünche nichts mehr übrig.

Sie sah im Gegenteil schlaff und verbraucht aus. Eine Nutte ganz einfach, die in etwas hineingeraten war, was sie nicht begriff und vor dem sie eine furchtbare Angst hatte. Die Tränen kullerten ihr die Wangen herab, und sie ging schnell dazu über, alle und alles in ihrer Branche zu verraten – in der offenkundigen Hoffnung, selbst so billig wie möglich davonzukommen.

Es war eine beklemmende Vorstellung, und Martin Beck verließ das Zimmer genauso leise und bescheiden, wie er es betreten hatte. Er kehrte in sein Zimmer zurück, das jetzt leer und noch wärmer war als vorhin. Er stellte fest, daß der Stuhl, auf dem Hampus Broberg gesessen hatte, schweißnaß war, sowohl auf der Sitzfläche wie auf der Rückenlehne.

Das Telefon klingelte. Malm, natürlich. Wer hätte es sonst sein sollen?

«Was, zum Teu ... Womit um Gottes willen beschäftigen Sie sich eigentlich da unten?»

«Mit den Ermittlungen.»

«Einen Augenblick mal», sagte Malm aufgeregt. «Hatten wir uns nicht darüber verständigt, daß diese Fahndung so diskret und wirkungsvoll wie möglich durchgeführt werden sollte?»

«Doch.»

«Findest du es sehr diskret, wenn es mitten in Stockholm zu einem wilden Schußwechsel und zu Prügeleien kommt?»

«Nein.»

«Hast du die Zeitungen gesehen?»

«Ja, habe ich.»

«Wie werden sie deiner Meinung nach morgen aussehen?»

«Weiß nicht.»

«Ist es nicht ein starkes Stück, daß die Polizei Haftbefehl gegen zwei Personen erwirkt, die wahrscheinlich völlig unschuldig sind?»

Hier landete der Intendent einen Punktsieg, das war völlig klar, und Martin Beck zögerte infolgedessen mit der Antwort.

«Ja», sagte er schließlich. «Das sieht vielleicht ein bißchen eigenartig aus.»

«Eigenartig? Ist euch da unten eigentlich klar, daß ich für dies alles den Kopf hinhalten muß?»

«Ja, und es tut mir sehr leid.»

«Ich darf dir ausrichten, daß der Rikspolis-Chef genauso empört ist wie ich. Wir haben gerade stundenlang bei ihm konferiert ...»

Eine Krähe hackt der anderen kein Auge aus. Dachte Martin Beck.

«Wie bist du zu ihm reingekommen?» fragte er unschuldig.

«Wie ich reingekommen bin?» sagte Malm. «Was meinst du? Soll das ein schlechter Witz sein?»

Es war eine allgemein bekannte Tatsache, daß der Rikspolis-Chef ungern mit Menschen sprach. Einem Gerücht zufolge hatte ein hoher Beamter einmal sogar damit gedroht, einen Gabelstapler ins Gebäude der Rikspolis-Führung zu transportieren und die Türen zum Allerheiligsten mit Gewalt aufzubrechen, um endlich ein Gespräch unter vier Augen zustande zu bringen. Der betreffende Großkopfete hatte aber andererseits eine große Schwäche für Reden, sowohl für Ansprachen an das Volk in seiner Gesamtheit wie an wehrlose Gruppen seiner Privatarmee.

«Nun?» sagte Malm. «Kann man wenigstens sagen, daß eine Festnahme unmittelbar bevorsteht?»

«Nein.»

«Weißt du, wer der Mörder ist? Fehlt dir vielleicht nur noch der Beweis?»

«Nein, ich tappe noch im dunkeln.»

«Weißt du, in welchen Kreisen er zu suchen ist?»

«Ich habe keinen blassen Schimmer.»

«Das ist doch vollkommen absurd.»

«Findest du?»

«Was in aller Welt soll ich denn deiner Meinung nach den Betroffenen sagen?»

«Die Wahrheit.»

«Welche Wahrheit?»

«Daß es keine Fortschritte gibt.»

«Keine Fortschritte? Nach einer Woche Fahndung? In die unsere absoluten Spitzenkräfte eingeschaltet sind?»

Martin Beck holte tief Luft. «Ich weiß nicht, in wie vielen Mordfällen ich im Laufe der Jahre ermittelt habe. Es sind jedenfalls ziemlich viele. Und ich kann dir versichern, daß wir unser Bestes tun.»

«Davon bin ich ja auch überzeugt», sagte Malm etwas versöhnlicher.

«Das war es aber nicht, worauf ich in erster Linie hinweisen wollte», fuhr Martin Beck fort. «Sondern vielmehr auf die Tatsache, daß eine Woche eine sehr kurze Zeit ist. Und dabei haben wir jetzt noch nicht einmal eine Woche hinter uns, wie du vielleicht weißt. Ich bin am Freitag hergekommen, und heute haben wir Mittwoch. Vor einem Jahr etwa haben wir einen Mann festgenommen, der vor sechzehn Jahren einen Mord begangen hat. Das war aber noch vor deiner Zeit.»

«Ja, ja, ich weiß das alles. Aber dies ist kein normaler Mord.»

«Das hast du schon beim letztenmal gesagt.»

«Es kann internationale Verwicklungen geben», sagte Malm mit einem Anflug von Verzweiflung in der Stimme. «Sie sind übrigens schon da.»

«Inwiefern?»

«Wir sind von mehreren diplomatischen Vertretungen eindringlich unter Druck gesetzt worden. Außerdem glaube ich zu wissen, daß sich bereits Sicherheitsleute aus dem Ausland hier eingefunden haben. Die werden sicher bald auch in Malmö oder Kopenhagen auftauchen.» Er machte eine Pause. Dann sagte er mit gebrochener Stimme: «Oder hier bei mir.»

«Aber, aber», sagte Martin Beck tröstend, «mehr Unheil als die Sicherheitsabteilung werden sie kaum anrichten.»

«Die Sicherheitsabteilung? Die hat einen Mann in Malmö. Arbeitet ihr zusammen?»

«Das kann ich nicht gerade behaupten.»

«Habt ihr euch noch nicht getroffen?»

«Ich habe ihn gesehen.»

«Ist das alles?»

«Ja. Und das ließ sich übrigens kaum vermeiden.»

«Von der Seite haben wir auch keine positiven Meldungen bekommen», sagte Malm mutlos.

«Hattest du das denn erwartet?»

«Ich kann mir nicht helfen, aber ich habe den Eindruck, daß du alles etwas zu sehr auf die leichte Schulter nimmst.»

«Das ist ein Irrtum. Ich nehme keinen Mord auf die leichte Schulter.»

«Aber dies ist kein normaler Mord.»

Martin Beck hatte das Gefühl, dies schon einmal gehört zu haben.

«In diesem Fall dürft ihr nicht wie Elefanten im Porzellanladen herumtrampeln», sagte Malm mit fester und entschlossener Stimme. «Viktor Palmgren war eine der bekanntesten Persönlichkeiten unseres Landes und genoß auch im Ausland einen ausgezeichneten Ruf.»

«Ja, er scheint alle paar Wochen in den Illustrierten aufgetaucht zu sein.»

«Hampus Broberg und Mats Linder sind auch geachtete Staatsbürger.»

«Aha.»

«Man kann sie nicht wie Landstreicher behandeln.»

«Natürlich nicht.»

«Gleichzeitig müßt ihr sehr vorsichtig mit dem sein, was ihr der Presse sagt.»

«Ich persönlich sage kein Wort.»

«Wie ich dir schon beim letztenmal sagte, würde ein nicht wiedergutzumachender Schaden entstehen, wenn einige Bereiche der Tätigkeit Palmgrens der Öffentlichkeit zur Kenntnis gelangten.»

«Wer würde diesen nicht wiedergutzumachenden Schaden erleiden?»

«Wer wohl?» sagte Malm empört. «Der Staat natürlich. Unsere Gesellschaft. Wenn es bekannt würde, daß man auf Regierungsebene von bestimmten Transaktionen gewußt hat, dann ...»

«Was dann?»

«Dann würden die politischen Auswirkungen verheerend sein.»

Martin Beck verabscheute Politik. Wenn er eine politische Meinung hatte, behielt er sie strikt für sich. Er versuchte immer, sich vor Aufträgen zu drücken, bei denen er politische Konsequenzen vorhersah. Im allgemeinen pflegte er sich jeder Äußerung zu enthalten, wenn von politischer Kriminalität die Rede war. Aber diesmal konnte er sich nicht enthalten zu sagen: «Für wen?»

Malm gab einen Laut von sich, als hätte man ihm ein Messer in den Rücken gestoßen. «Bitte, tu alles, was in deiner Macht steht, Martin», sagte er beinahe flehend.

«Ja», sagte Martin Beck nachgiebig. «Ich werde tun, was ich kann ...» Nach einem Augenblick fügte er hinzu: «... Stig.» Es war das erste Mal, daß er den Intendenten mit dem Vornamen anredete. Hoffentlich auch das letzte Mal.

Der Rest des Nachmittags stand im Zeichen der Niedergeschlagenheit.

Die Palmgren-Ermittlungen waren in der Sackgasse.

Im übrigen ging es im Polizeihaus außergewöhnlich lebhaft zu. Die Malmöer Polizei hob zwei Bordelle mitten in der Stadt aus, sehr zum Verdruß der Angestellten und zur noch größeren Schmach der Kunden, die bei der Razzia gleich mitgenommen wurden.

Åsa Torell hatte offensichtlich recht gehabt, als sie sagte, sie werde eine Menge zu tun bekommen.

Martin Beck verließ das Polizeihaus gegen acht, noch immer genauso unzufrieden und auf unbestimmte Art beunruhigt.

Sein Appetit ließ ihn im Stich, so daß von einem Essen nach Schonenart auch keine Rede sein konnte. In der Cafeteria *Mitt i City* auf Gustav Adolfs torg zwang er sich dazu, ein Butterbrot zu essen und ein Glas Milch zu trinken.

Er kaute das Brot lange und sorgfältig, während er durch die Fensterscheiben die jugendlichen Vagabunden beobachtete, die Hasch rauchten und Cannabisharz gegen gestohlene Schallplatten tauschten. Dieses Treiben rund um das rechteckige Steinbassin auf dem Markt ging völlig ungestört vor sich. Polizei war nicht zu sehen, und das Personal des Jugendamtes hatte wohl Wichtigeres zu tun.

Nach einiger Zeit machte er sich auf den Weg und flanierte Strömgatan entlang, überquerte Stortorget und ging dann weiter in Richtung Hafen. Als er im Hotel war, zeigte die Uhr halb elf.

In der Halle fiel sein Blick sofort auf zwei Männer, die in den Sesseln rechts vom Eingang zum Restaurant saßen. Der eine war hochgewachsen, kahlköpfig und hatte einen dicken schwarzen Schnurrbart. Außerdem war er dunkel gebräunt. Das andere war verwachsen und fast zwergenhaft klein, aber das blasse, scharfgeschnittene Gesicht und die schwarzen Augen verrieten Intelligenz. Beide waren untadelig gekleidet. Der Schnurrbärtige trug einen Anzug aus dunkelblauer Shantungseide, und der Bucklige einen gutsitzenden hellgrauen Anzug mit Weste. Beide trugen spiegelblanke schwarze Schuhe, und beide saßen unbeweglich da und starrten ausdruckslos vor sich hin. Zwischen ihnen auf dem Tisch standen eine Flasche Chivas Regal und zwei Gläser.

Ausländer, dachte Martin Beck. Das Hotel wimmelte von ausländischen Gästen, und an den Fahnenstangen vor dem Hotel hatte er mindestens zwei Nationalitätsflaggen gesehen, die er nicht einordnen konnte.

Während er seinen Zimmerschlüssel holte, sah er Paulsson aus dem Fahrstuhl kommen und auf den Tisch zugehen, an dem die beiden Männer saßen.

24

Oben im Hotelzimmer hatte das Zimmermädchen alles für die Nacht vorbereitet: Laken und Wolldecke waren aufgeschlagen, der Bettvorleger war säuberlich hingelegt, das Fenster war geschlossen, die Rollgardine heruntergezogen.

Martin Beck knipste die Nachtischlampe an und sah den Fernseher an. Er hatte keine große Lust, ihn anzustellen, und vermutlich war die Sendezeit auch schon um.

Er zog Schuhe, Strümpfe und Hemd aus. Dann zog er die Gardinen auf und öffnete die Doppelfenster.

Ein schwacher Lufthauch drang herein, so schwach, daß er kaum fühlbar war. Er stützte die Hände aufs Fensterbrett und sah auf den Kanal, den Bahnhof und den Hafen hinaus. Er blieb in Hose und Netzhemd lange am Fenster stehen und dachte eigentlich an gar nichts.

Die Luft war warm und still, der Himmel sternenklar.

Hellerleuchtete Passagierschiffe kamen und gingen; in der Hafeneinfahrt ertönte die Sirene der Eisenbahnfähre. Der Verkehr auf den Straßen war fast völlig abgeflaut, und vor dem Hauptbahnhof stand eine lange Reihe von Taxis mit erleuchteten Frei-Schildern und geöffneten Vordertüren. Die Fahrer standen in Gruppen beisammen und klönten. Anders als die einheitlich schwarzen Taxis in Stockholm wiesen diese mehr oder weniger fröhliche Farben auf.

Er hatte keine Lust, schon zu schlafen. Die Abendzeitungen hatte er schon gelesen und leider vergessen, sich ein Buch zu besorgen. Er konnte zwar hinuntergehen und sich eines kaufen, aber dazu müßte er sich erst wieder anziehen. Außerdem hatte er auch keine Lust zu lesen, und sollte die ihn dennoch überkommen, hatte er ja noch die Bibel in der Nachttischschublade und das Telefonbuch zur Verfügung. Oder den Obduktionsbefund, aber den kannte er schon fast auswendig.

So stand er also statt dessen am Fenster und sah in die Nacht hinaus und fühlte sich seltsam allein. Ganz aus freien Stücken, denn er hätte sich ja in die Bar setzen oder Månsson besuchen oder sonstwohin ausgehen können.

Irgend etwas fehlte ihm, aber er wußte nicht genau, was.

Als er eine ganze Weile so dagestanden hatte, hörte er, wie jemand an die Tür klopfte. Ganz leicht. Hätte er geschlafen oder unter der Dusche gestanden, würde er es nicht gehört haben. «Herein», sagte er, ohne den Kopf zu wenden.

Er hörte, wie die Tür geöffnet wurde.

Vielleicht war es der Mörder, der mit dem Revolver in der Hand eintrat. Wenn er auch diesmal auf den Hinterkopf zielte, würde Martin Beck kopfüber aus dem Fenster fallen, und wenn er Pech hatte, würde er schon vor dem Aufschlagen auf dem Bürgersteig tot sein.

Er lächelte und drehte sich um.

Vor ihm stand Paulsson mit seinem Pepitaanzug und seinen knallgelben Schuhen. Er sah unglücklich aus. Nicht einmal der Schnurrbart wirkte so schnittig wie sonst. «Hej», sagte er.

«Hej.»

«Darf ich reinkommen?»

«Aber ja», sagte Martin Beck. «Setz dich nur.» Er selbst setzte sich auf die Bettkante.

Paulsson schraubte sich in einen Sessel. Stirn und Wangen glänzten vor Schweiß.

«Zieh doch die Jacke aus», sagte Martin Beck. «Hier ist es nicht so notwendig, auf Etikette zu achten.»

Paulsson zögerte, aber schließlich begann er doch, die Knöpfe seines doppelt geknöpften Jacketts zu öffnen. Er faltete es sorgfältig zusammen und legte es über die Armlehne. Unter der Jacke trug er ein breitgestreiftes Hemd in Hellgrün und Orange. Plus Pistole im Schulterhalfter.

Martin Beck fragte sich, wie lange es wohl dauern mochte, bis er im Ernstfall die Waffe erreichte – bei der Knöpfprozedur.

«Was hast du auf dem Herzen?» fragte er gelassen.

«Jaa . . . ich möchte dich etwas fragen.»

«Gern. Was denn?»

«Du brauchst natürlich nicht zu antworten.»

«Sei nicht albern. Was willst du?»

«Ja . . .» Und dann kam es endlich, sichtlich mit großer Selbstüberwindung: «Hast du schon etwas erreicht?»

«Nein», sagte Martin Beck. Aus reiner Höflichkeit stellte er eine Gegenfrage: «Du denn?»

Paulsson schüttelte traurig den Kopf. Strich sich liebevoll über den Schnurrbart, als wollte er neue Kräfte sammeln. «Der Fall scheint ziemlich verwickelt zu sein», meinte er.

«Vielleicht ist er auch sehr einfach», sagte Martin Beck.

«Einfach», sagte Paulsson. Fragend und ungläubig.

Martin Beck zuckte die Achseln.

«Nein», sagte Paulsson, «das glaube ich nicht. Und am schlimmsten ist . . .» Er hielt inne. Sagte mit einem hoffnungsfrohen Leuchten im Blick: «Haben sie dich auch angeschnauzt?»

«Wer?»

«Nun ja. Die Chefs. In Stockholm.»

«Sie scheinen etwas nervös zu sein», sagte Martin Beck. «Was ist nun am schlimmsten, wie du eben sagtest?»

«Dies wird sich zu einer großen internationalen Geschichte entwikkeln. Politisch kompliziert. Verzweigt nach allen Seiten. Gestern abend sind zwei ausländische Sicherheitsbeamte hergekommen. Ins Hotel.»

«Diese beiden Figuren, die vorhin in der Halle saßen?»

Paulsson nickte.

«Woher kommen sie?»

«Der Kleine ist aus Lissabon, und der andere aus Afrika. Loranga Marcuse oder wie das heißt.»

«Lourenço Marques», sagte Martin Beck. «Das liegt in Mozambique. Sind sie mit einem dienstlichen Auftrag hier?»

«Ich weiß nicht.»

«Sind es überhaupt Polizeibeamte?»

«Sicherheitsbeamte, glaube ich. Sie nennen sich Geschäftsleute. Aber . . .»

«Ja?»

«Aber sie haben mich sofort identifiziert. Sie wußten, wer ich bin. Bemerkenswert.»

Außerordentlich bemerkenswert, dachte Martin Beck. Laut sagte er: «Hast du mit ihnen gesprochen?»

«Ja. Sie sprechen ein sehr gutes Englisch.»

Martin Beck wußte zufällig, daß Paulssons Englisch hochgradig fehlerhaft war. Vielleicht war er in Chinesisch oder Ukrainisch oder in einer anderen Sprache besser, die für die Sicherheit des Reiches wichtig war.

«Was wollten sie denn?»

«Sie fragten nach Sachen, die ich nicht ganz begriffen habe. Darum habe ich dich hier auch gestört. Zuerst wollten sie eine Liste der Verdächtigen sehen.»

«Ja?»

«Also, wenn ich die Wahrheit sagen soll: Ich habe keine solche Liste. Du vielleicht?»

Martin Beck schüttelte den Kopf.

«Ich habe natürlich nichts gesagt», sagte Paulsson listig. «Aber dann fragten sie mich etwas, was ich überhaupt nicht kapiert habe.»

«Was denn?»

«Nun ja, so wie ich es auffaßte, aber das muß ja falsch sein, wollten sie wissen, welche Personen aus den überseeischen Provinzen verdächtig seien. Überseeische Provinzen ... Aber sie sagten es mehrmals und in verschiedenen Sprachen.»

«Du hast ganz richtig verstanden», sagte Martin Beck freundlich.

«Die Portugiesen behaupten, daß ihre Kolonien in Afrika und anderswo den Provinzen im Mutterland gleichgestellt seien. Sie meinten also Leute, vor allem wohl politische Flüchtlinge, aus Angola, Mozambique, Macao, Cabo Verde, Guinea und so weiter.»

Paulssons Gesicht leuchtete auf. «Sieh mal an», sagte er. «Dann habe ich mich also doch nicht verhört.»

«Was hast du ihnen denn gesagt?»

«Gar nichts, eigentlich. Sie schienen ziemlich enttäuscht zu sein.»

Das konnte Martin Beck sich lebhaft vorstellen. «Wollen sie hierbleiben?»

«Nein», sagte Paulsson. «Sie wollen nach Stockholm weiter. Wollen mit ihrer Botschaft sprechen. Ich muß morgen übrigens auch wieder hin, Bericht erstatten. Und Archivmaterial studieren.» Er gähnte. «Ich gehe am besten schlafen. Es war eine harte Woche. Vielen Dank für deine Hilfe.»

«Wobei?»

«Diesen ... überseeischen Provinzen.» Paulsson erhob sich, zog sein Jackett an und knöpfte alle Knöpfe mit großer Sorgfalt zu. «Hej», sagte er.

«Gute Nacht.»

In der Tür drehte Paulsson sich noch einmal um und sagte düster: «Ich glaube, diese Geschichte kann sich noch Jahre hinziehen.»

Martin Beck blieb zwei Minuten still sitzen. Dann grinste er in sich hinein, zog sich den Rest seiner Kleidung aus und ging ins Bad.

Er blieb lange unter der kalten Dusche stehen. Wickelte sich das Badelaken um die Hüften und kehrte zu seinem Platz am Fenster zurück.

Draußen war es still und dunkel. Sowohl im Hafen wie im Hauptbahnhof schien jede Tätigkeit aufgehört zu haben. Ein Streifenwagen rollte langsam vorüber, und die meisten der Taxifahrer hatten aufgegeben und waren nach Hause gefahren.

Martin Beck sah in die stille Sommernacht hinaus. Es war noch immer warm, aber er selbst fühlte sich nach der Dusche kühl und erfrischt.

Nach einer Weile dachte er, daß es Zeit zum Schlafengehen sei. Früher oder später mußte es ja doch sein, obwohl der Schlaf im Augenblick noch sehr fern schien.

Er sah mit gerunzelter Stirn auf seinen Schlafanzug, der auf dem Kopfkissen lag. Er sah jetzt frisch aus, würde aber klebrig und schweißnaß sein, wenn er am nächsten Morgen aufwachte.

Er legte ihn in den Kleiderschrank. Faltete die Wolldecke säuberlich zusammen und stopfte sie unters Bett. Das große Frotteetuch hängte er auf das Trockengestell im Bad.

Dann legte er sich aufs Bett, schob das Laken fast bis zur Taille hinunter und verschränkte die Hände im Nacken. Lag still da und sah an die Decke, an der der Widerschein der Leselampe flackernde Schatten warf.

Dachte nach, aber irrational und unkonzentriert.

Nachdem er eine Viertelstunde oder zwanzig Minuten so gelegen hatte, klopfte wieder jemand an die Tür. Auch diesmal sehr leicht.

Herrgott, dachte er. Muß ich mir noch mehr dummes Gerede über Spionage und Geheimagenten anhören? Am einfachsten wäre es natürlich, sich schlafend zu stellen. Oder wäre das pflichtvergessen? «Okay, herein», sagte er mit dem Tod im Herzen.

Die Tür wurde vorsichtig geöffnet, und Åsa Torell betrat das Zimmer. Sie trug Hausschuhe und einen kurzen weißen Nylonmorgenmantel, den ein Gürtel in der Taille zusammenhielt. «Du hast doch noch nicht geschlafen, oder?»

«Nein», sagte Martin Beck. Nach einem Augenblick fügte er einfältig hinzu: «Du auch nicht?»

Sie lächelte und schüttelte den Kopf. Ihr kurzgeschnittenes dunkles Haar glänzte. «Nein», sagte sie. «Ich bin gerade ins Hotel gekommen. Ich habe nur schnell noch geduscht.»

«Ich habe gehört, daß ihr heute einen schlimmen Tag hattet.»

Sie nickte. «Ja. Pfui Teufel. Ich hab nicht mal richtig essen können. Nur ein paar Schnitten.»

«Setz dich.»

«Danke. Wenn du nicht müde bist.»

«Man wird nicht müde, wenn man nichts getan hat.»

Sie zögerte noch immer und hielt den Türgriff in der Hand. «Ich hol schnell mal meine Zigaretten», sagte sie. «Mein Zimmer ist zwei Türen weiter.» Sie ließ die Tür angelehnt. Martin Beck blieb mit den Händen unterm Kopf liegen und wartete.

Nach zwanzig Sekunden war sie wieder da, schloß die Tür lautlos hinter sich und tapste zu dem Sessel, in dem Paulsson sich vor einer Stunde gewunden hatte. Sie strampelte die Hausschuhe ab und zog die Beine hoch. Zündete sich eine Zigarette an und machte ein paar tiefe Züge. «Schön», sagte sie. «Es war wirklich ein schlimmer Tag.»

«Bereust du allmählich, daß du Polizistin geworden bist?»

«Ja und nein. Man bekommt sehr viel Not und Elend zu sehen. Früher habe ich nur davon gehört.» Sie sah gedankenvoll auf ihre Zigarette und fuhr fort: «Aber manchmal habe ich auch das Gefühl, daß meine Arbeit sinnvoll ist.»

«Ja», sagte er. «Gelegentlich hat man dieses Gefühl.»

«Habt ihr einen schlechten Tag gehabt?»

«Ja, einen sehr schlechten. Nichts Neues oder Positives. Aber so ist es oft.»

Sie nickte.

«Hast du eine Vorstellung, wie es gewesen sein könnte?» fragte er.

«Woher sollte ich? Aber dieser Palmgren war ein Schwein. Es hatten sicher viele einen Grund, ihn zu hassen. Was ich meine, ist, daß der Fall gar nicht so verwickelt zu sein braucht, wie manche glauben. Es kann schlicht und einfach ein Racheakt gewesen sein.»

«Daran habe ich auch schon gedacht.»

Sie sagte nichts mehr.

Als sie die Zigarette aufgeraucht hatte, nahm sie sich sofort eine neue und zündete sie an. Sie rauchte dänische Zigaretten, Cecil, in einer grün-weiß-roten Schachtel.

Martin Beck wandte den Kopf und sah ihre Füße an, die schmal waren, grazil gewölbt mit langen, geraden Zehen.

Dann blickte er hoch und betrachtete ihr Gesicht. Sie sah geistesabwesend aus und schien irgendeinen Punkt in der Ferne zu fixieren.

Er betrachtete sie weiter. Kurz darauf entspannte sie sich, hob den Kopf ein wenig und sah ihm voll in die Augen.

Ihre waren groß und braun und ernst.

Eben war sie noch sehr weit weg gewesen. Jetzt war sie in hohem Maße nahe. Sehr nah.

Sie fuhren fort, sich anzusehen.

Sie drückte ihre Zigarette aus, und diesmal zündete sie sich keine neue an.

Sie befeuchtete die Lippen und biß sich auf die Zungenspitze. Ihre Zähne waren weiß und etwas ungleichmäßig. Die Augenbrauen dicht und dunkel.

«Ja», sagte er.

Sie nickte sanft. Sagte sehr leise: «Ja. Früher oder später. Warum nicht jetzt.» Sie stand auf und setzte sich auf die Bettkante. Eine Zeitlang bewegte sie sich nicht. Sie sahen sich noch immer in die Augen.

Martin Beck machte den linken Arm frei und ließ die Hand sacht ihre schmalen Finger berühren. Zupfte leicht am Gürtel des Bademantels. «Wir müssen uns nicht beeilen», sagte er.

Sie sah ihm tief in die Augen und sagte: «Deine sind grau. Tatsächlich.»

«Und deine braun.»

Åsa Torell lächelte, ohne die Lippen zu öffnen. Sie hob die rechte Hand, löste langsam den Knoten, erhob sich ein wenig und ließ den Bademantel zu Boden gleiten.

Er zog das Laken weg, und sie setzte sich wieder, das linke Bein so hochgezogen, daß der Fuß an der linken Seite seines Brustkorbs ruhte.

«Hast du schon früher daran gedacht?» fragte sie.

«Ja. Und du?»

«Manchmal. Dann und wann im letzten Jahr.»

Sie wechselten noch einige Repliken.

«Ist es lange her?»

«Absurd lange her . . . Nicht mehr, seit . . .» Sie verstummte plötzlich und sagte dann: «Und bei dir?»

«Bei mir ist es genauso.»

«Du bist ein lieber Kerl», sagte sie.

«Du auch.»

Das stimmte. Åsa Torell war ein feines Mädchen, und er hatte es schon lange gewußt.

Sie war klein, aber stabil gebaut. Ihre Brüste waren klein, die Brustwarzen aber groß und steif und dunkelbraun. Die Haut über dem Brustkorb und dem Bauch schien geschmeidig und elastisch zu sein. Das sehr volle Haar über den Schenkeln war kraus und fast kohlschwarz.

Ihre Hand lag ausgebreitet auf seinem linken Bein und glitt langsam nach oben. Ihre Finger waren dünn, aber lang und stark und zielbewußt.

Sie war sehr offen.

Nach einer Weile wandten sich seine Hände ihren Schultern zu, und sie änderte ihre Stellung und legte sich rittlings auf ihn, weich und tief und weit offen und bald erfüllt.

Sie atmete mit kurzen, schnellen Zügen an seiner Schulter und kurz darauf an seinem Mund.

Als sie auf dem Rücken lag, war sie sehr sicher und erdgebunden, und ihre Beine fühlten sich auf seinem Rücken und um seine Hüften sehr stark an.

Als sie ging, war es schon seit mehreren Stunden hell.

Sie zog ihren Morgenmantel und die Schuhe an und sagte: «Hej, und danke.»

«Gleichfalls.»

Es war also geschehen und würde wohl nie wieder geschehen. Oder vielleicht doch.

Er wußte es nicht.

Dagegen wußte er, daß er alt genug war, ihr Vater zu sein, wenn dieser Platz nicht schon seit genau siebenundzwanzig Jahren besetzt gewesen wäre.

Martin Beck dachte, daß der Mittwoch trotz allem doch kein schlechtes Ende gefunden hatte. Oder war es vielleicht der Donnerstag, der gut begonnen hatte?

Dann schlief er ein.

Sie sahen sich nach einigen Stunden wieder. Im Polizeihaus. Und Martin Beck sagte im Vorübergehen: «Sag mal, wer hat eigentlich dein Zimmer im *Savoy* bestellt?»

«Ich selbst. Lennart hatte vorgeschlagen, ich solle mich hier einquartieren.»

Martin Beck lächelte vor sich hin.

Kollberg, natürlich. Der alte Intrigant. Aber diesmal würde er nie erfahren, auf gar keinen Fall, ob er Erfolg gehabt hatte oder nicht.

25

Am Donnerstagmorgen um neun Uhr war die Lage im Fahndungshauptquartier völlig unverändert. Martin Beck und Månsson saßen sich an dem großen Schreibtisch gegenüber. Keiner von ihnen sagte etwas. Martin Beck rauchte, und Månsson tat gar nichts. Er hatte keine Zahnstocher mehr.

Zwölf Minuten nach neun machte Benny Skacke den ersten aktiven Einsatz des Tages, indem er mit einem unendlich langen Telexstreifen in der Hand das Zimmer betrat. Er blieb an der Tür stehen und fing an, den Text zu überfliegen.

«Was ist denn das?» fragte Martin Beck.

«Die Liste aus Kopenhagen», erwiderte Månsson träge. «Die schikken jeden Tag so einen Riemen raus. Vermißtenanzeigen, gestohlene Autos, Fundsachen, alles mögliche Zeug.»

«Eine Menge Mädchen, die als vermißt gemeldet sind», sagte Skakke. «Neun, nein, sogar zehn.»

«Das ist die Jahreszeit», meinte Månsson.

«Lisbeth Møller, zwölf Jahre», murmelte Skacke. «Seit Montag nicht mehr zu Hause gewesen, rauschgiftsüchtig. Zwölf Jahre. Nicht zu fassen, was?»

«Manchmal tauchen sie hier auf», erklärte Månsson. «Meist natürlich nicht.»

«Gestohlene Wagen», sagte Skacke. «Ein schwedischer Paß, ausgestellt auf Sven Olof Gustafsson, Svedala, sechsundfünfzig Jahre. Beschlagnahmt bei einer Prostituierten in Nyhavn. Die Brieftasche übrigens auch.»

«Besoffenes Schwein», sagte Månsson lakonisch.

«Ein Bagger von einer Tunnelbaustelle. Wie kommt jemand dazu, einen Bagger zu klauen?»

«Besoffenes Schwein», sagte Månsson. «Steht etwas unter ‹Schußwaffen›? Die vagabundieren nämlich auch in der Gegend herum.»

Skacke rollte den Streifen weiter auf. «O ja», sagte er. «Hier sind mehrere aufgeführt. Eine schwedische Armeepistole, neun Millimeter, Husqvarna; die muß ziemlich alt sein; eine Beretta Jaguar ... Eine Kiste für eine Arminius 22, fünf Schachteln Munition 7,65 ...»

«Halt», sagte Månsson.

«Ja, was steht da über die Kiste», sagte Martin Beck.

Skacke ging in der Liste zurück. «Originalkiste für eine Arminius 22», erwiderte Skacke.

«Wo gefunden?»

«Am Strand zwischen Dragør und Kastrup an Land getrieben. Gefunden von einer Privatperson und der Polizeiwache in Dragør übergeben. Am Dienstag.»

«Steht nicht Arminius 22 auf unserer Liste?» fragte Martin Beck.

«Doch.» Sagte Månsson, der plötzlich aufgewacht und alert war und schon nach dem Telefonhörer griff.

«Aber ja, ja, natürlich», murmelte Skacke. «Die Kiste, die Kiste auf dem Fahrrad ...»

Månsson sprach energisch auf die Telefonistin in der Zentrale der Kopenhagener Polizei ein. Es dauerte einige Zeit, bis man ihn zu Mogensen durchgestellt hatte. Dieser hatte noch gar nichts von einer Kiste gehört.

«Nun, ich verstehe sehr gut, daß du dich nicht um jeden Scheißdreck kümmern kannst», meinte Månsson geduldig. «Aber diese Kiste steht tatsächlich in eurem eigenen verdammten Verzeichnis. Warte mal ...» Er sah Skacke an und fragte: «Welche Nummer auf der Liste?»

«Achtunddreißig.«

«Otte och tredve», sagte Månsson in den Hörer. «Ja, es kann sehr wichtig für uns sein ...» Er lauschte eine Minute. Dann fragte er: «Weißt du übrigens noch mehr über die Aero-fragt und diesen Hoff-Jensen?»

Pause.

«Ja, das ist gut», meinte Månsson und legte auf. Er sah die anderen an. «Sie werden die Angelegenheit untersuchen und dann von sich hören lassen.»

«Wann?» fragte Martin Beck.

«Mogensen pflegt schnell zu arbeiten», erwiderte Månsson und gab sich wieder seinen Gedanken hin.

Der Rückruf aus Kopenhagen erfolgte in weniger als einer Stunde. Månsson hörte meist nur zu. Seine Miene hellte sich immer mehr auf. Er schien zufrieden zu sein. «Glänzend», sagte er zum Schluß.

«Nun?» fragte Martin Beck.

«Die Kiste befand sich in ihrer technischen Abteilung. Der Bursche in Dragør hatte sie erst wegwerfen wollen, aber gestern steckte er sie in eine Plastiktüte und schickte sie nach Kopenhagen. Wir bekommen sie mit dem Tragflächenboot, das um elf von Nyhavns kanal abgeht.» Er warf einen Blick auf seine Armbanduhr und sagte zu Skacke: «Sieh zu, daß bei der Ankunft ein Streifenwagen unten an der Anlegestelle steht, wenn das Boot einläuft.»

«Was wußte er über Hoff-Jensen?» fragte Martin Beck.

«Das meiste. Er scheint dort drüben ziemlich bekannt zu sein. Fauler Kunde. Es ist aber nicht an ihn heranzukommen. Seine dunklen Geschäfte betreibt er nämlich nicht in Dänemark. Dort ist alles, was er treibt, vollkommen legal.»

«Die dunklen Geschäfte Palmgrens, mit anderen Worten.»

«So ist es. Und es scheint sich auch um große Sachen zu handeln. Mogensen sagte, daß sowohl Palmgrens wie Hoff-Jensens Namen im Zusammenhang mit Fällen von Waffen- und Flugzeugschmuggel in Länder aufgetaucht seien, über die ein Waffenembargo verhängt worden ist. Das hat er von Interpol erfahren. Aber in Dänemark können sie gar nichts machen.»

«Vielleicht wollen sie es auch gar nicht», sagte Martin Beck.

«Höchstwahrscheinlich nicht», meinte Månsson. Er gähnte.

Sie warteten. Mehr konnten sie im Augenblick kaum tun.

Zehn vor zwölf lag die Kiste vor ihnen auf dem Tisch.

Sie befreiten sie aus der Kunststoffumhüllung. Sie gingen aus alter Gewohnheit sehr vorsichtig damit um, obwohl sie ziemlich mitgenommen und nachweislich durch zahlreiche Hände gegangen war.

Martin Beck klappte den Deckel auf, faßte sich ans Kinn und betrachtete die Einschnitte für Revolver und Zusatzkolben. «Ja», sagte er. «Du hast sicher recht.»

Månsson nickte, schloß und öffnete den Deckel mehrmals. «Geht ziemlich leicht auf», sagte er.

Sie drehten die Kiste um und beäugten sie von allen Seiten. Sie war jetzt trocken und noch einigermaßen heil.

«Sie kann nicht sehr lange im Wasser gelegen haben», meinte Martin Beck.

«Fünf Tage», sagte Månsson.

«Hier», sagte Martin Beck. «Hier steht etwas.» Er strich behutsam über den Boden des Kartons, der offensichtlich einmal mit Papier überzogen gewesen war. Jetzt war das Papier allerdings durch die Nässe abgeweicht. Es waren nur noch Reste da.

«Ja», sagte Månsson. «Hier hat jemand mal etwas hingeschrieben. Mit einem Kugelschreiber. Warte mal.» Er holte ein Vergrößerungsglas aus einer seiner Schreibtischschubladen und reichte es Martin Beck.

«Hm», meinte dieser. «Die Abdrücke sind noch zu sehen. Ein B und ein S, das erkennt man recht deutlich. Vielleicht hat da noch mehr gestanden.»

«Kann schon sein», knurrte Månsson. «Aber dafür haben wir ja schließlich Leute, die bessere Geräte zur Verfügung haben als mein altes Vergrößerungsglas. Die sollen sich das Ding mal ansehen.»

«Dieser Revolver ist, oder besser gesagt, war eine Sportwaffe», ließ sich Martin Beck vernehmen.

«Ja, das habe ich mir auch schon gedacht. Ein ungewöhnliches Fabrikat, übrigens.» Månsson trommelte mit den Fingern auf den Tisch. «Jetzt übergeben wir das Ding aber dem technischen Dezernat», meinte er. «Und dann lassen wir Skacke die Schießklubs prüfen. Wir selbst gehen essen. Das ist doch die dümmste Arbeitsteilung nicht, oder?»

«Klingt gut», stimmte Martin Beck zu.

«Dabei kann ich dir auch Malmö zeigen. Bist du schon mal in der Bar von *Översten* gewesen?»

«Nein.»

«Dann wird es höchste Zeit.»

Das Restaurant *Översten* liegt im 26. Stock von *Kronprinshuset*, und die Aussicht aus den Barfenstern überstieg bei weitem alles, was Martin Beck an den vorhergehenden Tagen an ähnlichen Erlebnissen gehabt hatte.

Unter ihnen lag die ganze Stadt ausgebreitet – wie von einem Flugzeug aus. Außerdem überblickte man den Öresund, Saltholm und die dänische Küste. Im Norden sah man Landskrona, Ven und sogar Hälsingborg. Die Sicht war verblüffend klar.

Ein blonder Barkeeper in blauer Jacke servierte ihnen ein Zwiebelsteak und kaltes Amstel-Bier. Månsson aß gierig. Danach nahm er sämtliche Zahnstocher aus dem Gewürzgestell, schob sich einen zwischen die Zähne und steckte die anderen ein. «Tja», grunzte er, «soweit ich es sehe, gibt es einen Zusammenhang.»

Martin Beck, der sich mehr für das Panorama als für das Essen interessiert hatte, riß sich widerwillig von der Aussicht los. «Ja», sagte er. «Es sieht ganz so aus. Du hast vielleicht von Anfang an recht gehabt.

Obwohl das nur Vermutungen waren.»
«Vermutungen, Vermutungen», brummte Månsson.
«Jetzt bleibt uns nur noch zu vermuten, wo er sich befindet.»
«Hier irgendwo», sagte Månsson behäbig und zeigte auf seine Stadt. «Aber wer soll Palmgren so unendlich gehaßt haben?»
«Tausende von Menschen», entgegnete Martin Beck. «Palmgren und seine Kumpane haben rücksichtslos alles und alle zertrampelt; in ihrer Umgebung war niemand sicher. Palmgren betrieb zum Beispiel etliche Unternehmen über längere oder kürzere Zeit. Solange sie profitabel waren. Wenn sie keine schweinemäßigen Gewinne mehr abwarfen, wurden sie ganz einfach stillgelegt, und die meisten der Angestellten wurden einfach auf die Straße gesetzt. Und wie viele Menschen werden wohl allein von Wuchererfirmen wie der Brobergs ruiniert?»
Månsson sagte nichts.
«Ich glaube aber, daß du recht hast», fügte Martin Beck hinzu. «Vorausgesetzt, der Bursche hat sich nicht aus dem Staub gemacht.»
«Aus dem Staub gemacht und wieder hier eingefunden», sagte Månsson.
«Vielleicht. Und damit muß es ein im Affekt begangener Mord gewesen sein. Wer einen Mord geplant hat, fährt nicht mit dem Fahrrad vorm *Savoy* vor – schon gar nicht mit der Originalverpackung der Tatwaffe auf dem Gepäckhalter. Ein gedungener Mörder scheidet damit erst recht aus. Die Kiste war ja größer als ein Schuhkarton.»
Der hochgewachsene blonde Barmann stand an ihrem Tisch. «Telefon für Sie, Kriminalinspektör», sagte er zu Månsson. «Möchten Sie Kaffee?»
«Das ist der Mikroskopfritze», sagte Månsson. «Kaffee? Ja, bitte. Und zwei Calypso.»
Martin Beck ertappte sich dabei, daß er über die Tatsache nachgrübelte, daß Månsson in diesem Lokal bekannt war. Würde man ihn in irgendeinem Stockholmer Restaurant wiedererkennen? Vielleicht, aber nur, weil er gelegentlich im Fernsehen oder in den Tageszeitungen zu sehen war. Dann dachte er an all die Geneppten und schlecht Behandelten in den miesen Wohnblocks des sauberen Herrn Palmgren. Er würde sich natürlich eine Namensliste aller Mieter beschaffen, die diese Häuser in den letzten Jahren bewohnt hatten.
«Also», sagte Månsson. «Es hat tatsächlich ein Name auf dem Boden des Kartons gestanden. Das B und das S konnten wir selbst erkennen; das übrige war ja unleserlich. Das meinte auch der Knabe im Labor. Er glaubt aber, daß da ein Name gestanden hat, vermutlich der des Eigentümers.»
«Und was hat er herausgelesen?»
«B. Svensson.»

Der Mann, der auf dem Schießplatz die Aufsicht führte, sah Benny Skacke nachdenklich an. Dann sagte er: «Arminius 22? Nun ja, so etwa drei Leute dürften hier sein, die mit dieser Waffe schießen. Ich kann aber so aus dem Hemdsärmel nicht sagen, wie sie heißen ... Am letzten Mittwoch? Wissen Sie, es ist praktisch unmöglich, auf jeden ein Auge zu haben, der zum Schießen herkommt. Also, wer am letzten Mittwoch alles hier war ... Fragen Sie doch mal den Typ, der da hinten steht und schießt. Der ist schon seit dem Beginn der Ferien vor zehn Tagen hier und ballert den lieben langen Tag drauflos.»

Als Skacke auf die Bahn mit den kurzen Entfernungen zuging, rief ihm der Aufseher nach: «Und fragen Sie den Kerl doch mal, woher er das Geld hat, soviel Munition zu kaufen.»

Der Schütze hatte gerade eine Serie beendet und die Punkte gezählt, als Skacke bei ihm war. Der Mann klebte weiße und schwarze Zettel auf die Tafel, bevor er Skacke antwortete. «Eine Arminius 22», meinte er. «Hm, ich kenne mindestens einen. Aber der ist seit Mitte der letzten Woche nicht mehr hiergewesen. Ein guter Schütze übrigens. Wenn er so eine nehmen würde ...» Der Mann wog seine automatische Beretta Jetfire in der Hand.

«Wissen Sie, wie er heißt?»

«Bertil ... Olsson oder Svensson, ich weiß nicht so genau. Er arbeitet jedenfalls bei Kockums.»

«Sind Sie sicher?»

«Ja. Er hat da irgendeinen richtigen Scheißjob. Schrottarbeiter oder so was, glaube ich.»

«Danke», sagte Skacke. «Sagen Sie mal, wie können Sie es sich leisten, soviel Munition zu verballern?»

«Dies ist das einzige Hobby, das ich habe», erwiderte der Mann und schob ein neues Magazin in seine Pistole.

Am Schießpavillon erhielt Skacke vom Aufseher einen Zettel mit drei Namen.

«Dies sind die einzigen Arminius-Leute, die ich finden kann», sagte der Mann.

Skacke ging zurück zu seinem Wagen. Bevor er die Zündung einschaltete, sah er auf die Liste:

Tommy Lind, Kenneth Axelsson, Bertil Svensson.

Im Polizeihaus stellte Månsson Martin Beck eine Frage: «Was sollen wir mit den Herrschaften Broberg und Hansson machen?»

«Wir schicken sie nach Stockholm zurück. Das heißt, wenn Åsa Torell mit ihrer Arbeit fertig ist.»

«Ich habe hier in Malmö alles erledigt, was ich erledigen wollte», sagte Åsa Torell und sah ihn aus klaren braunen Augen an.

Jetzt nahm die Ermittlungsarbeit den routinemäßigen Fortlauf. Zwei Stunden, nachdem sie bei der Polizei in Handen angefragt hatten, tikkerte der Fernschreiber die Liste der Mieter in den Palmgrenschen Mietskasernen nach Malmö.

Die Reihenfolge war alphabetisch, und Martin Beck legte den Finger sofort auf die richtige Zeile:

Svensson, Bertil Olof Emanuel, Zwangsräumung am 15. September 1968.

«Das heißt mit anderen Worten, daß man ihn mit Sack und Pack auf die Straße gesetzt hat», sagte Månsson.

Martin Beck suchte die Telefonnummer von Brobergs Büro in Stockholm heraus. Er wählte, und am anderen Ende der Leitung nahm eine Frau ab, die Brobergs Sekretärin sein mußte. Sicherheitshalber fragte er: «Spreche ich mit Fru Moberg?»

«Ja.»

Er nannte seinen Namen und seine Dienstbezeichnung.

«Ja, womit kann ich Ihnen helfen?» fragte sie.

«Fru Moberg, wissen Sie, ob Direktor Palmgren vor kurzem einige seiner Firmen liquidiert hat?»

«Nun ja, das kommt darauf an, was Sie mit ‹vor kurzem› meinen. Vor zwei Jahren hat er in Solna eine ganze Fabrik stillgelegt, falls es das ist, was Sie meinen.»

«Was für eine Fabrik?» fragte Martin Beck.

«Es war eine kleine feinmechanische Fabrik, die besondere Maschinenteile herstellte. Federn und so etwas, glaube ich.»

«Warum wurde sie stillgelegt?»

«Sie trug sich nicht länger. Die Industrieunternehmen, die diese Einzelteile kauften, haben ihre Maschinen umgestellt oder neue gekauft. Ich weiß das nicht mehr so genau. Jedenfalls gab es keinen Markt mehr für die Produkte, und statt die Erzeugung umzustellen, hörte man lieber ganz mit der Fertigung auf und verkaufte die Fabrik.»

«Und das passierte vor zwei Jahren?»

«Ja. Im Herbst siebenundsechzig. Ich glaube, daß Palmgren mal eine ähnliche Fabrik hatte, die schon einige Jahre früher stillgelegt wurde, aber das war lange vor meiner Zeit. Diese andere Geschichte kenne ich, weil Direktor Broberg den Auftrag hatte, die Auflösung der Fabrik abzuwickeln.»

«Was geschah mit den Beschäftigten?»

«Die wurden entlassen», sagte Sara Moberg.

«Wie groß war die Belegschaft?»

«Das weiß ich nicht mehr. Die Papiere müssen aber hier noch irgendwo sein. Ich kann sie heraussuchen, wenn Sie wollen.»

«Das wäre sehr nett. Ich möchte gern die Namen der Betroffenen haben.»

«Warten Sie bitte einen Moment», sagte sie.

Martin Beck wartete. Es dauerte mehrere Minuten, bis sie wieder an den Apparat kam. «Entschuldigung», sagte sie. «Es ging nicht schneller. Ich wußte nicht mehr genau, wo die Papiere liegen. Soll ich die Namen vorlesen?»

«Wie viele sind es?» fragte Martin Beck schnell.

«Achtundzwanzig.»

«Wurden alle entlassen? War es nicht möglich, sie woanders unterzubringen? In einem der anderen Unternehmen?»

«Nein, es wurden alle entlassen. Bis auf einen übrigens. Das war ein Vorarbeiter, der dann in der Immobilienfirma Hausmeister wurde. Er hörte aber schon nach einem halben Jahr wieder auf. Er hat wohl einen besseren Job gefunden.»

Martin Beck hatte inzwischen Papier und Kugelschreiber bereitgelegt. «Okay», sagte er. «Sind Sie so nett, die Namen vorzulesen?»

Er schrieb mit, während sie sprach, aber als sie beim neunten Namen angelangt war, hob er den Kugelschreiber und sagte: «Stopp. Wiederholen Sie bitte den letzten Namen.»

«Bertil Svensson, kaufmännischer Angestellter.»

«Steht noch mehr über ihn da?»

«Nein, nur das, was ich vorgelesen habe.»

«Danke, das genügt», sagte Martin Beck. «Vielen Dank für Ihre Hilfe. Auf Wiedersehen.» Er ging sofort zu Månsson. «Hier haben wir schon wieder diesen Namen», sagte er. «Bertil Svensson. Vor zwei Jahren von einem Palmgren-Unternehmen entlassen. Er ist kaufmännischer Angestellter.»

Månsson drehte den Zahnstocher mit der Zunge herum. «Nein», sagte er. «Hilfsarbeiter. Ich habe mit der Personalabteilung von Kockums gesprochen.»

«Hast du seine Adresse bekommen?» fragte Martin Beck.

«Ja, er wohnt in Vattenverksvägen.»

Martin Beck hob fragend die Augenbrauen.

«In Kirseberg.»

Martin Beck schüttelte den Kopf.

«Im Osten.»

Martin Beck zuckte mit den Schultern.

«Ach, ihr Stockholmer», sagte Månsson. «Nun ja, da wohnt er jedenfalls. Aber er hat jetzt Urlaub. Er fing im Januar bei Kockums an. Er ist siebenunddreißig Jahre alt. Er scheint geschieden zu sein. Seine Frau ...» Månsson wühlte in seinen Papieren und zog einen Zettel mit einigen hingekritzelten Notizen hervor. «... seine Frau wohnt in Stockholm. Der gesetzliche Unterhalt wird jeden Monat von seinem Lohn abgezogen und direkt an seine Frau geschickt. Eva Svensson,

Norrtullsgatan 23 in Stockholm.»

«Hm», meinte Martin Beck. «Wenn er Urlaub hat, ist er vielleicht nicht in der Stadt.»

«Wir werden sehen», entgegnete Månsson. «Wir sollten aber versuchen, mit der Frau zu sprechen. Glaubst du, daß Kollberg ...»

Martin Beck sah auf seine Armbanduhr. Bald halb sechs. Kollberg war vermutlich auf dem Weg nach Hause zu Gun und Bodil. «Ja», sagte er. «Morgen.»

26

Lennart Kollbergs Stimme verriet deutlich seine bösen Vorahnungen, als Martin Beck ihn am Freitagvormittag anrief.

«Sag bloß nicht, daß es schon wieder um diese Palmgren-Geschichte geht», sagte er.

Martin Beck räusperte sich. «Tut mir leid, Lennart, aber ich muß dich um Hilfe bitten», sagte er. «Ich nehme an, daß du eine Menge zu tun hast ...»

«Eine Menge zu tun!» unterbrach ihn Kollberg wütend. «Ich habe eine Menge zu tun und um die Ohren, nur Personal habe ich keins, etwa dich und all die anderen, die eigentlich hier sein sollten. Ich ertrinke in Arbeit. In der Stadt ist es genauso. Nicht einmal Rönn und Melander sind da.»

«Ich verstehe», erwiderte Martin Beck sanft. «Es sind aber einige Dinge passiert, die eine neue Situation geschaffen haben. Du mußt ein paar Erkundigungen einholen über einen Mann, der möglicherweise die Person ist, die Palmgren erschossen hat. Schlimmstenfalls kannst du ja Gunvald bitten ...»

«Larsson! Nicht einmal der Minister würde es schaffen, den zur Mitarbeit an der Palmgren-Affäre zu bewegen, und wenn er auf bloßen Knien vor ihm herumrutschte. Larsson hat die Nase voll.» Kollberg verstummte. Nach einer kurzen Pause sagte er seufzend: «Na schön, wer ist denn dieser Mann?»

«Vermutlich derselbe, den wir vor einer Woche am Haga-Terminal hätten schnappen können, wenn diese Gelegenheit nicht verschlafen worden wäre. Er heißt Bertil Svensson ...»

«So heißen etwa zehntausend Menschen in diesem Land», unterbrach Kollberg säuerlich.

«Vermutlich», sagte Martin Beck freundlich. «Aber über diesen Bertil Svensson wissen wir folgendes: Er hat in einem Palmgren-Unternehmen draußen in Solna gearbeitet, einer ziemlich kleinen feinmechanischen Fabrik, die im Herbst siebenundsechzig stillgelegt wurde. Er hat in einem von Palmgrens Häusern gewohnt, wurde im vergangenen Jahr aber auf die Straße gesetzt. Er ist Mitglied eines Schießklubs und hat bislang eine Waffe benutzt, die – so lassen es jedenfalls die Zeugenaussagen erkennen – sehr wohl mit der Tatwaffe identisch sein kann. Er ist seit dem letzten Herbst geschieden und seine Frau und seine beiden Kinder wohnen in Stockholm. Er selbst wohnt in Malmö und arbeitet bei Kockums.»

«Hm», machte Kollberg.

«Er heißt Bertil Olof Emanuel Svensson und wurde am 6. Mai 1932 in der Sofia-Gemeinde in Stockholm geboren.»

«Warum greift ihr ihn nicht selbst, wo er doch in Malmö wohnt?» fragte Kollberg.

«Das werden wir schon tun, aber zunächst möchten wir etwas mehr über ihn erfahren. Und wir haben uns gedacht, daß du uns diese Informationen besorgst.»

Kollberg schnaufte resigniert. «Na schön, was soll ich machen?»

«Im Strafregister ist er nicht verzeichnet, aber erkundige dich, ob er irgendwann einmal festgenommen worden ist. Erkundige dich auch, ob die Sozialbehörden je mit ihm zu tun gehabt haben. Frage bei der Immobilienfirma, warum man ihn auf die Straße gesetzt hat. Und last not least: Sprich mit seiner Frau.»

«Weißt du, wo sie wohnt, oder soll ich auch das selbst herausfinden? Es wird höchstens ein paar Wochen dauern, bis ich die richtige Frau Svensson gefunden habe.»

«Sie wohnt Norrtullsgatan 23. Vergiß nicht, sie zu fragen, wann sie ihren Mann zuletzt gesehen hat. Ich weiß nicht, wie ihr Verhältnis zueinander heute ist, aber es ist ja denkbar, daß er sie am vergangenen Donnerstag angerufen oder sogar getroffen hat. Kannst du das so schnell wie möglich erledigen?»

«Es wird mich einen ganzen Tag kosten», klagte Kollberg. «Aber ich habe wohl keine Wahl. Ich rufe an, wenn ich fertig bin.» Kollberg legte auf und starrte düster auf seinen Schreibtisch, auf dem Mappen, Ordner und Kopien von Berichten in einem wüsten Durcheinander herumlagen. Er seufzte, holte das Telefonverzeichnis und fing an, herumzutelefonieren.

Ein paar Stunden später stand er auf, zog seine Jacke an, klappte den Notizblock zusammen und steckte ihn in die Tasche. Dann ging er zu seinem Wagen hinunter.

Während er nach Norrtullsgatan fuhr, dachte er darüber nach, was er mit seinem Herumtelefonieren herausgefunden hatte.

Bertil Olof Emanuel Svensson war vor dem Oktober siebenundsechzig noch nie mit der Polizei in Berührung gekommen. Damals war er wegen Trunkenheit zur Polizeiwache von Bollmora gebracht worden. Man hatte ihn im Eingang des Hauses, in dem er wohnte, aufgegriffen und über Nacht zur Ausnüchterung in Arrest gehalten. Bis zum Juli achtundsechzig hatte man ihn insgesamt noch fünfmal auf dieselbe Wache gebracht, einmal wieder wegen Trunkenheit und viermal wegen ruhestörenden Streits in der Wohnung. Das war alles. Seit diesem Juli gab es keine diesbezüglichen Aufzeichnungen mehr über ihn.

Die Nüchternheitsbehörde war ebenfalls eingeschaltet gewesen. Man hatte ihre Beamten mehrmals in seine Wohnung gerufen – sowohl der Hauseigentümer wie Nachbarn hatten das veranlaßt. Sie hatten behauptet, sich durch das angetrunkene Auftreten Svenssons belästigt zu fühlen. Die Behörde hatte ihn im Auge behalten, aber von den beiden Anlässen abgesehen, die die Polizei zu einer vorübergehenden Festnahme veranlaßt hatten, hatte die Behörde nicht wieder gemeint, eingreifen zu müssen.

Vor Oktober siebenundsechzig war er nie wegen Trunkenheit aufgefallen. Von diesem Zeitpunkt an hatte er sich auch nicht in den Papieren der amtlichen Dienststelle befunden. Man hatte ihn ein paarmal verwarnt, aber darüber hinaus waren keinerlei Maßnahmen gegen ihn ergriffen worden.

Auch bei der Jugendbehörde war die Familie Svensson bekannt. Es hatten sich Mieter, die im selben Haus wohnten wie Svenssons, verschiedentlich über sie beklagt. Die Klagen betrafen hauptsächlich die mangelhafte Pflege der Kinder.

Soweit Kollberg bekannt war, waren sie sämtlich von einem einzigen Nachbarn der Svenssons erhoben worden, und zwar bei allen Behörden.

Die Kinder, die damals sieben und fünf Jahre alt waren, wurden in den Berichten als «verwahrlost» bezeichnet. Sie seien schlecht gekleidet, und derjenige, der sich beklagt hatte, behauptete, aus der Wohnung der Familie Svensson Kindergeschrei gehört zu haben. Die Jugendbehörde war den Beschwerden nachgegangen, zuerst im Dezember siebenundsechzig und dann ein weiteres Mal im Mai achtundsechzig. Man hatte mehrmals Hausbesuche gemacht, aber dabei waren keine Anzeichen für eine grobe Vernachlässigung der Kinder festgestellt worden. Die hygienischen Verhältnisse in der Wohnung mochten zwar nicht die besten sein, die Mutter machte einen faulen und schlampigen Eindruck, der Vater war arbeitslos, und die finaziellen Verhältnisse der Familie waren nicht gerade die besten. Es deutete jedoch nichts auf eine Verwahrlosung der Kinder hin. Der älteste kam in der Schule gut mit, war gesund und normal begabt, wenn auch etwas schüchtern und verschlossen. Das Jüngste war tagsüber meist zu Hause bei der Mutter, war aber gelegentlich in einem privaten Kindertagesheim untergebracht, da die Mutter Gelegenheitsarbeiten verrichtete. Die Kindergärtnerin bezeichnete das Kind als lebhaft, lernfähig und soziabel. Es hatte nie irgendwelche Anzeichen von Kränklichkeit gezeigt. Seit November achtundsechzig lebten die Eltern getrennt. Die Kinder standen noch immer unter Aufsicht.

Von Oktober siebenundsechzig bis April achtundsechzig hatte die Familie Arbeitslosenunterstützung bezogen. Der Mann hatte sich zur Umschulung gemeldet, und im Herbst achtundsechzig hatte er in der Lehrwerkstatt des Arbeitsamtes eine Grundausbildung als Mechaniker erhalten. Im Januar neunundsechzig, in diesem Jahr also, war er in den mechanischen Werkstätten von Kockums in Malmö als Hilfsarbeiter eingestellt worden.

Das Gesundheitsamt hatte nach Einreichen der Kündigungsklage durch die Immobilienfirma in Svenssons Wohnung Lärmmessungen durchgeführt. Der Lärm – in Form von Kindergeschrei, Getrampel und dem Betätigen der Wasserspülung – sei, so hatte man festgehalten, unerträglich groß.

Das gleiche schien übrigens für das gesamte Wohngebiet zu gelten, aber darauf hatte offenbar kein Mensch Rücksicht genommen.

Das Wohnungsamt hatte im Juni achtundsechzig über das Recht der Immobilienfirma entschieden, den Mietvertrag mit Svensson zu kündigen. Am 1. September war die Zwangsräumung erfolgt. Eine Ersatzwohnung war nicht zur Verfügung gestellt worden.

Kollberg hatte auch mit dem Drachen der Hausverwaltung gesprochen. Diese Dame bedauerte es sehr, daß man sich gezwungen gesehen habe, so weit zu gehen, aber es hätten einfach zu viele Beschwerden vorgelegen. Schließlich sagte sie: «Ich glaube, daß es auch für sie selbst so am besten war. Die paßten einfach nicht hierher.»

«Warum?» fragte Kollberg.

«Wir haben bei unseren Mietern einen anderen Standard, wenn Sie verstehen, was ich meine. Wir sind es einfach nicht gewohnt, jeden Tag irgendein Amt oder die Polizei anzurufen und um Hilfe zu bitten . . .»

«Es waren also nicht die Nachbarn, die die Behörden auf Familie Svensson aufmerksam machten, sondern Sie?» hatte Kollberg gefragt.

«Ja, natürlich. Wenn man davon hört, daß irgendwo etwas nicht in Ordnung ist, hat man doch die verdammte Pflicht und Schuldigkeit, die Angelegenheit untersuchen zu lassen. Außerdem ist einer der Nachbarn sehr kooperativ gewesen.»

An diesem Punkt hatte er das Gespräch abgebrochen, fast krank vor Hilflosigkeit und Abscheu.

Durfte es das wirklich geben? Ja, offensichtlich.

Kollberg parkte den Wagen in Norrtullsgatan, stieg aber nicht gleich aus. Er zog ein Notizbuch und einen Kugelschreiber aus der Tasche, und mit seinen Aufzeichnungen als Gedächtnisstütze machte er folgende Aufstellung:

1967	*Sept.*	*Entlassen*
	Okt.	*Trunkenheit (Polizeiwache Bollmora)*
	Nov.	*Nüchternheitsbehörde*
	Dez.	*Streit in der Wohnung. Jugendbehörde*
1968	*Jan.*	*Streit in der Wohnung (P. Bollmora)*
	Febr.	*Nüchternheitsbehörde*
	März	*Trunkenheit (P. Bollmora)*
	April	*Streit in der Wohnung (P. Bollmora). Nüchternheitsbehörde*
	Mai	*Jugendamt*
	Juni	*Bestätigung der Kündigung durch das Wohnungsamt*
	Juli	*Beschluß über Zwangsräumung. Streit in der Wohnung (P. Bollmora)*
	Aug.	*–*
	Sept.	*Zwangsräumung*
	Okt.	*–*
	Nov.	*Trennung der Ehegatten*
	Dez.	*–*
1969	*Jan.*	*Zieht nach Malmö. Kockums*
	Juli	*Erschießt V. Palmgren?*

Er las das, was er geschrieben hatte, noch einmal gründlich durch, und dachte, daß man diese düstere Tabelle passenderweise überschreiben müsse:

Ein Unglück kommt selten allein.

27

Norrtullsgatan 23 war ein altes und heruntergekommenes Haus. Nach der stickigen Hitze draußen auf der Straße war es im Treppenhaus überraschend kühl. Es schien, als hätten sich Feuchtigkeit und Kühle des Winters in den Mauern hinter dem abbröckelnden Putz erhalten.

Frau Svensson wohnte im ersten Stock, und die Tür mit dem Namensschild EVA SVENSSON schien ein Kücheneingang zu sein.

Kollberg hämmerte an die Tür. Nach kurzer Zeit waren drinnen Schritte zu hören, das Rasseln einer Sicherheitskette, die ausgehakt wurde, und dann wurde die Tür einen Spaltbreit geöffnet. Kollberg zeigte seine Legitimation. Er konnte nicht sehen, wer die Tür aufmachte, hörte aber einen tiefen Seufzer.

Wie er schon erraten hatte, betrat er eine große Küche. Die Frau, die hinter ihm die Tür zumachte, war klein und dünn. Ihre Züge waren scharf und vergrämt. Sie hatte strähniges Haar, das wohl vor sehr langer Zeit zum letztenmal getönt worden war, denn die Haarspitzen waren fast weiß, während die Haare dann etwas dunkler wurden, um in der Nähe des Haarbodens in ein dunkles Braun überzugehen. Sie trug ein gestreiftes Kleid aus verwaschener Baumwolle mit großen dunklen Schweißflecken unter den Armen. Kollberg spürte am Geruch, daß sie seit der letzten Wäsche in diesem Kleid nicht zum erstenmal schwitzte. Sie hatte keine Strümpfe an und trug Hausschuhe aus Frottee von unbestimmter Farbe. Kollberg wußte, daß sie neunundzwanzig war, hätte sie sonst aber auf mindestens fünfunddreißig geschätzt.

«Polizei?» sagte sie zögernd. «Was ist denn jetzt schon wieder passiert? Falls Sie Bertil suchen: Er ist nicht hier.»

«Nein», sagte Kollberg. «Ich weiß. Ich möchte mich nur mit Ihnen unterhalten, wenn Sie erlauben. Darf ich hereinkommen?»

Die Frau nickte und ging zum Küchentisch, der vorm Fenster stand. Auf dem geblümten Plastiktuch lagen eine aufgeschlagene Illustrierte, ein halb aufgegessenes Butterbrot, und in einer mit blauen Blumen bemalten Untertasse, die schon mit Kippen von Filterzigaretten gefüllt war, glomm eine Zigarette still vor sich hin. Am Tisch standen drei Stühle, und die Frau setzte sich hin und nahm die Zigarette in die Hand, während sie auf den Stuhl auf der anderen Seite des Tisches zeigte. «Setzen Sie sich doch», sagte sie.

Kollberg setzte sich und warf einen kurzen Blick auf einen düsteren Hinterhof. Eine Teppichstange und Mülltonnen schienen dort das einzige belebende Element zu sein.

«Worüber wollen Sie eigentlich mit mir sprechen?» sagte Eva Svensson aufmüpfig. «Sie können nicht lange bleiben, bald muß ich Tomas aus dem Tagesheim abholen.»

«Tomas», sagte Kollberg. «Ist das nicht der Kleine?»

«Ja. Er ist sechs. Während ich einkaufe, lasse ich ihn meist im Heim hinter der Handelshochschule. Auch beim Saubermachen ist er dort am besten aufgehoben.»

Kollberg sah sich in der Küche um. «Sie haben doch noch ein Kind, nicht wahr?» fragte er.

«Ja, Ursula. Sie ist in einem Ferienheim. Auf Barnens ö.»

«Seit wann wohnen Sie hier?»

«Seit April», sagte sie und zog an der Zigarette, bis nur noch Filter übrig war. «Aber ich werde wohl nur bis zum Herbst hier wohnen dürfen. Die Wirtin mag die Kinder nicht. Weiß der Teufel, wo wir dann wohnen sollen.»

«Arbeiten Sie jetzt?» fragte Kollberg.

Die Frau warf den qualmenden Filter auf die Untertasse. «Ja, ich arbeite bei der Frau, der das Haus gehört. Also, dafür daß ich hier wohnen kann, mache ich bei ihr sauber, kaufe ein, koche für sie, wasche und pflege sie. Sie ist alt und kann nicht mehr allein Treppen steigen; wenn sie auf die Straße will, muß ich ihr helfen. Unter anderem.»

Kollberg nickte und zeigte auf eine Tür direkt gegenüber von der Außentür. «Wohnen Sie da drinnen?»

«Ja», sagte die Frau kurz. «Dort wohnen wir.»

Kollberg erhob sich und öffnete die Tür. Das Zimmer maß etwa drei mal fünf Meter. Das Fenster ging auf den düsteren Hof hinaus. An den beiden Längswänden standen Betten. Unter einem von ihnen befand sich ein weiteres niedrigeres Bett zum Herausziehen. Eine Kommode, zwei Stühle, ein klappriger Tisch und ein Flickenteppich vervollständigten die Einrichtung.

«Es ist nicht sehr groß», sagte Eva Svensson hinter ihm. «Aber wir dürfen uns in der Küche aufhalten, wann wir wollen, und die Kinder können ja auf dem Hof spielen.»

Kollberg kehrte an den Küchentisch zurück. Er sah die Frau an, die mit dem Zeigefinger auf dem Plastiktuch Männchen malte, und sagte: «Ich wäre Ihnen dankbar, wenn Sie mir erzählen würden, wie es Ihrem Mann und Ihnen in den letzten Jahren ergangen ist. Ich weiß, daß Sie geschieden sind oder getrennt leben, aber wie war es davor? Er war ja längere Zeit arbeitslos, nicht wahr?»

«Ja, er wurde vor bald zwei Jahren entlassen. Nicht etwa, weil er irgend etwas angestellt hätte, sondern die Firma wurde einfach stillgelegt. Es flogen alle raus. Die Firma rentierte sich nicht, oder wie das heißt. Danach bekam er einfach keinen Job mehr. Es war nichts Vernünftiges zu finden, will ich damit sagen. Vorher ging es ihm recht gut. Er war kaufmännischer Angestellter, hatte aber keine ordentliche Ausbildung, und alle Jobs, um die er sich bewarb, gingen an Leute mit besserer Ausbildung.»

Kollberg nickte. «Wie lange war er schon bei dieser Firma, als sie aufgelöst wurde?»

«Zwölf Jahre. Und davor war er in einer anderen Firma mit demselben Chef gewesen. Viktor Palmgren. Nun ja, er war nicht direkt der Chef, aber die Firma gehörte ihm. Bertil arbeitete dort im Lager, bis er anschließend Auslieferungsfahrer wurde. Nach einiger Zeit wurde er ins Büro der Firma versetzt, die dann niedergelegt wurde. Die andere gibt es, glaube ich, auch nicht mehr.»

«Wie lange waren Sie verheiratet?»

«Wir haben am Pfingstabend 1959 geheiratet.» Sie biß ein Stück von dem halb aufgegessenen Butterbrot ab, sah es an, ging zum Spültisch und warf es in den Mülleimer.

«Also achteinhalb Jahre.»

«Wann zogen Sie nach Bollmora?» fragte Kollberg.

Die Frau blieb am Spültisch stehen und stocherte mit einem Fingernagel in den Zähnen. «Im Herbst sechsundsechzig. Davor wohnten wir in Västmannagatan. Das war eine Dienstwohnung, denn das Haus gehörte diesem Direktor Palmgren. Dann wollte er das Haus instandsetzen lassen und Büros aus den Wohnungen machen, und wir mußten in dieses neue Haus ziehen, das er gebaut hatte. Das sah natürlich viel schöner aus, aber dafür mußten wir auch eine unglaubliche Miete bezahlen. Als Bertil entlassen wurde, glaubte ich, daß wir ausziehen müßten, aber das brauchten wir nicht. Erst später, und das aus ganz anderen Gründen.»

«Aus welchen Gründen?» fragte Kollberg.

«Na ja, weil Bertil trank und so», sagte sie zögernd. «Und der Nachbar unter uns beschwerte sich, weil wir angeblich immer zuviel Krach machten. Wir machten aber nicht mehr Krach als die anderen Mieter auch. Das Haus war so hellhörig, daß man jedes Kindergeschrei und jedes Hundebellen hörte. Wir konnten sogar Plattenmusik aus den unteren Stockwerken hören. Wir glaubten, die Leute über uns hätten ein Klavier, bis wir mal zufällig hörten, daß das Klavier drei Etagen höher stand. Und die Kinder durften nicht im Haus spielen. Jedenfalls wurden wir im Herbst auf die Straße gesetzt.»

Die Sonne schien jetzt ins Zimmer. Kollberg holte sein Taschentuch hervor und wischte sich die Stirn. «Trank er viel?» fragte er.

«Ja, manchmal.»

«Wie wurde er, wenn er getrunken hatte? Aggressiv?»

Sie antwortete nicht gleich. Ging zurück zum Tisch und setzte sich. «Manchmal wurde er wütend. Weil er seinen Job verloren hatte. Er schimpfte auf den Scheißstaat und so. Ich bekam es bald satt, immer wieder das gleiche zu hören, wenn er sich hatte vollaufen lassen.»

«Es soll auch Streit in der Wohnung gegeben haben, wird behauptet», sagte Kollberg. «Wie kam das?»

«Ach, richtiger Streit war das eigentlich nicht. Wir krachten uns manchmal, und einmal wurden die Kinder mitten in der Nacht wach und fingen an zu spielen, während wir schliefen. Da holte jemand einen Streifenwagen. Wir haben manchmal natürlich laut gesprochen, aber wir haben uns nicht geschlagen oder so.»

Kollberg nickte. «Haben Sie sich an den Mieterverband gewandt, als man Ihnen mit der Kündigung drohte?» fragte er.

Sie schüttelte den Kopf. «Nein, wir waren da nicht Mitglied. Und außerdem hätte es gar nichts genützt. Wir mußten einfach raus.»

«Wo haben Sie dann gewohnt?»

«Ich kam günstig an eine Einzimmerwohnung heran, die wir als Zweitmieter mieteten. Da wohnte ich, bis ich herzog, während Bertil in ein Junggesellenhotel ziehen mußte, als wir geschieden wurden. Jetzt wohnt er in Malmö.»

«Hm», sagte Kollberg. «Wann haben Sie ihn zuletzt gesehen?»

Eva Svensson fuhr mit den Fingern durchs Nackenhaar, überlegte eine Weile. «Letzten Donnerstag, glaube ich. Er tauchte urplötzlich hier auf, aber nach einer Stunde mußte ich ihn wieder wegschicken. Ich hatte ja zu arbeiten. Er hätte Ferien, sagte er, und wollte ein paar Tage in Stockholm bleiben. Ich bekam sogar etwas Geld von ihm.»

«Seitdem hat er nichts mehr von sich hören lassen?»

«Nein, danach ist er sicher nach Malmö zurückgefahren. Ich habe ihn jedenfalls nicht mehr gesehen.» Sie drehte sich um und warf einen Blick auf den Wecker, der auf dem Kühlschrank stand. «Ich muß jetzt Tomas abholen», sagte sie. «Die mögen es nicht, wenn man die Kinder zu lange daläßt.» Sie stand auf und ging in ihr Zimmer, ließ aber die Tür offen.

«Warum haben Sie sich scheiden lassen?» fragte Kollberg und erhob sich.

«Wir hatten uns über. Alles war ja zum Teufel gegangen. In der letzten Zeit hatten wir nur noch Krach miteinander. Und Bertil saß immer zu Hause herum und jammerte und stöhnte. Zum Schluß konnte ich ihn nicht mehr sehen.» Sie kam zurück in die Küche. Sie hatte sich gekämmt und Sandalen angezogen. «So, jetzt muß ich aber wirklich gehen», sagte sie.

«Nur noch eine Frage», sagte Kollberg. «Hat Ihr Mann seinen höchsten Chef, Direktor Palmgren gekannt?»

«O nein, ich glaube, er hat ihn nicht einmal gesehen», sagte sie. «Der saß doch nur in seinem Büro und erledigte alles von dort aus. Ich glaube, daß er nie seine Firmen besucht hat. Die wurden ja von anderen geleitet, Unterdirektoren sozusagen.» Sie nahm ein Einkaufsnetz, das am Küchenherd an einem Haken hing, und öffnete die Küchentür. Kollberg hielt ihr die Tür auf und ließ sie vorgehen. Dann schloß er die Tür und sagte: «Was für Zeitungen lesen Sie?»

«*Expressen*, aber nur manchmal. Besonders am Sonntag. Dann noch *Hennes* und *Min Värld*, jede Woche. Obwohl ich es ziemlich teuer finde, Illustrierte zu kaufen. Warum fragen Sie danach?»

«Ach, es hat mich nur interessiert», entgegnete Kollberg.

Sie trennten sich unten vorm Hauseingang, und er sah sie in Richtung Odenplan gehen, klein und spillerig in ihrem schlechtsitzenden Kleid.

Es war Nachmittag geworden, als Kollberg in Malmö anrief, um über das Ergebnis seiner Nachforschungen zu berichten. In der letzten halben Stunde war Martin Beck auf dem Flur auf und ab gegangen. Er konnte seine Ungeduld kaum noch zügeln, und als der Anruf endlich kam, riß er den Hörer an sich, bevor das erste Klingelzeichen verhallt war.

Er setzte das Tonbandgerät in Gang, das mit dem Telefon gekoppelt war, und ließ Kollberg erzählen, ohne ihn zu unterbrechen oder Bemerkungen zu machen. Als Kollberg geendet hatte, sagte Martin Beck:

«Gut, Lennart. Ich glaube, jetzt brauche ich dich nicht mehr zu bemühen.»

«Zum Glück», sagte Kollberg. «Ihr scheint den richtigen Burschen aufgespürt zu haben. So, jetzt muß ich mich wieder um meine eigenen Angelegenheiten kümmern, aber laß von dir hören, wenn ihr mehr wißt. Grüß all die, die es verdienen. Hej.»

Martin Beck nahm das Tonbandgerät und ging zu Månsson. Sie hörten sich das Band gemeinsam an.

«Was meinst du?» fragte Martin Beck.

«Ich glaube, wir sind auf der richtigen Fährte», sagte Månsson. «Es gibt ja ein Motiv. Erst nach mehr als zwölf Jahren in Palmgrens Unternehmen entlassen, dann vom selben Palmgren mit Sack und Pack auf die Straße gesetzt, und als Krönung des Ganzen die Scheidung. Und dann mußte er von Stockholm weg, um überhaupt Arbeit zu finden, dazu eine Arbeit, die schlechter bezahlt und minderwertig ist. Alles nur wegen Palmgren.»

Martin Beck nickte, und Månsson fuhr fort: «Außerdem war er letzten Donnerstag in Stockholm. Ich habe nie richtig kapiert, warum die Brüder in Stockholm ihn nicht am Haga-Terminal gefaßt haben. Hätten sie ihn dort nicht verpaßt, hätten wir ihn schon vor dem Tod Palmgrens gehabt. Ich werde richtig sauer, wenn ich daran denke.»

«Ich weiß, warum sie nicht rechtzeitig hingekommen sind», sagte Martin Beck. «Aber das will ich dir lieber später einmal erzählen. Wenn du die Geschichte hörst, wirst du an die Decke gehen.»

«Okay, dann heb sie dir mal auf», sagte Månsson.

Martin Beck zündete sich eine Zigarette an und schwieg eine Weile. Dann sagte er: «Diese Zwangsräumung ist eine miese Geschichte. Es war doch offensichtlich die Hausverwaltung, die ihn bei den verschiedenen Stellen angeschwärzt hat.»

«Mit Hilfe eines kooperationswilligen Nachbarn, ja.»

«Der ohne Zweifel Angestellter irgendeiner Palmgren-Firma oder Brobergs oder von beiden war. Es ist klar, daß Palmgren ihn aus der Wohnung raushaben wollte, als er nicht mehr bei ihm angestellt war. In Stockholm ist so eine Neubauwohnung viel Geld wert. Schwarzes Geld.»

«Du meinst, Palmgren habe einen seiner Angestellten veranlaßt, einen Kündigungsgrund zu provozieren?» fragte Månsson.

«Ja, davon bin ich überzeugt. Das lief natürlich alles über Broberg. Und Bertil Svensson hat die Zusammenhänge sicher durchschaut. Es ist wirklich kein Wunder, daß er Palmgren haßte.»

Månsson kratzte sich im Nacken und schnitt eine Grimasse. «Nein, das ist es wahrhaftig nicht», meinte er. «Aber daß er so weit geht, ihn zu erschießen . . .»

«Du darfst nicht vergessen, daß Svensson über lange Zeit hinweg nur Rückschläge hat hinnehmen müssen. Als ihm dann allmählich klarwurde, daß es nicht das Schicksal war, das ihm an den Kragen wollte, sondern eine Einzelperson oder vielleicht eher eine Gesellschaftsschicht, muß er sich in seinem Haß verrannt haben. Man hatte ihm ja nach und nach praktisch alles genommen.»

«Und Palmgren war der richtige Vertreter dieser Gesellschaftsschicht», ergänzte Månsson und nickte.

Martin Beck stand auf und sagte: «Ich glaube, es ist am besten, wenn wir einen Mann abstellen, der ihn bis auf weiteres im Auge behält, damit er uns nicht noch einmal durch die Lappen geht. Einen Beamten, der im Dienst keinen Kartoffelbrei ißt.»

Månsson starrte ihn verblüfft an.

28

Der Mann, der Bertil Svensson hieß, wohnte in Kirsebergstaden nahe der östlichen Stadtgrenze Malmös. Man nennt dieses Gebiet auch Bulltofta backar oder nur Backarna, denn im Gegensatz zur Topographie der übrigen Stadt gibt es hier bemerkenswerte Höhenunterschiede.

Draußen in «Backarna» zu wohnen, hat in der Bourgeoisie Malmös seit jeher als recht unfein gegolten, aber viele Kirsebergs-Bewohner sind stolz auf ihren Stadtteil und fühlten sich dort sehr wohl, obwohl den Wohnungen nicht selten jeglicher Komfort fehlt. Einige Häuser sind recht heruntergekommen, weil die Eigentümer nicht daran denken, sie zu unterhalten oder zu reparieren. In den schlechtesten Wohnungen landen teils Menschen, die in den besseren Stadtteilen nicht erwünscht sind, teils solche, von denen man meint, sie brauchten keinen hohen Wohnstandard. Es ist kein Zufall, daß viele der ausländischen Industriearbeiter, die in den letzten Jahren nach Malmö gekommen sind, dort draußen wohnen.

Am späten Freitagnachmittag fuhr Benny Skacke nach «Backarna» hinaus. Er hatte von Martin Beck den Auftrag erhalten, herauszufinden, ob Bertil Svensson sich in seiner Wohnung befand, und, sollte das der Fall sein, ihn im Auge zu behalten, ohne sein Mißtrauen zu wecken. Außerdem sollte er sich stündlich bei Månsson oder Martin Beck melden und Bericht erstatten.

Unter Umständen würden sie Svensson schon diesen Abend festnehmen; Martin Beck hatte gesagt, daß nur noch einige Details zu klären seien.

Den Angaben des Mannes bei seinem Arbeitgeber und beim Schießklub zufolge wohnte er an Vattenverksvägen, einer Straße, die Kirsebergsstaden von Lundavägen im Westen bis zur Bahnlinie nach Simrishamn im Osten durchschneidet. Von Lundavägen an ging die Straße steil bergan, und Skacke stieg ab, bevor er ganz oben war. Er führte das Fahrrad an dem runden alten Wasserturm vorüber, der schon vor vielen Jahren zu einem Wohnhaus umgebaut worden war. Skacke fragte sich, ob sie wie Tortenstücke geschnitten seien. Er erinnerte sich, irgendwo gelesen zu haben, daß die sanitären Verhältnisse in diesem Haus, das hauptsächlich von Jugoslawen bewohnt wurde, skandalös seien.

Am Kirsebergstorg stellte er das Fahrrad in einen Fahrradständer und hoffte, man würde es nicht stehlen. Er hatte das Wort POLIZEI auf dem Rahmen mit schwarzem Klebeband überklebt. Das war eine Vorsichtsmaßnahme, die er zu ergreifen pflegte, wenn er nicht auffallen wollte.

Das Haus, das er beobachten wollte, war ein älteres zweistöckiges Gebäude. Er behielt es eine Weile von der anderen Straßenseite aus im Auge. Es hatte zur Straße hin neun Fenster; zwei auf jeder Seite des Eingangs und fünf im Obergeschoß. Außerdem waren in der Dachschräge noch drei Fenster zu sehen, aber da oben schien niemand zu wohnen. Die Fenster starrten vor Schmutz und hatten keine Gardinen.

Skacke ging mit schnellen Schritten über die Straße und öffnete die Eingangstür des Hauses. An der Tür rechts von der Treppe entdeckte er ein Stück Karton, auf dem in Kugelschreiber-Druckbuchstaben B. SVENSSON stand.

Skacke kehrte zum Markt zurück und fand eine Bank, von der aus er das Haus sehen konnte. Er holte die Abendzeitung aus der Tasche, die er auf dem Weg vom Polizeihaus gekauft hatte, schlug sie auf und tat, als läse er.

Er brauchte nur zwanzig Minuten zu warten. Die Tür ging auf, und ein Mann trat auf die Straße. Sein Aussehen stimmte weitgehend mit der Beschreibung des Schützen im *Savoy* überein, obwohl er nicht so hochgewachsen war, wie Skacke es sich vorgestellt hatte. Auch die Kleidung schien der Beschreibung zu entsprechen – dunkelbraunes Jackett, etwas hellere braune Hosen, ein beigefarbenes Hemd und eine rot-braun gestreifte Krawatte.

Skacke ließ den Mann nicht aus den Augen, zeigte aber keine Eile. Er faltete die Zeitung zusammen, stand auf, stopfte das Blatt in die Tasche und begann, dem Mann langsam zu folgen. Dieser bog in eine Querstraße ein und ging in ziemlich raschem Tempo auf das Gefängnis am Ende des Abhangs zu.

Skacke tat dieser Mann plötzlich sehr leid, der noch nicht wußte, wie kurz der Tag bevorstand, an dem man ihn in die düsteren Mauern dieses alten Gefängnisses bringen würde. Vielleicht hatte er schon das Gefühl, in Sicherheit zu sein.

Beim Gefängnis bog der Mann erst nach rechts, dann nach links ab, in Gevaldigergatan, wo er gegenüber der Gefängnismauer am Drahtzaun stehenblieb, der den Fußballplatz umgab.

Skacke blieb ebenfalls stehen. Auf dem Rasen war gerade ein Spiel im Gang, und Skacke erkannte die beiden Mannschaften sofort: B. K. Flagg in roten Trikots und F. K. Balkan in blauen. Es schien ein munteres Spiel zu sein, und Skacke wäre gern ein Stündchen geblieben, aber der Mann setzte sich fast sofort wieder in Bewegung und ging weiter.

Sie gingen Lundavägen entlang, und nachdem sie Dalhemsplanen passiert hatten, ging der Braungekleidete in ein Lebensmittelgeschäft. Skacke warf einen Blick ins Schaufenster, als er vorüberging, und sah den Mann vor der Verkaufstheke stehen. Er selbst stellte sich ein Stück weiter weg in einen Hauseingang und wartete. Nach kurzer Zeit verließ der Mann den Laden. In der einen Hand hielt er einen Karton, in der anderen eine Einkaufstüte. Er kehrte um und ging den gleichen Weg zurück.

Jetzt konnte Skacke sich in größerer Entfernung halten, weil er davon ausging, daß der andere auf dem Nachhauseweg war. Als er am Fußballplatz vorbeikam, erzielte Balkan gerade ein Tor, und das fast einstimmige Freudengeheul der Zuschauer ließ den Schluß zu, daß sich das Publikum hauptsächlich aus Balkan-Fans zusammensetzte. Ein Mann mit einem kleinen Kind auf den Schultern stieß mit lauter Stimme einen Anfeuerungsruf aus, aber Skacke verstand kein Wort. Der Mann war Jugoslawe.

Der Mann, den Skacke beschattete, ging in der Tat nach Hause. Skacke ging auf der anderen Straßenseite weiter und sah durchs Fenster, wie der Mann eine Dose Bier aus der Tüte nahm. Skacke nahm die Gelegenheit wahr, betrat eine Telefonzelle und rief im Polizeihaus an. Martin Beck hob am anderen Ende der Leitung ab. «Nun?»

«Er ist jetzt zu Hause. Er ist gerade draußen gewesen, um sich Bier und etwas zu essen zu kaufen.»

«Gut. Bleib da und ruf wieder an, falls er weggehen sollte.»

Skacke nahm wieder seinen Beobachtungsposten auf der Bank ein. Nachdem eine halbe Stunde verstrichen war, ging er zu einem Kiosk in der Nähe, kaufte die übrigen Abendzeitungen und eine Tafel Schokolade und kehrte zu seiner Bank zurück.

Von Zeit zu Zeit stand er auf und ging auf dem Bürgersteig hin und her, wagte aber nicht, allzuoft am Fenster Svenssons vorbeizugehen. Inzwischen war es dunkel geworden, und der Mann hatte das Licht eingeschaltet. Er hatte sein Jackett ausgezogen, sich ein paar Butterbrote gemacht und gegessen, zwei Bier getrunken. Jetzt lief er im Zimmer auf und ab. Zwischendurch setzte er sich an einen Tisch vorm Fenster.

Als es zwanzig nach zehn geworden war, hatte Skacke die drei Zeitungen dreimal durchgelesen, vier Tafeln Schokolade gegessen und zwei Flaschen Apfelmost getrunken. Es fehlte jetzt nicht viel, und er würde vor Langeweile laut schreien.

In diesem Augenblick ging das Licht rechts von Hauseingang aus. Skacke wartete fünf Minuten und rief dann im Polizeihaus an. Weder Månsson noch Martin Beck waren da. Er rief im *Savoy* an. Kommissar Beck sei ausgegangen. Er rief zu Hause bei Månsson an. Dort waren sie also.

«Was, du bist immer noch da draußen?» fragte Månsson.

«Natürlich bin ich das. Das sollte ich doch, oder etwa nicht? Warum kommt ihr denn nicht?» Skacke schien den Tränen nahe.

«Oh», sagte Månsson behäbig. «Ich habe gedacht, du wüßtest es schon. Wir warten bis morgen. Was macht der Kerl denn jetzt, übrigens?»

Skacke knirschte mit den Zähnen. «Er hat das Licht ausgemacht und geht wahrscheinlich ins Bett.»

Månsson antwortete nicht gleich. Skacke hörte ein verdächtiges Gluckern, ein leises Klirren und ein lautes «Aah!».

«Ich finde, du solltest auch ins Bett gehen», sagte Månsson. «Fahr nach Hause und hau dich hin. Sag mal: Der Kerl hat dich doch hoffentlich nicht gesehen?»

«Nein», entgegnete Skacke kurz angebunden und legte auf.

Er warf sich aufs Fahrrad und flog förmlich den Berg nach Lundavägen hinunter. Zehn Minuten später stand er im Flur vor seinem Zimmer in Kärleksgatan und wählte die Telefonnummer Monicas.

Fünf nach acht am Sonnabendmorgen klopften Martin Beck und Månsson an Bertil Svenssons Wohnungstür.

Er machte ihnen im Schlafanzug auf. Als er ihre Dienstausweise sah, nickte er nur, ging zurück in die Wohnung und zog sich an.

Sie fanden keine Waffen in der Wohnung, die aus einem Zimmer und Küche bestand.

Bertil Svensson folgte ihnen und setzte sich in den Wagen, ohne etwas zu sagen. Auf dem Weg zum Davidshallstorg schwieg er ebenfalls.

Als sie Månssons Zimmer betraten, sah er das Telefon an und sagte zum erstenmal etwas: «Darf ich meine Frau anrufen?»

«Später», sagte Martin Beck. «Erst möchten wir uns etwas mit Ihnen unterhalten.»

29

Den gesamten Vormittag und einen großen Teil des Nachmittags verbrachten Martin Beck und Månsson damit, der Geschichte des jetzt festgenommenen Bertil Svensson zu lauschen. Dieser schien erleichtert zu sein, sich endlich aussprechen zu können. Es war ihm sehr darum zu tun, daß sie ihn verstanden, und es schien ihn fast zu irritieren, daß er beim Lunch seine Erzählung unterbrechen mußte. Was er zu sagen hatte, entsprach in etwa der Rekonstruktion der Polizei, auch was seine Motive betraf.

Nach der Kündigung, dem erzwungenen Umzug, der Entlassung und schließlich der Scheidung habe er in seiner Einsamkeit in Malmö dagesessen und über seine Situation nachgedacht. Es sei ihm immer deutlicher klargeworden, wer die Ursache all der Rückschläge gewesen sei, die er habe hinnehmen müssen: Viktor Palmgren, der Ausbeuter, der sich auf Kosten anderer Menschen bereichert, der Magnat, dem das Wohl oder Wehe seiner Mieter und Angestellten völlig gleichgültig gewesen sei.

Er habe begonnen, diesen Mann zu hassen. Er habe früher nie geglaubt, eines solchen Hasses fähig zu sein.

Einige Male während des Verhörs brach Svensson zusammen und fing an zu weinen, faßte sich aber bald wieder und versicherte, er sei dankbar, sich aussprechen zu können. Er sagte auch mehrmals, wie froh er sei, daß sie ihn geholt hätten. Wenn sie ihm nicht auf die Spur gekommen wären, hätte er sich vermutlich gestellt.

Er bereue keineswegs, was er getan habe.

Es spiele keine Rolle, daß man ihn jetzt ins Gefängnis stecken werde. Sein Leben sei ohnehin verpfuscht, und zu einem Neubeginn habe er nicht die Kraft.

Als sie mit der Vernehmung fertig waren und es nichts mehr zu sagen gab, drückte er Martin Beck und Månsson die Hand und bedankte sich, bevor man ihn in die Arrestzelle führte.

Nachdem man die Tür hinter ihm geschlossen hatte, blieb es noch lange still im Raum. Schließlich stand Månsson auf, ging ans Fenster und blickte auf den Hof hinaus. «Verdammte Scheiße», murmelte er.

«Hoffentlich bekommt er ein mildes Urteil», sagte Martin Beck.

Es klopfte an der Tür, und Skacke trat ein. «Na, wie ist es gegangen?» fragte er.

Er bekam nicht gleich eine Antwort. Dann sagte Månsson: «Nun, etwa so, wie wir es uns vorgestellt hatten.»

«Das muß ein ziemlich kaltblütiger Hund sein. Einfach ins Hotel zu spazieren und Palmgren niederzuknallen», meinte Skacke. «Warum hat er das getan? Ich wäre zu ihm nach Hause gefahren und hätte ihn durch die Gartenhecke oder so erschossen. Beim Sonnen im Garten . . .»

«Es hat sich etwas anders abgespielt, als du glaubst», sagte Martin Beck. «Warte mal, dann kannst du es dir selbst anhören.»

Er stellte den Rücklauf des Tonbandgeräts ein, das während des ganzen Verhörs angestellt gewesen war und das Geständnis Svenssons mitgeschnitten hatte. «Ich glaube, hier ist es.» Er drückte einen Knopf, und das Band begann zu laufen.

«Aber woher wußten Sie, daß Palmgren in diesem Augenblick im *Savoy* sein würde?»

Das war Månssons Stimme.

«Das habe ich gar nicht gewußt. Ich bin rein zufällig vorbeigekommen.»

Das mußte Bertil Svensson gewesen sein.

«Es ist vielleicht am besten, wenn Sie ganz von vorn anfangen. Sagen Sie uns, was Sie an diesem Mittwoch gemacht haben.»

Das war die Stimme Martin Becks.

BS: Mein Urlaub hatte am Montag angefangen, und ich hatte also viel freie Zeit. Am Vormittag machte ich nichts Besonderes, sondern lungerte nur zu Hause herum. Ich habe ein paar Hemden gewaschen und Unterwäsche, denn bei dieser Affenhitze muß man sich ja öfter umziehen. Dann habe ich zum Lunch ein paar Spiegeleier gemacht und Kaffee getrunken, und nachdem ich abgewaschen hatte, ging ich einkaufen. Ich war bei Tempo in Värnhemstorg. Das ist zwar nicht gerade das nächst gelegene Geschäft, aber ich wollte die Zeit totschlagen. Ich habe in Malmö nicht viele Bekannte, nur ein paar Arbeitskollegen, und die meisten waren mit ihren Familien im Urlaub. Nachdem ich eingekauft hatte, ging ich wieder nach Hause. Es war schrecklich warm draußen, und ich hatte keine Lust, wieder aus dem Haus zu gehen, sondern legte mich aufs Bett und las ein Buch, das ich bei Tempo gekauft hatte. «Der Haß» von Ed McBain. Am Abend wurde es etwas kühler, und so gegen halb sieben fuhr ich mit dem Fahrrad zum Schießplatz.

MB: Zu welchem Schießplatz?

BS: Zu dem, wo ich immer schieße. In Linhamn.

PM: Hatten Sie Ihren Revolver bei sich?

BS: Ja, man kann ihn zwar im Klubhaus einschließen, aber ich nehme ihn immer mit nach Hause.

PM: Bitte erzählen Sie weiter.

BS: Dann habe ich eine Stunde oder so geschossen. Eigentlich kann ich mir diesen Spaß gar nicht leisten; Mitgliedsbeitrag und Munition gehen ganz schön ins Geld, aber ein Vergnügen muß der Mensch ja haben.

PM: Seit wann besaßen Sie diesen Revolver?

BS: Oh, ziemlich lange. Ich habe ihn vor etwa zehn Jahren gekauft, als ich etwas Geld im Toto gewonnen hatte. Ich habe mich schon immer fürs Schießen interessiert. Als ich noch ein kleiner Junge war, habe ich mir immer ein Luftgewehr gewünscht, aber meine Eltern waren arm und konnten es sich wohl nicht leisten, mir eins zu kaufen, selbst wenn sie gewollt hätten. Wahrscheinlich wollten sie aber auch nicht. Damals war das schönste für mich, auf dem Rummelplatz auf diese Blechtiere zu schießen.

MB: Sie sind ein guter Schütze?

BS: Ja, das kann man sagen. Bei Wettbewerben habe ich ein paarmal gewonnen.

MB: Nun, als Sie mit dem Schießen fertig waren ...

BS: Als ich mit dem Schießen fertig war, fuhr ich wieder in die Stadt zurück.

PM: Und der Revolver?

BS: Den hatte ich in einer Kiste auf dem Gepäckträger. Ich fuhr auf dem Radweg an Limhamnsfältet entlang, dann um Turbinen herum und am Museum und dem Gerichtgebäude vorbei. Als ich an die Ecke von Norra Vallgatan–Hamngatan kam, stand die Ampel auf Rot, und ich mußte halten; und in dem Augenblick entdeckte ich ihn.

PM: Viktor Palmgren?

BS: Ja. Durch das Fenster des *Savoy*. Er stand, und am Tisch saßen einige Menschen.

PM: Sie haben vorhin gesagt, daß Sie Palmgren noch nie gesehen hatten. Woher wußten Sie denn, daß er es war?

BS: Ich habe sein Bild oft in den Zeitungen gesehen. Und einmal, als er aus seiner Villa kam, fuhr ich gerade mit dem Fahrrad vorbei. Er stieg damals in ein Taxi ein. Ich wußte wirklich ganz genau, wen ich da vor mir hatte.

MB: Was taten Sie dann?

BS: Ich habe nicht darüber nachgedacht, was ich dann tat, obwohl ich es andererseits sehr genau wußte. Das ist schwer zu erklären. Ich radelte am Eingang zum *Savoy* vorbei und stellte das Rad dann in den Fahrradständer. Ich weiß noch, daß ich das Rad nicht abschloß. Das spielte sozusagen keine Rolle mehr. Ja, dann nahm ich den Revolver heraus und steckte ihn ins Jackett. Ja, ja, natürlich hatte ich ihn erst geladen; es waren nämlich keine Passanten in der Nähe, und ich stand mit dem Rücken zur Straße und hatte den Revolver noch in der Kiste, während ich ihn lud. Dann ging ich ins Restaurant und schoß ihn in den Kopf. Er fiel auf den Tisch. Dann sah ich, daß das nächste Fenster geöffnet war. Ich kletterte also ins Freie und ging zu meinem Fahrrad.

PM: Hatten Sie keine Angst, geschnappt zu werden? Es saßen ja noch andere Menschen im Restaurant.

BS: So weit dachte ich gar nicht. Für mich stand nur fest, daß ich dieses Schwein umbringen mußte.

MB: Haben Sie nicht gesehen, daß das Fenster geöffnet war, bevor Sie das Hotel betraten?

BS: Nein, an derlei dachte ich überhaupt nicht. Ich rechnete gar nicht damit, ungeschoren davonzukommen. Erst als ich sah, wie Palmgren zusammenbrach und daß sich kein Mensch um mich kümmerte, dachte ich an Flucht.

PM: Nun, und was machten Sie dann?

BS: Ich legte den Revolver in die Kiste zurück und fuhr dann mit dem Rad weg, über Hjälmarbron und am Hauptbahnhof vorbei. Ich kenne die Abfahrtszeiten der Schiffe zwar nicht auswendig, aber ich wußte, daß die Tragflächenboote jede volle Stunde abfahren. Die Bahnhofsuhr zeigte zwanzig vor neun, und darum fuhr ich zur Butterkontrolle und stellte dort das Fahrrad ab. Dann kaufte ich eine Fahrkarte nach Kopenhagen. Die Revolverkiste nahm ich mit. Ich fand es sehr merkwürdig, daß kein Mensch mir folgte. Bei der Abfahrt des Bootes blieb ich oben an Deck stehen, und die Stewardess sagte, daß ich reingehen müsse, aber ich kümmerte mich gar nicht um sie, sondern blieb einfach stehen, bis wir etwa mitten im Sund waren. Ich warf die Kiste mit dem Revolver und die Patronen ins Wasser und ging hinunter in die Kabine und setzte mich hin.

MB: Wußten Sie eigentlcih, was Sie in Kopenhagen anfangen sollten?

BS: Nein, ich hatte keine Ahnung. Ich konnte sozusagen nur an eines nach dem anderen denken.

MB: Was haben Sie in Kopenhagen gemacht?

BS: Ich lief nur herum. Irgendwo war ich in einer Kneipe und trank ein Bier. Dann dachte ich, daß es gut wäre, nach Stockholm zu fahren und meine Frau zu besuchen.

MB: Hatten Sie Geld?

BS: Ich hatte etwas mehr als 1000 Kronen bei mir, weil ich vor dem Urlaub zwei Monatslöhne ausbezahlt bekommen hatte.

MB: Fahren Sie fort.

BS: Ich nahm den Bus nach Kastrup und kaufte ein einfaches Ticket nach Stockholm. Am Schalter wollten sie mir sagen, mit welcher Maschine ich mitkommen würde. Ich habe natürlich nicht meinen richtigen Namen genannt.

MB: Wie spät war es da?

BS: Etwa zwölf Uhr, würde ich schätzen. Ich blieb bis zum frühen Morgen in der Halle sitzen und kam dann mit einer Maschine mit, die um sieben Uhr fünfundzwanzig, glaube ich, startete. In Stockholm nahm ich erst den Bus von Arlanda zum Haga-Terminal, und dann ging ich nach Hause zu meiner Frau und den Kindern. Sie wohnen in Nortullsgatan.

PM: Wie lange blieben Sie dort?

BS: Eine Stunde etwa. Vielleicht auch zwei.

PM: Wann fuhren Sie zurück nach Malmö?

BD: Am Montag. Am Montagabend war ich wieder hier.

PM: Wo wohnten Sie in Stockholm?

BS: In einer Pension in Odengatan. Ich weiß aber nicht mehr, wie sie heißt.

MB: Was machten Sie, nachdem Sie wieder nach Malmö zurückgekehrt waren?

BS: Nichts Besonderes. Auf den Schießplatz konnte ich ja nicht mehr gehen, weil ich keinen Revolver hatte.

MB: Und das Fahrrad? Stand das immer noch am Hafen?

BS: Ja, ich holte es ab, nachdem ich aus dem Zug gestiegen war.

PM: Mir ist etwas durch den Kopf gegangen. Haben Sie eigentlich schon früher daran gedacht, Viktor Palmgren zu erschießen? Bevor Sie ihn zufällig durch das Fenster des *Savoy* sahen? Oder war das eine plötzliche Eingebung?

BS: Ich muß irgendwie schon früher daran gedacht haben, obwohl ich es nicht geplant hatte. Aber als ich ihn da stehen sah und den Revolver bei mir hatte, überfiel es mich plötzlich, daß es die einfachste Sache der Welt wäre, ihn einfach abzuknallen. In dem Augenblick, in dem ich mich entschloß, das zu tun, kümmerte es mich wenig, was danach passieren würde. Gerade in dem Augenblick hatte ich das Gefühl, zum erstenmal an so eine Tat zu denken. Aber im Unterbewußtsein habe ich Palmgren sicher schon oft den Tod gewünscht.

MB: Wie fühlten Sie sich, als Sie die Zeitungen lasen ... Sie haben doch am nächsten Tag die Zeitungen gelesen?

BS: Ja.

MB: Wie fühlten Sie sich, als Sie erfuhren, daß Palmgren vielleicht überleben würde?

BS: Ich wurde wütend auf mich selbst, weil ich so schlecht gezielt hatte. Ich dachte, daß ich vielleicht noch mehr Schüsse hätte abgeben sollen, aber auf der anderen Seite wollte ich ja keinen Unschuldigen treffen. Im Restaurant sah es doch aus, als wäre Palmgren auf der Stelle tot gewesen.

MB: Und jetzt? Wie fühlen Sie sich jetzt?

BS: Ich bin froh, daß er tot ist.

PM: Wir wollten hier vielleicht mal eine Pause machen. Sie müssen etwas essen.

Martin Beck schaltete das Tonbandgerät aus. «Den Rest kannst du dir später anhören», sagte er zu Skacke. «Wenn ich abgereist bin.»

30

Spät am Sonnabendabend, am 12. Juli dieses heißen Sommers, saß Martin Beck allein an einem Tisch im Speisesaal des *Savoy*.

Rund eine Stunde früher hatte er seine Reisetasche gepackt und sie eigenhändig zum Empfang hinuntergetragen. Jetzt gab es nichts mehr, was ihn hätte hetzen können, und darum wollte er den Schlafwagen nach Stockholm nehmen.

Zuvor hatte er mit Malm telefoniert, der einen sehr zufriedenen Eindruck gemacht und immerzu wiederholt hatte: «Also keine Komplikationen, mit anderen Worten? Das ist ja fabelhaft, wirklich, ganz ausgezeichnet.»

Ganz ausgezeichnet, dachte Martin Beck.

Das Restaurant war angenehm, gemütlich und hochelegant zugleich. Das Licht der brennenden Kerzen auf den Tischen spiegelte sich in gewaltigen Silberterrinen. Die Zahl der übrigen Gäste war genau richtig, ebenso deren Lautstärke. Es waren nicht so viele, daß man sich gestört fühlen könnte, und nicht so wenige, daß man sich einsam fühlen müßte.

Kellner in weißen Jacken, ein sich verneigender Oberkellner, der kleine, der immerzu eifrig an den Manschetten zupfte.

Martin Beck hatte mit einem Whisky an der Bar angefangen und den Abend mit einer Seezunge Walewska im Restaurant fortgesetzt. Dazu hatte er den Branntwein des Hauses getrunken, der mit geheimen Kräutern gewürzt war und hervorragend schmeckte.

Jetzt grübelte er beim Kaffee und einem doppelten Sève Fournier über die Ereignisse der letzten Tage nach.

All diese Dinge waren natürlich erlesen. Gutes Essen, gepflegte Getränke, aufmerksame Bedienung, und vor den offenen Fenstern ein warmer und behaglicher Sommerabend.

Und dazu ein Fall, der zu den Akten gelegt werden konnte.

Eigentlich sollte er sich wohl fühlen, aber so verhielt es sich nicht.

In Wahrheit spürte Martin Beck sehr wenig von dem, was um ihn herum vorging. Man hätte sich sogar fragen können, ob er überhaupt wußte, was er aß und trank.

Viktor Palmgren war tot.

Weg für immer und von niemanden vermißt außer von vereinzelten Finanzhaien und Repräsentanten irgendwelcher suspekter Regime in weit entfernten Ländern. Und die würden sehr bald dahinterkommen, daß sich mit Mats Linder genausogut Geschäfte machen ließen. Der Unterschied würde sich in der Praxis als sehr gering erweisen.

Charlotte Palmgren war jetzt sehr reich und unabhängig, und soweit sich das beurteilen ließ, gingen Linder und Hoff-Jensen einer strahlenden Zukunft entgegen.

Hampus Broberg würde vermutlich sogar der Verhaftung entgehen. Ein Stab hochdotierter Juristen würde nachweisen, daß er keineswegs versucht hatte, Wertpapiere außer Landes zu schmuggeln. Auch andere Delikte würden ihm nicht nachzuweisen sein. Seine Frau und seine Tochter befanden sich in Sicherheit, in der Schweiz oder in Liechtenstein. Ihnen standen fette Bankkonten zur Verfügung. Helena

Hansson würde irgendeine Strafe erhalten, aber sicherlich keine fühlbare. Sie würde sich in sehr naher Zukunft wieder in ihrem angestammten Beruf etablieren.

Übrigblieb ein Schrottarbeiter auf einer Schiffswerft, der sich bald wegen Totschlags oder Mordes vor Gericht zu verantworten haben würde. Anschließend würde er während seiner goldenen mittleren Jahre in einer Gefängniszelle verfaulen.

Martin Beck, Kriminalkommissar, fühlte sich entschieden nicht wohl.

Er bezahlte die Rechnung, holte seine Tasche und ging über Mälarbron zum Hauptbahnhof.

Er fragte sich, ob es ihm wohl gelingen würde, im Zug zu schlafen.

«In der Auflehnung gegen allzu glatte Konstruktionen liegt das Interesse begründet, das man diesem deutschen Krimiautor entgegenbringt, weil er die vertrauten Formen – mitunter auch bis zum Bersten voll – mit einer neuen Wirklichkeit füllt.»

Hessischer Rundfunk

thriller rororo

-ky

Kein Reihenhaus für Robin Hood

Ein Kriminalroman. 192 Seiten. Geb. und als Tb [2575]

In der Reihe rororo-thriller sind erschienen:

Einer von uns beiden [2244]

Von Beileidsbesuchen bitten wir abzusehen [2250]

Stör die feinen Leute nicht [2292]

Ein Toter führt Regie [2312]

Es reicht doch, wenn nur einer stirbt [2344]

Mitunter mörderisch [2383]

Einer will's gewesen sein [2441]

Von Mördern und anderen Menschen [2466]

Mit einem Bein im Knast [2565]

971/3